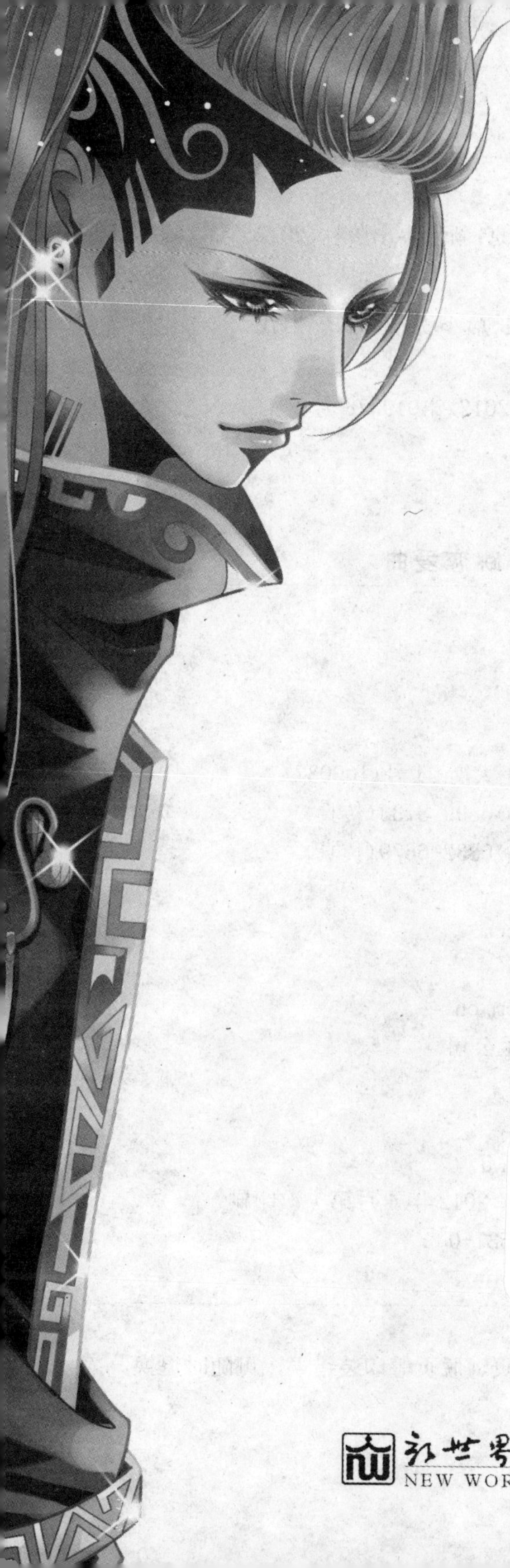

琉萱/著

双重心跳恋爱曲

Shuang Chong Xin Tiao Lian Ai Qu

新世界出版社
NEW WORLD PRESS

图书在版编目(CIP)数据

双重心跳恋爱曲 / 琉萱著. —北京:新世界出版社,2012.3
ISBN 978-7-5104-2537-0

I. ①双… II. ①琉… III. ①长篇小说 - 中国 - 当代
IV. ①I247.5

中国版本图书馆 CIP 数据核字(2012)第019378 号

双重心跳恋爱曲

作　　者:琉　萱
责任编辑:王　莹
责任印制:李一鸣　黄厚清
出版发行:新世界出版社
社　　址:北京市西城区百万庄大街 24 号(100037)
发行部:(010)6899 5968　(010)6899 8733(传真)
总编室:(010)6899 5424　(010)6832 6679(传真)
http://www.nwp.cn
http://www.newworld-press.com
版权部:+8610 6899 6306
版权部电子信箱:frank@nwp.com.cn
印　　刷:三河市金元印装有限公司
经　　销:新华书店
开　　本:660×960　1/16
字　　数:200 千字　印张:14.5
版　　次:2012 年 4 月第 1 版　2012 年 4 月第 1 次印刷
书　　号:ISBN 978-7-5104-2537-0
定　　价:25.00 元

目录 CONTENTS

目录
CONTENTS

序幕
星之夜

深夜，幽邃的天空繁星点点，仿佛要绽放出最绚烂的光芒，作为这场子夜盛宴的华丽开场舞。

菩提树湾，美好得令人心悸。

唐羽纱抱膝坐在菩提树湾的草地上，水晶般明亮的大眼睛骨碌碌地转着，月牙一样的嘴角微微上扬，淘气的样子终于让一旁帅气的男孩忍俊不禁："你专心一点好不好？才等了几分钟，就已经坚持不住了吗？如果到时候没有看到第一颗划过天际的流星，你许的愿可就很难实现了呢！"

听到他带着宠溺的责备，唐羽纱俏皮地吐了吐舌头："就算不能看到第一颗划过的流星又能怎样，只要帝你在我的身边，无论什么愿望，你不是都可以帮我实现的吗？我来这里，只是为了来欣赏气势磅礴的狮子座流星雨！"

"傻瓜！"他怎么能实现她的所有愿望？

帝辕熙无奈地摇摇头，侧颜望着天空，皎洁的月光倾洒在他俊美的脸上，更将他的帅气衬得摄人心魂。

"才不是呢！帝对我来说，是如同神灵一样的存在！"唐羽纱小脑袋左摇右晃地说。

"傻瓜，你不要想得太天真了。"惩罚性地刮了刮羽纱小小的鼻子，帝辕熙温润如玉的笑容便在嘴角蔓延开来。

真希望可以永远和她在一起，哪怕只是看着她，都可以感受到幸福的味道。

"帝，你看！"羽纱一脸兴奋地用手指着帝辕熙身后茫茫的星海。

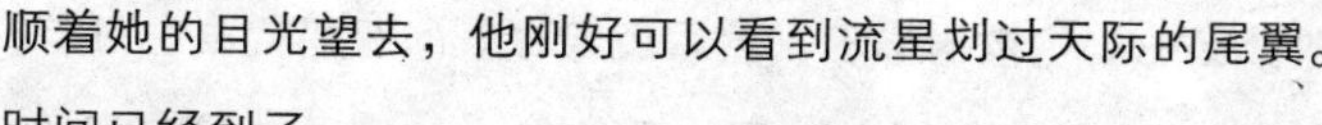

顺着她的目光望去，他刚好可以看到流星划过天际的尾翼。

时间已经到了。

仿佛绚烂的礼花在天空散开，一道接着一道的流星将星空装点得分外美丽。地面被照得亮堂堂的，两张快乐的笑脸紧贴在一起，欣赏着这上帝带来的华美之舞。

在众多银白色流星当中，蓦然出现了一道金黄色的光芒，它璀璨得夺目，奢华得醉人，一下子让所有流星都黯然失色。

“帝，那是金色的流星呢！”唐羽纱瞪大双眼，惊讶地望着在空中盘旋往复的金色流星。

很奇怪，它并没有像其他流星那样稍纵即逝，反而不停地在夜空中打转，似乎在寻找着什么东西。

它在寻找什么东西吗？

金色的屏障中，一头威武的雄狮正凝望着地面上两个小小的人影。其中，那个少年全身的血液似乎都在引诱着它，使得它蠢蠢欲动。

那应该是最适合它的身体了吧！无论是相貌、身材还是其他的，都是最完美的代表，绝对符合它骄傲的追求。

可——少年身边的那女孩似乎会成为它日后的绊脚石，真希望她不要打扰到它才好……

流星雨结束后。

“很晚了，羽纱，我们回去吧！”清理了下身上的杂草，帝辕熙拉着在地上赖着不肯起的羽纱，有些无奈地说。

“可是，我还不想回去，要是‘公鸡’知道我和你出来看流星雨，肯定又要长篇大论地教训我了！”羽纱撒娇似的拉着帝辕熙漂亮的手指，大眼睛扑闪扑闪的，一副很可怜的样子。

被称做“公鸡”的人叫宫泽霖，他是唐羽纱的表哥，也是她名义上的监护人。由于羽纱的父母很早便过世了，所以他便担负起了唐羽纱的衣食起居。

“如果你不愿意走，那就在这儿继续看星星好了，我可是真的要回去

了。”帝辕熙做出一副抱歉的样子，然后迈开修长的双腿就要往回走。

可没走几步，他的衣摆就被一双小手拉住。仿佛早就预料到了一样，帝辕熙微笑着停住脚步。回过头，果然看到羽纱气鼓鼓的脸颊。

“怎么，愿意跟我走了?”他得意地笑。

“什么嘛！帝，你坏死了！”唐羽纱撅着嘴，不理睬身后的帝辕熙，快步向家的方向走去。

真是个傻丫头啊！

望着羽纱瘦小的身影，帝辕熙的嘴角不由得勾出一抹温柔的笑意。

CHAPTER 01 云之变

清晨，微风吹起蓝色的窗帘，屋子里满满的都是舒适温暖的气息。宛如一只慵懒的猫咪，唐羽纱横躺在宽阔的双人床上，慢慢地睁开了双眼——

宫泽霖放大的俊脸赫然出现在她的眼中，琥珀色的眸子令唐羽纱心中一惊。

“啊——”她尖叫。

“该死，你在这儿鬼叫些什么?”宫泽霖感觉自己的耳膜被震得嗡嗡作响，他气恼地举起拳头，不带一点怜香惜玉的成分，朝唐羽纱的头上重重敲了下去。

房间顿时变得很安静，唐羽纱委屈地捂着头，一句话也不敢说。

“昨天晚上你去哪儿了?”宫泽霖轻咳一声，率先打破了尴尬的气氛。

昨天，为了能逮到偷溜出去玩的她，他特地在沙发上等了一个晚上，结果没想到，他只是忍受不住睡神的折磨，在沙发上小睡一会儿，回头就发现她已经在她自己的床上睡着了，这怎能不令他气愤?

望着宫泽霖恼怒的模样，唐羽纱大眼睛骨碌碌一转，脸上闪过一个慧黠的笑容。

“表哥!”唐羽纱甜甜地叫了一声，然后轻轻地将自己的头靠在宫泽霖宽阔的肩膀上，语调可怜兮兮地说，“我现在已经很饿了，表哥你就不要再逼问我了嘛！况且，我不是平安回来了吗?”

说的也是……

宫泽霖点点头，刚想去厨房把做好的稀粥端来，可走在半路上，却突

然发觉事情有些不对劲。

等等——

这丫头真是越来越不像话，居然敢在他面前上演撒娇的戏码！更可气的是，他对这戏码居然完全没有免疫力！

“你别想敷衍过去！快说，昨天到底去哪儿了?”

宫泽霖恶狠狠地边大声说着，边往回走，本想好好教训一顿唐羽纱，却突然发现空荡荡的房间里早已没有了她的身影。

该死！他居然又让她在自己眼皮子底下跑掉了！

一栋白色的三层小洋房占据了湖心花园一块最好的地方，这里四面树木环绕，还有一条潺潺的溪流汇往湖心花园最漂亮、最迷人的蓝湖。

而这里，便是帝辕熙的家了。

站在洋房的外面，唐羽纱不停地按响门铃。

“请问，您是哪位?”管家低沉沙哑的声音从话筒中传了出来。

“张伯伯，我是羽纱！快开门！”唐羽纱欢快地回答着，她已经迫不及待要给帝辕熙一个惊喜！

“张伯伯，早安！”待张管家一打开大门，唐羽纱开心地冲他打了个招呼，便轻车熟路地直奔三楼通往露台的走廊。

因为按照帝每天的习惯，他现在应该正坐在露台的椅子上喝咖啡吧！

想到这些，唐羽纱兴致勃勃地拉开露台的滑门，果然看到帝辕熙优雅的身影，今天的他穿着一套白色的休闲服，如往常一般帅气逼人。

只是，感觉似乎有什么地方变得和以前不一样了。

羽纱轻轻皱起眉头，可是，她却又不知道到底是什么地方发生了改变。

“帝，我来了！”不再胡思乱想，羽纱微笑着走到白色圆桌前，坐在了帝辕熙对面的椅子上。

她是“他”昨晚见到的女孩！

看着唐羽纱微笑着的脸庞，帝辕熙的瞳孔紧缩，一切都仿佛回到了

昨天。

唐羽纱家门口。

看着唐羽纱离开的背影，帝辕熙的嘴角绽放出安心的微笑。

他转身欲走，却发现不知何时一团金色光团稳稳地立在了他的身后。

帝辕熙定定地看着它，眼眸深处浮现出一丝惊讶。渐渐地，流星周围的金色屏障散去，一头浑身散发着尊贵气质的狮子出现在了帝辕熙的眼中。

帝辕熙不可置信地看着它，开始不自觉地想往后退，却发现自己的身体被一股无形的力量束缚住，已经不能动弹分毫。

帝辕熙眼睁睁地看着雄狮走近，并听到它用清晰的声音简短有力地说着属于人类的语言：“我叫金狮，需要借用你的身体，在这段时间你有什么需要我做的都告诉我，我会帮你完成。”

帝辕熙简直无法相信这世间还有这样的事情，闪着金光的光团、会说话的狮子，还有那所谓的借用身体，当这一切同时出现的时候，他只想要敲敲自己，看自己是不是在梦中。

可是，面前的金狮是如此真切地站在那里，让他根本没有理由怀疑它的真实性。

金狮逼近一步，再次用浑厚的声音说：“在我借用你身体的时候，你没有需要我帮你做的吗？”

金狮的话就响在耳边，帝辕熙瞪大了双眼，不要这样，他不想要这样！怎么可以让他失去他的身体？如果他不在了，那羽纱怎么办?!

感觉自己的结界被猛烈地重击，金狮诧异地望向一脸不服输的帝辕熙，从他身体里爆发出的强烈的愤怒竟让它的结界出现了松动。

这怎么可能?!

“我、不、会、让、你、进、入、我、的、身、体！”

金狮微微愣住，它感受着帝辕熙的倔犟与坚决，心底渐渐出现了一丝对他的欣赏。

只是，这样优异的身体，它更不可能放过！金狮走近帝辕熙，用后腿站立着，将鼻子凑到帝辕熙的眼前，嘴角邪佞的微笑让人不禁突生恐慌："你无论怎么反抗都是没用的，一旦被我认定，你就逃不掉！"

帝辕熙也许知道自己难逃这一劫，他凝视着金狮，眼神中透露的是他最后的底线："想要借用我的身体可以，但是你必须要以一个条件来交换，否则即使你真的强占了我的身体，我也不会让你在这个身体里过得舒适！"

金狮点点头："你想要我答应你什么？"

"我只希望你能好好对待唐羽纱，不要因为她和你没有关系就肆意伤害她。除此之外，我没有任何要求。"

金狮没有任何异议地同意，它早就知道帝辕熙最珍视的就是那栋房子里的女孩。

"那么，我也要告诉你。"金狮突然露出一个邪肆而诡异的微笑，"我不会刻意去模仿你待人处世的方式，所以，如果她因为受不了我的性格而离开，也就怪不了我了。"

帝辕熙的脸上此刻已经完全被悲伤的浓雾笼罩，而除了悲伤外，他的眼中还有不可遏止的绝望。

如果，她真的离开……

脑海中浮现出唐羽纱微笑着的面孔，还有那总是被她挂在嘴边的亲切的呼唤。帝辕熙的眼神突然变得很温柔，那是对唐羽纱绝对的信任。

"就算她因为我的改变而离开，等我重新恢复意识，能够控制自己的时候，我也一定会循着她离开的方向，把她重新找回来！"

仿佛宣誓一般，帝辕熙的脸上有着不容置疑的坚定，他不会让唐羽纱离开自己，无论将来发生什么事情，只要是和唐羽纱有关的事情，他就决不会做出任何退让！

哪怕他已经没有保护她的权利，他也会用灵魂默默地守护她，让她过得幸福快乐！

多么伟大的爱情啊！

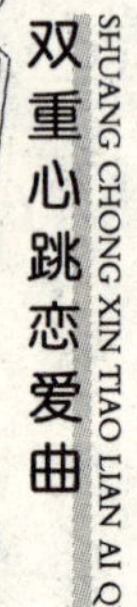

金狮的脸上没有一点表情，失去的东西永远不会再回到你身边，只要错过，那面临的就永远只会是擦肩而过。

帝辕熙闭上双眼，张开手臂，在金狮冲进他体内的前一秒，他大喊出来："不要忘记你说过的话，一定要照顾好唐羽纱！"

光芒四射。

金色的光芒将帝辕熙完全包裹在里面，他的表情安静祥和，仿佛不会说话的瓷娃娃。

唐羽纱，我会永远守护你，哪怕我已经失去了守护你的资格，我也会让我的灵魂陪在你的身边，让我的气息带给你勇气与希望。

她究竟有什么地方好？可以让帝辕熙即使在失去身体的时候，还能义无反顾地要自己照顾好她？

望着唐羽纱蘑菇一样的小脑袋，他陷入沉思，他真的很想知道。

"帝，你怎么了？为什么一直都不说话呢？"看着坐在椅子上发愣的帝辕熙，唐羽纱不由得伸出手在他眼前挥了挥。

她刚才已经把一小包食盐放进了冒着热气的咖啡里，可是即使在她放完食盐，用勺子在杯子里搅拌的时候，帝辕熙也仍像没看见一样一动不动。

今天的帝真的好奇怪……

"把手拿开！"冷不防地，帝辕熙已经伸出手将唐羽纱的手打到了一边。凝视着帝辕熙隐隐含着怒气的双眼，羽纱的心底不禁升腾起一丝不好的预感。

"你……生气了吗？"她眨巴着可爱的大眼睛，不怕死地把头伸到了他的面前。在她的记忆里，只要自己做出这种表情，帝辕熙就总是会露出很无奈很无奈的微笑。

可是，今天的帝辕熙却微微蹙眉，并没有理她。他拿起一旁的咖啡杯，站起来倚到栏杆旁，刚喝一口——

扑哧！咖啡被他全部喷了出来！

唐羽纱窃笑着将一杯白开水送到他的手中，顽皮的大眼睛里满满的全是笑意：“帝，喝东西的时候要小心一点才行啊，怎么能吐了一地呢？”

黑色的眼眸眯起，帝辕熙瞪着她，浑身都散发出暴怒的气息。感受到他的转变后，唐羽纱小心地退到了离危险区域五米以外的地方。

“唐羽纱，有没有人告诉你，我已经不再是以前那个软弱的任你欺负的帝辕熙了？”他的声音恶毒地在唐羽纱耳边爆炸开来，邪肆上扬的唇角让唐羽纱有些恐惧地后退着。

光一般的速度！

帝辕熙突然出现在了唐羽纱的身后，在唐羽纱完全没有反应过来的情况下，他轻轻搂住唐羽纱的细腰，仿佛亲密恋人般在羽纱的耳边低声轻语：“居然敢捉弄我，唐羽纱，你的胆子是不是太大了点儿？”

唐羽纱的身体渐渐僵硬，她转过头，震惊地看着那张近在咫尺的俊脸。

帝辕熙魅惑多情的眼眸和恶魔般邪恶的笑容，让她的心剧烈地狂跳着，身体里所有的细胞仿佛都在一起大声呼喊：这不是他！她的帝辕熙才不会是这个样子！

唐羽纱极力平稳着自己的呼吸，她努力让自己的声音不再颤抖：“你不是帝辕熙，你……究竟是谁？”

温暖的阳光下，晶莹剔透的蓝湖显得格外迷人，波光粼粼的湖面上，几只洁白的天鹅正在惬意地休息着。就连清风，也不忍心打扰这令人迷醉的画卷。

露台上，一对俊俏的男女正紧紧相拥在一起，仿佛相互诉说着衷肠。

帝辕熙更加亲密地搂紧唐羽纱的腰，他灼热的呼吸喷在唐羽纱的脖颈上，酥酥麻麻的一片。

“既然你说我不是帝辕熙，那么你来猜猜，我到底是谁呢？”帝辕熙绝美的嘴角上扬着，他的声音妖娆婉转，令唐羽纱浑身上下一阵战栗。

心跳快得几乎无法负荷！她一把推开帝辕熙的怀抱，拉开滑门，快速跑了出去。

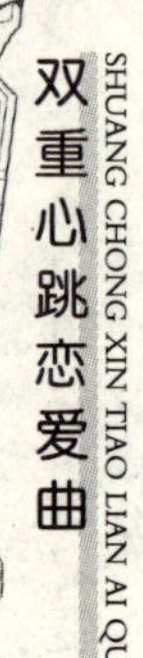

急速的下楼声在帝辕熙耳边回荡，他收敛起笑容，转过身眺望着远处青翠的树木和那些树木之围绕着的清澈见底的蓝湖。

会客大厅里，唐羽纱一把拉住了整理文件的张管家。

看着唐羽纱惊慌的神情，张管家不由得愣住了："羽纱小姐，发生什么事了?"

靠在红色的沙发上，唐羽纱静静地讲述着在露台上发生的一切。听完她的叙述，张管家的眼睛已经在不知不觉间瞪大了。

他是看着少爷长大的，很清楚无论发生了什么，少爷都是不会做出那种令人瞠目的事情来的。可是，羽纱小姐说的话却又不可能是编出来的。

这到底，是怎么一回事?

"张伯伯，你说帝这样的转变会不会是因为受了刺激，所以……失了忆?"唐羽纱低着头，黑发遮住了她的脸，让人看不清楚她此刻的表情。

张管家摇头："如果是失忆，少爷就不会记得您了。他只是性格发生了转变，而具体的原因，我们谁也不知道。"

是啊！如果是失忆，他就不会记得她了……

唐羽纱鼻子一酸，两行清泪便扑簌簌地从眼眶中滑落。她伸手擦干眼泪，轻轻地对张管家说："张伯伯，您先出去吧，我想……一个人待一会儿。"

会客室的门被关上，空荡荡的会客室里只剩下唐羽纱一个人。

柔和的阳光透过纱帘在房间内曼舞，温暖的感觉让唐羽纱心中一紧。仿佛又回到帝辕熙温暖的怀抱，那种独属于他一个人的味道，温暖得让她想要哭泣。

大滴大滴的泪水在她的脸上泛滥，她捂住脸，小声地呜咽着。眼泪穿过羽纱的指缝，打在白色的衣服上，霎时开出了绚丽的泪花。

一朵，又一朵……

阳光似乎也感受到了她哀伤的心情，跳跃的因子渐渐安静下来，抚摸着羽纱颤抖的肩膀。

仿佛是一双无比温柔的手，让羽纱的身体僵住。

她松开一直捂着脸的手，愣愣地看着周围阳光留下的痕迹。

似乎，是他回来了……

唐羽纱，我会永远守护你，哪怕我已经失去了守护你的资格，我也会让我的灵魂陪在你的身边，让我的气息带给你勇气与希望。

帝……

空荡荡的屋子，唐羽纱抱膝坐在地上，眼泪如小溪一般，在她苍白的脸上流淌。

傍晚，二楼餐厅。

白色的餐桌上摆满了丰盛的晚餐，帝辕熙坐在桌子一端，安静地吃着自己的那份食物。

优雅的钢琴曲从餐厅一侧的音响中徐徐传来，伴随着乐曲的节奏，一个侍女打扮的人端着一杯摩卡咖啡旋转着走近白色的餐桌。

“帝少爷，您的咖啡。”白皙的小手将咖啡递到帝辕熙面前，她正欲收回，却已被他伸手抓住。

她微怔。

“把你身上那件可笑的女佣服脱下来换掉！”帝辕熙有些恼怒地瞪着面前一脸无措的唐羽纱。

他真不明白这家伙究竟哪里好，笨笨傻傻像头小猪，而那个人居然要他无论如何也要照顾好她！笑话！她自己做些乱七八糟的事情出了意外，难道还要让他来承担后果吗?

唐羽纱低下头，听着他不带一点温柔的话语，眼泪已经开始在眼眶中打转。可是，当她重新抬起头的时候，眼中的泪水已经消失殆尽。

“帝，这几天我要住在这里陪你。”唐羽纱微笑着，可是话语中却有着不容置疑的坚定。

要是换了别人，一定会被她坚决的语气震慑住。但是，现在站在她面前的却是被金狮代替了的无所畏惧的帝辕熙。

他邪魅地笑着，眼睛里波光流转，仿佛深不见底的黑色湖水，魅惑得

令人心悸："在和我讲条件以前，你最好先把身上的衣服换掉！不然对我而言，你的任何话语都是没有说服力的！OK?"

两分钟后，唐羽纱在张管家的陪伴下再度走进了餐厅。此刻，帝辕熙已经吃完饭在休息了。

唐羽纱走到帝辕熙面前，声音闷闷地说："我，换好衣服了。"

帝辕熙睁开一直闭着的眼睛，淡淡地扫了一眼站在她身旁的张管家，懒洋洋地说："那么和我说说，你为什么要住在这里陪我吧！"

"我只是想要陪你，想和你在一起。"唐羽纱低下头，细密的头发恰好挡住了帝辕熙射来的质疑的目光。

"原来只是想和我在一起啊……"帝辕熙意味深长地笑笑，可是声音却突然变得凌厉，"你是真的想和我在一起，还是想找个机会查出我为什么会性格大变?"

唐羽纱震惊地张大双眼，就连一旁面无表情的张管家听了这话也变得惊讶起来："少爷……"

帝辕熙举手止住了张管家接下来要说的话，脸上满是漠然的表情，他连看都没看唐羽纱一眼，就朝餐厅外走去。

餐厅里安静得没有一点声音，唐羽纱静静地站着，黑色的长睫毛沾染着晶莹的泪珠。

在距离餐厅门口还有一米的时候，帝辕熙忽然停下脚步，他的目光轻轻扫过似乎已经绝望的唐羽纱，淡淡地说："你……留下吧！"

窗帘仿佛天然的蓝色绸缎，柔顺地垂到地面。

唐羽纱跪坐在地上，将头轻轻贴着柔软的窗帘绸缎。好似被一双温暖的大手抚摸，她又找回了有帝辕熙在身边的温暖感觉。

啪嗒，一块透明的柠檬花水晶石从唐羽纱的领口处掉了出来，她先是一惊，继而静静地将它拾起，眼眸深处呈现出无法逆转的悲伤。

仿佛就在昨天，他叫她把水晶石放在胸口，这样就可以时刻感受到他的存在，获得他给她的希望与力量。

帝……

唐羽纱紧紧握住水晶石，澄澈的眼里已经蒙上了浓重的水雾。

我可以感受到你的存在，可是你呢？为什么明明站在你的身边，我却感觉好像离你千里之远呢？曾经那个温暖如阳光的你究竟去哪里了呢？

将水晶石放在胸口，唐羽纱默默地闭上了双眸，淌下的泪水在灯光下折射出水晶般剔透的光辉。

再睁眼，她似乎又看到了帝辕熙如春风般和煦的俊颜。

帝，我向你保证，我一定可以让你恢复到从前，一定可以让你温柔地重新出现在我的身边！

透过门敞开的缝隙，帝辕熙清楚地看到了唐羽纱脸上淌下的泪滴。一种心痛的感觉闪电般在他的身体里炸过，帝辕熙捂住胸口，身体闪到门的一边轻轻颤抖。

难道这是那个人在惩罚他吗？惩罚他让唐羽纱难过、让她流泪吗？

可是为什么？此时从心房渗出的酸涩感觉，会跟多年前他看见他喜欢的女孩蹲在树荫下独自流泪时的心疼感觉一模一样？

帝辕熙的瞳孔不由得缩紧，虽然他并不是一个善良的人，但也并不代表他不会为拆散一对幸福的男女而感到惋惜。

对于这种可望不可及的爱情，他早就有了深深的体会。

因为，在他的心里一直住着一个美丽的女孩，只是由于她比自己年长一岁，他们的爱情遭到了整个家族的反对。

在那个庞大的狮子座家族里，没有人伸出援手帮他们，无力抗挣的他只能眼睁睁地看着心爱的女孩被迫和自己分离。那份痛苦比起唐羽纱现在所承受的，算得了什？

所以——

帝辕熙转过身，几乎是毫不犹豫地走向走廊尽头自己的卧室。

他什么都没有做错，他只是为自己向唐羽纱索要了一些东西而已。如果真的要怪，那也只能怪她和帝辕熙缘分太浅，怨不得他！

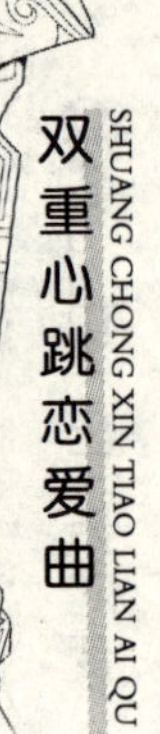

阳光暖暖地照在雪白的鹅绒被上，柔软的触感让每个抚摸到它的人都有种想要躺在上面好好睡一觉的冲动。

帝辕熙安静地躺在大床上，黑色的短发自然地搭在额头，如蒲扇一般浓密的睫毛在脸上留下一抹好看的剪影，温顺沉稳得像个瓷娃娃。

唐羽纱蹑手蹑脚地走进帝辕熙的卧室时，看到的便是这一幕。

似乎，以前的帝辕熙又回来了。

唐羽纱的心脏没有节奏地狂跳着，带着某种期待，她用力掀开鹅绒被，声音哑哑的且带着焦灼："帝，你快起来！太阳都晒屁股啦，你怎么还像孩子一样赖在床上？这一点都不像以前的你，快点儿起床！"

聒噪的声音好像一只巨大的苍蝇在他的耳边不停扑扇翅膀，仍停留在睡梦中的帝辕熙不悦地皱皱眉头，吵死了……

他翻了个身，却一点想要起来的意思都没有。

贪睡鬼！

唐羽纱悄悄地吐吐舌头，快速脱掉鞋子爬上帝辕熙的大床，然后从口袋里拿出刚从厨房偷来的辣椒粉，慧黠地笑了。其实这些辣椒粉本来她是想用来放在帝辕熙每天早上必喝的咖啡里的，可是既然他这么长时间都不起来，那就别怪她提前让他"享受"了！

将纸包打开，唐羽纱伸出手轻轻捏起一小撮红色的粉末，对着帝辕熙的脸吹了口气——

辣椒粉随风飘进了帝辕熙的呼吸中。

很呛人的感觉……

阿嚏！困意被完全驱散，帝辕熙睁大黑色的瞳眸，惊讶地看着趴在自己身上的唐羽纱。

两双眼睛就这样直直地对望着，空气中弥漫着暧昧的因子，直到——

帝辕熙看到唐羽纱手中的辣椒粉时，他的目光立即变得犀利而邪恶起来。

"你刚才就是用这种方式叫我起床的吗？"他斜斜地倚在床头，声音里带着慵懒魅惑的成分。

“我……”唐羽纱微微愣住，她看着帝辕熙的眼睛，装辣椒粉的纸包不经意地从手中滑落。

辛辣的气味在空气中蔓延。

帝辕熙挑挑眉，眼神中隐隐透出阴森恐怖的光芒，然而，他却依旧笑着，仿佛开得妖艳的罂粟花。

“你猜，我现在最想做的事情是什么?”他凝视着唐羽纱，眼中寒光一闪，让她不禁打了个寒战。

他……

一种惧怕的感觉从唐羽纱心底升起，她想逃开，可是却被帝辕熙牢牢抓住双手，没有任何躲避的机会。

压抑住心中的慌乱，唐羽纱故作沉思地考虑了一会儿，然后绽放出一个天真的笑容：“你一定是想喝咖啡了对不对？不要着急，我这就去给你拿！”

她急切地正要下床，却冷不防对上了那双潭水般望不穿的深眸，她的视线、她的思维一时之间全被那双眸子吸住，那一瞬间，属于她的小小星球停止转动。

“我没说想要喝咖啡啊，这可是你自己说的。”帝辕熙的俊脸一寸寸逼近唐羽纱，呼出的热气甚至可以无一余留地喷洒在她的脸上。

他暧昧地笑着，把脸轻轻枕在她瘦弱的肩上，玩味地看着她越来越僵硬的表情。

没来由地，唐羽纱突然感觉一阵毛骨悚然，眼前这个人做的每一个动作、说的每一句话都让她有种快要窒息的难过感受。紧接着，她的鼻子突然一酸——眼前这个冷傲邪魅的帝辕熙，完全跟她记忆中的帝不一样，她的帝从来不会做出如此轻浮的举动。

顿时，莫名的酸意涌上心头，折磨着她脆弱的神经，让她感觉自己仿佛下一秒就会因心脏承受不住负荷而死去。

唐羽纱不知从哪里获得的力量，她猛地推开了帝辕熙的钳制，跳下床站在冰凉的桃木地板上。

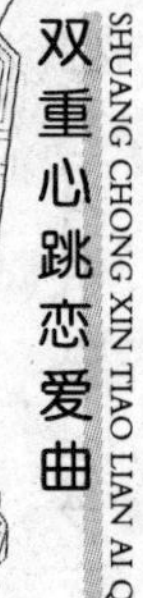

“你……怎么能这样？你知不知道你现在正在一点点诋毁原本在我心中的温暖的形象？我不喜欢你这样，一点都不喜欢！”

唐羽纱拉开门，毫不犹豫地冲出了帝辕熙的卧室，眼泪在那一刻，肆意挥洒。

“羽纱小姐！”露台上，张管家本想要拦住唐羽纱，可当他看到她满是泪水的脸蛋时，他所有的动作、所有的语言都在瞬间变得僵硬起来。

望着唐羽纱仓皇逃走的背影，张管家无奈地叹了口气。

在这个世界上，也许只有一个人可以让唐羽纱哭得如此伤心，而这个人，就是帝辕熙。

还有三天就要开学了！十天的假期真的一眨眼就过去了。

坐在书桌前，唐羽纱仔细地整理着上学所需要的物品。

作为一只打不倒的小强，她已经决定了，在帝辕熙变回原来的样子以前要一直住在他家，这样起码可以对他的改变有所帮助。

虽然她知道宫泽霖是不会同意自己去帝辕熙家住的，可是现在大事当前，她也就只有偷偷地溜走了，这也是没有办法的办法，不能怪她的！

好像是她肚子里的蛔虫，就在唐羽纱绞尽脑汁地想着如何才能躲避宫泽霖打给她的“骚扰电话”时，之前一直紧闭的房门突然被人一脚踹开。

唐羽纱愣住。

宫泽霖瞪着两只快要喷出火来的眼睛，死死地盯着唐羽纱：“这两天你跑到什么地方去了？是不是又和那姓帝的小子在一起？”

“不是的。”唐羽纱低下头，轻轻地抚摸着手机光滑的外壳，来掩饰她的紧张，“我是被小倩拉出去玩了，你又不是不知道小倩这个人，一到周末没事的时候就喜欢拉着我到处乱跑……”

唐羽纱的声音渐渐小了下来，她看着宫泽霖一副“你编，你继续编”的表情，底气慢慢变得不足起来。

“如果你打算对我说谎，那么最好先和你的沈倩商量好说辞，免得步调不一致。”他定定地看着唐羽纱，眼睛里却有种发现被人背叛的受伤的

光芒，“沈倩昨天告诉我，你从前天开始就一直都在她家睡觉，哪里也没有去过。”

宫泽霖逼近她，高大的身影带给唐羽纱一阵强过一阵的压抑感。她无法逃避他眼中浓重的悲伤，可是她又突然感到很是茫然，她明明什么也没有做错，为什么非要像小偷一样隐藏事实呢？

她对帝辕熙的喜欢是光明正大的，根本就没有必要隐藏！

这样想着，唐羽纱忽地从椅子上站起来，她澄澈的眼眸里透露出的是隐忍的坚定。直视着宫泽霖，她很干脆地说：“这几天我一直都在帝辕熙家，而且我已经决定要搬到他家里去住了。”

宫泽霖的瞳孔骤然紧缩，他脸色煞白，嘴唇被咬出一道紫色的暗痕：“我不会允许你搬去他家！”

“你阻止不了我！”同样倔犟的声音。

这是一场眼神的绞杀，两人在洒满阳光的房间里凝瞪着对方，似乎都在等着对方首先服软，却又没人愿意先作出妥协。

良久。

“你……为什么一定要住在他家呢？”

终于，宫泽霖选择认输，他望着唐羽纱，声音暗哑忧伤，“我不能阻止你喜欢他，可是，为什么你连住在家里都不愿意呢？我只是想每天起床的时候能看到你，这样也不行吗？”

唐羽纱凝视着他，眼中缭绕着淡淡的忧伤，她知道最亲爱的表哥现在正被她狠狠地伤害着，可是她无能为力：“我不是不愿意住在家里，而是真的有自己的苦衷。”

她的目光淡淡的，仿佛飘渺的云雾，穿过宫泽霖的身体，飘摇到很远很远的地方。

“你的苦衷，可以让我知道吗？”宫泽霖看着她，看着她脸上令人心痛的悲伤。

“是帝辕熙，他……出了一些事情。”

唐羽纱推开门，抱着自己的东西默默地走了出去。

原来，又是帝辕熙啊……

宫泽霖望着唐羽纱离开的方向，自嘲地勾起了嘴角。

在她的心里，帝辕熙的事情永远被摆在第一位。无论他为她做了什么，她都不会放在心上。即使他为了找她而生病，她也只会安静地离开，不会在心底给他留下一丁点儿位置。

为什么？为什么他只能看着她离开的背影，而她，从来都不清楚他的心……

艳阳渐渐变淡西移，静谧的蓝湖对面，一个俊美的少年正安静地抚摸着天鹅柔顺光滑的羽毛，温柔的动作令天鹅舒适地眯起了眼睛。

一切都美好得如同画卷。

唐羽纱站在不远处的白色石桥上，静静地凝望着湖边的少年，看着他难得的温柔样，羽纱不由得绽放出了一抹美丽的笑容。

“帝！”她跳起来，扬起来的右手丝毫掩饰不住她快乐的心情。她要带他去一个地方，一个很久以前就想要带他去的地方。

唐羽纱拉着帝辕熙走出湖心花园，伴着倾泻而出的月光，来到街上。

“你带我来这里干什么？”帝辕熙有些不屑地看着一旁像小鸟一样快乐的唐羽纱，好看的眉毛紧紧拧成一团。

“当然是来买东西啊！”羽纱指着面前首饰店的招牌，甜甜地笑着，眼中一片向往，“这里面有好多好多漂亮的首饰，我想送给你一只耳钉，作为后天开学的礼物。”

礼物？

帝辕熙挑挑眉，饶有兴趣地看着她。他倒想看看这个家伙的眼光能高到什么程度！

走进店里，唐羽纱迫不及待地趴到柜台上挑选了起来。而帝辕熙则坐在一旁舒服的沙发上懒洋洋地看着忙作一团的唐羽纱。

真的想不到，短短几天没来，这里已经新上市了这么多款帅气有形的耳钉，她有种眼花缭乱的感觉。

她求助似的望向帝辕熙，却在转头的那一瞬间看到一只金色的耳钉与他的耳畔重合——

金色耳钉散发出的光芒刺痛了唐羽纱的双眼，那样耀眼的颜色，戴在帝辕熙的耳朵上，真的是很帅气啊！

她跑过去，从墙上一把揪下了这金色的耳钉，然后满怀期待地递到了帝辕熙的面前，连眼睛里都熠熠地闪着光："帝，你看！多帅气的耳钉啊！真的很配你，对不对？"

帝辕熙眯起眼睛，正想草草地打发她，却在目光碰触到那只耳钉的时候僵住。

那是一只类似于太阳形状的耳钉，金色的光芒把它衬托得高贵傲然，周身都散发着一种不可磨灭的王者气息。

帝辕熙有些不可置信地望着一旁笑吟吟的唐羽纱。

能够一眼挑出最适合他的耳钉，这究竟是命中注定还是纯属偶然？

对于这个女孩，他突然有了一种强烈的好奇心。

昏暗的灯光下，两个人影正一前一后地走着。唐羽纱几次想跑到前面拉住帝辕熙的手，可总是鼓不起勇气。

自从离开首饰店后，帝辕熙的神情就变得怪怪的，尤其是看向她的眼神，总是让人感觉好像隔了一层薄薄的雾气，让人猜不透他现在到底在想些什么。

金色的耳钉在帝辕熙的左耳上闪闪发光，望着那道光亮，唐羽纱突然忍不住傻傻地笑了起来。

她的选择真的是很明智啊！这么霸气的耳钉，让帝辕熙看起来就像王宫里最骄傲的王子，属于王者的气息越来越浓重了呢！

而且戴上耳钉后，帝辕熙对她似乎不像以前那么冷淡了。

嗯……唐羽纱赞许地点点头，感觉到事情有往从前发展的趋势。

"你在做什么？"帝辕熙回过头，吃惊地看着傻瓜一样不停点头微笑的唐羽纱。

她已经完全沉浸在自我想象的世界中了，以至于根本没看到帝辕熙已经停下，所以径直撞到了他的身上。

“你这个笨蛋……”揉着被磕痛的下巴，帝辕熙皱着眉瞪着眼蹲在地上的唐羽纱。

只见她把手放在头顶上，一副很痛苦也很委屈的样子，正准备破口大骂的帝辕熙心渐渐软了下来：“起来。”

一只白皙修长的手伸到了唐羽纱的面前，她愣愣地看着那只手，看着那手上清晰的纹路，一时之间竟不知所措起来。

“不想起来是吗？那你就永远也不要起来！”帝辕熙等得不耐烦了，看着无动于衷的唐羽纱，正准备将手收回，却在一瞬间触到了一根柔嫩纤细的手指。

低下头，唐羽纱慌乱的眼眸射入了他的眼底。那是一双饱含着恐惧与惊乱的瞳眸，此刻正晶莹地泛着水光。

他们就这样保持着原本的动作，维系着这难得的平静，他看着她，她也看着他。时间，似乎变得无足轻重起来……

晨曦微露，黑暗还未完全散去。

仿佛镶嵌在树林中的巨大蓝宝石，蓝湖晶莹剔透的湖水在黑压压的树林中绽放出纯净的光芒。

湖边，空气清新得让人想要满足地叹息。

初秋的微风吹在唐羽纱干净的脸颊上，仿佛慈母的手抚摸着她蘑菇一般的短发。她把手背在身后，闭上眼睛感受着清晨的美好。

“不是说要跑步吗？怎么还在原地一动不动？”一个突兀的声音冷不防地在唐羽纱背后响起，打破了湖边原有的宁静。

唐羽纱微愣一下，黑白分明的大眼睛里闪烁着慧黠的光芒。

“还不是为了等你！要不是你慢慢腾腾半天不从房间里出来，我会有时间在这里欣赏风景吗？”她微笑着，仿佛又想起了早上掀帝辕熙被窝的场景。

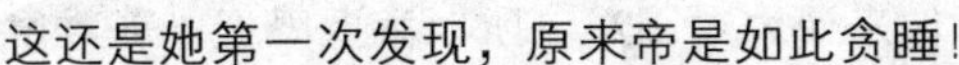

这还是她第一次发现，原来帝是如此贪睡！

“你……”帝辕熙的脸上泛起了轻微的红晕，他哑口无言地望着唐羽纱清爽的脸庞，突然有种想要掐掐的冲动。

放眼望着蓝湖澄澈的湖水，一个计谋浮上了他的心头。

他走到正在做准备活动的唐羽纱身边，邪肆地微笑：“我有一个很好的提议，我们就绕着这蓝湖跑，谁先跑够三圈，就算谁赢。”

三圈……

唐羽纱在听到这些话后眼睛变得恍惚，她呆呆地望向偌大的蓝湖水面，要绕着这个面积约为 12 平方千米的湖跑上三圈，她恐怕会累到虚脱啊……

看着瞬间瘫软下来的唐羽纱，帝辕熙意味深长地笑了：“这是我给你下的挑战书，所以——你没有权利拒绝。”

他居然……

唐羽纱的脸上露出一抹绝望的神色，这也……太强人所难了！

天空放亮，阳光已经穿破云层抚摸大地。

柔细的微风中，狭长的柳枝在林间摇曳，水中碧波荡漾，仿佛一幅美丽的图画。此刻的蓝湖边，一个英俊帅气的少年正笑眯眯地看着身边气喘吁吁的少女。

“你的体力真的很差，才刚刚跑完一圈，就已经不行了吗？”他微笑着，眼睛里是抑制不住的得意之色。

唐羽纱淡淡地扫过他干净的面颊，一滴汗水也没有。她咬咬牙，一边努力调整着自己的呼吸，一边继续倔犟地向前慢跑。

帝辕熙挑眉，他惊异于一个女孩竟有如此的毅力。下一秒，他的手却不受思维控制地伸出，拦住了唐羽纱虚弱的身体。

“你做什么？”她咬着下唇，喘着气看着他。既然当初定下了这样的规则，就不应该打断她好不容易才树立起的决心。

帝辕熙微微愣住，他有些尴尬地收回手，然后装作若无其事的样子缓

缓地说："我觉得三圈对于你来说太过困难，所以我要降低一些难度。从这里到前面的大榕树，只要你超过我，我就满足你一个愿望，无论什么；反之，你就要答应我一个条件，如何？"

唐羽纱看着他，仿佛看到了希望的曙光，两只眼睛变得亮闪闪的。只要她赢，她就可以让帝辕熙答应自己一个条件；只要她赢，她就可以让帝辕熙重新变成以前的帝了！

这是件多么有诱惑力的事情啊！不加考虑地，她点点头："好。"

帝辕熙淡淡地微笑，倾城的脸上映射出温柔的光华。

比赛开始——

无论唐羽纱用多快的速度，帝辕熙总能毫不费力地跟上，而且笑容依旧灿烂如花。

她快，他也快。

她慢，他也慢。

这样一致的频率让唐羽纱忍不住感到担忧，每每看到帝辕熙魅惑的笑容，她总有一种被人戏耍的感觉，好像让帝辕熙变回从前只是她的一个天真的梦而已。

距离终点，只剩下一百米了……

望着终点的大榕树，唐羽纱忍不住加快了速度。只要能让帝回来，她宁可在跑到终点时气结而亡。

可是，就在离终点不到十米的时候——

帝辕熙超过了她，没有一点负担地，超过了她。

看着那敏捷的身影跃到树下，唐羽纱颓然地放慢脚步，站在原地安静地注视着他站在终点向她挥手的得意面容。

恍然间醒悟过来，原来他一直都可以超过自己，只是，他没有表现出来。

眼眸无助地闭上，她很无奈很凄凉地笑了。

为什么要欺骗她呢？为什么明明早就可以超过她，却偏偏要给她这不可能得到的希望？而且，希望之后的绝望强大得可以将她摧毁。

她不喜欢这种感觉，真的……很不喜欢。

“我们，回家吧!”良久，唐羽纱抬起头，平静地对一旁望着自己的帝辕熙说道。

她从地上站起来，缓慢地走向通往别墅的小路，可是一双大手却飞快地将她拽回了原地。

“你是不是生我气了？气我戏耍你?”拉着她的手，帝辕熙有些抱歉地说。但当他感受到唐羽纱手上冰冷的温度时，他不由得轻微颤抖起来。

唐羽纱凝视着他，晶亮的眼眸里闪烁着脆弱的光芒。她的脸上苍白如雪，仿佛一个被冻僵了的孩子。

然而，她的声音却犹如飘渺的白雾，一点一点渗进了帝辕熙的心中。

“我……从来不会生帝的气。无论帝做了什么令人难过的事，我都不会生帝的气。我会一直陪在帝的身边，即使你不再喜欢我，已经开始讨厌我，我也不会离开，我会看着你找到属于自己的幸福。因为只有这样，我才能安心地离开，离开不再需要我的帝的身边。”

傍晚，天空下起了密密的雨珠。帝家小巧的三层别墅轻柔地倚在蒙眬的山林之中。

帝辕熙和唐羽纱还没回来，他们去树林里采蘑菇，为两天后的餐宴做准备。别墅的旁边，有一棵高大的樱桃树。树旁，一个长发少女正安静地坐着。

她靠在树干上，两手抱膝而坐，长长的棕褐色卷发披散到胸前，露出一张美丽却脆弱的脸庞。

在她的脸上，两道泪痕清晰可见，大大的眼睛里盈满了落寞与悲伤。她凝望着天空，昏黑阴暗的天空，就如同她的心，满满的全是哀伤。

在很久很久以前，她也曾这样哭过。但那个时候，有一个很英俊很漂亮的小男孩跑过来安慰她，告诉她棒棒糖不哭的魔力，于是，她就学会了含着棒棒糖很甜很甜地冲他微笑。

可是现在，再也没有人会给她棒棒糖，再也没有人告诉她他喜欢微笑

的她了。一滴晶莹的泪珠滑过眼眶，与雨水混为一体。

她真的不想，再与他错过……

远处，一个颀长的身影安静地注视着树下娇小的身影。

他痛苦地凝望着她，眼眸深处是无比深邃的情感，那种可以把人吞没的思念促使他迈开双腿，向她跑去。

感受到他的气息的存在，熟悉的感觉让少女迅速转过头来。她望着向她跑来的他，眼睛里是抑制不住的惊讶与狂喜。

“王——”扑进他的怀中，少女的眼泪再一次落下。

属于他的体香让她再也忍受不住相思之苦，失声痛哭。他听着她小声地啜泣，抚摸着少女柔软的长发，最后，他无法自拨地紧抱住她。

真的，不想再同她分开。

身后，唐羽纱沉默地注视着他们拥抱在一起的身影，手中的蘑菇洒落一地。她大大的眼睛里空洞无神，就像一个被人遗弃的木偶，孤寂可怜。

似乎已经不会流泪，她只是静静地站着，孤单的身影独自立在低矮的山坡上。

帝，原来你的变化是因为——

不再……爱我了吗?

CHAPTER 02
雨之至

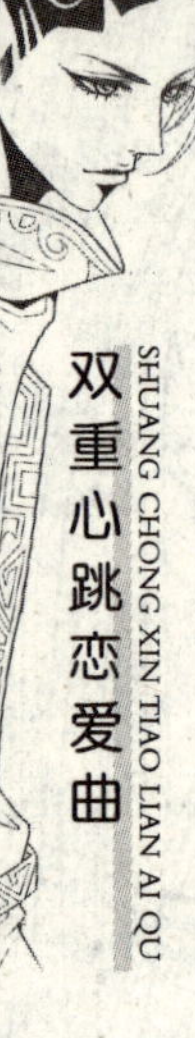

雨，肆无忌惮地下着。

风咆哮着，卷起唐羽纱长长的裙子。身上一阵阵刺骨的寒冷，她握紧双拳，恍若失去生命一般望着樱桃树下相偎着走进别墅的一对男女。

他……似乎早已将她忘记了。

恐怕即使她失踪了，他也不会挂念的吧！

可是为什么呢？为什么他不再像以前一样，会对自己的一切那么在意？为什么到了现在，他甚至……可以忽视她？

唐羽纱想着，眼中突然淌下一滴炙热的泪珠。原来在面对事实的时候，她也是如此的软弱啊！不想面对事实，不想面对自己承诺过的——只要他有了自己的幸福，就会心甘情愿地离开。

她把手放到胸口上，从贴心的衣袋里取出柠檬花水晶石。那块象征着挚爱的水晶石，此刻正在雨水中泛着忧伤的光芒。

“你说……我应该放弃吗？”唐羽纱蹲下身体，面容宁静地喃喃自语着。她不想就这样离开，不想还没有争取过就主动认输。毕竟，在很久很久以前，帝辕熙就已经喜欢她了。

可是，一想到帝辕熙紧紧抱住那个女孩时的眼神，她的心就隐隐地抽痛。

她认识那种眼神，在她生病发烧一个星期没有好转的时候，帝辕熙也露出过那种眼神。那是他对她的关心、怜爱，还有延绵不尽的爱恋。

唐羽纱沉痛地凝望着别墅紧闭着的大门，期待有人能举着伞从里面跑出来，然后将她抱进屋去。但是，没有一个人出来找她，一个都没有。

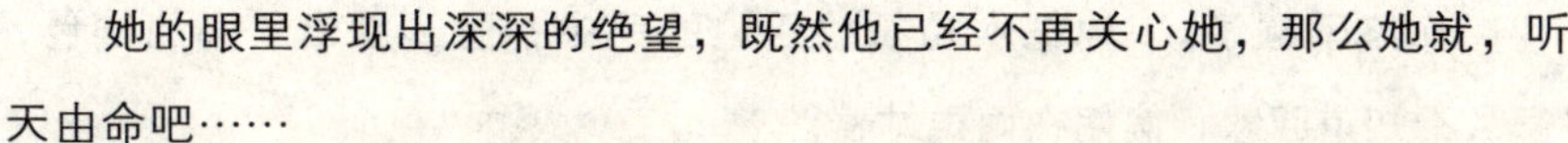

她的眼里浮现出深深的绝望，既然他已经不再关心她，那么她就，听天由命吧……

雪白的鹅绒床上，唐羽纱正呼吸均匀地熟睡着。她刚刚输过液，身体还很虚弱。

一旁的雕花木椅上，一个娉婷的身影正安静地注视着她，眼睛里满是复杂的神色。

门被轻轻推开，帝辕熙端着一杯热牛奶慢慢走了进来："萧香，喝一点吧！为了照顾她，你一定已经很累了。"

他走到萧香身边，轻柔地把热牛奶递到她的手中。

"谢谢。"萧香看了他一眼，然后继续注视着唐羽纱苍白的脸庞。她就是帝辕熙的女朋友，但却因为帝辕熙的突然改变而变得如此痛苦……

"王，你为什么不把你的身份告诉她呢?"萧香静静地看向帝辕熙，淡灰色的眼眸里闪烁着悲伤，"你不告诉她，她会很痛苦，而且你……也不会快乐。"

"那个人不让我说出来，我也……没有办法。"帝辕熙低着头，似乎想起了什么，他转向萧香，"还有，在这里不要叫我王，我不希望她怀疑。"

萧香点点头："我会注意的。"

帝辕熙坐在床边，轻轻地帮唐羽纱拽了拽被子。就在这时，柠檬花水晶石骨碌碌地从唐羽纱的手中掉了下来。

他微怔。昨天在抱她回来的时候，他曾想把这块水晶石从她的手中拿出来，可是她的手攥得很紧，让他一点掰开的余地都没有。

这块水晶石对她来说，一定有着很重要的意义，不然她就不会在昏迷的时候仍下意识地握紧它。

他拿起柠檬花水晶石，细细端详起来。

突然——

"把它……还给我……"微弱的声音在帝辕熙耳边响起，他惊讶地回过头，看着不知何时已经睁开了眼睛的唐羽纱。

“你终于醒了。”他把水晶石放回她的手中，脸上露出安心的神色，“怎么不知道回家，偏偏在雨里站着?”

帝辕熙注意到唐羽纱的目光并没有停留在自己的身上，而是看着他身后的女孩。

帝辕熙站起来，指了指萧香说：“这位是萧香，我的朋友。”

空气有些凝固。

唐羽纱一言不发地坐在床上，直勾勾地凝视着萧香。她长得很漂亮，一头棕色的长卷发，一双明亮的大眼睛，还有吹弹可破的白嫩肌肤。

她不相信，这样一个美丽的女子居然只是他的朋友那么简单。心再一次抽痛起来，唐羽纱低下头，密密的刘海遮住了她的脸：“帝，你先出去好吗? 我想和萧香……说一些事情。”

她的声音哑哑的，仿佛哭过之后才有的声音。帝辕熙沉默了一会儿，然后轻轻扫了萧香一眼，静静地离开了。

屋子里只剩下唐羽纱和萧香两个人。她们都没有说话，没有人愿意第一个打破僵局。于是，空气中便只剩下安静得有些诡异的气息。

良久，萧香走到唐羽纱的大床边，微笑着凝视她：“羽纱，我知道你想和我说什么。你是想问我为什么会认识帝辕熙对吗? 在你的记忆中，应该根本没有我这样一个人才对。”

唐羽纱抬起头，大大的眼睛里闪烁着倔犟的光芒：“没错，我就是想要问你这个问题。”

萧香有些吃惊于唐羽纱不留余地的回答，她不自然地抽动嘴角，然后说：“其实，有些事情你并不知道。现在的帝辕熙已经不再是以前的帝辕熙了，以前的帝辕熙也许很温柔、很体贴，可是现在帝辕熙根本就不可能做到这点。他们不是同一个人，所以你根本没有必要执拗地寻找他为什么会改变的答案，如果你真的想要以前的帝辕熙回来，那么就只有等待，安安心心地等待一年，他就会原封不动地回到你的身边了……”

唐羽纱不可置信地瞪大眼睛，她激动地掀开被子，一把抓住了萧香的手："你知道帝辕熙改变的原因对不对？你知道究竟发生了什么事情，那么我求你告诉我，告诉我你所知道的一切，告诉我我的帝到底去了哪里？我不想……每天面对这个我不了解的帝辕熙，我只想要以前的帝辕熙回来……我可以和他很幸福很幸福地在一起，就像以前一样，我们每天都在一起，每天都过得好快乐好快乐……"

唐羽纱的眼中不由得泛起晶莹的泪花，它们涌动着顺着脸颊缓缓流淌，帝辕熙的好通通跑到她的心里报到，让她的心酸痛得就要窒息。

"羽纱……"萧香悲伤地看着她，她很清楚唐羽纱面对的是怎样的伤痛。可是，她却不能告诉她，除了让她知道帝辕熙是爱着她的之外，她什么都不能做、什么都不能说。也许让她离开一段时间，会对她有所帮助……

"你有没有想过……出国一段时间？"萧香凝望着窗外蔚蓝的天空，轻轻地说。

"出……国……"唐羽纱失神地重复着，泪水在她脸上无声地流淌。

"对，如果你出国一段时间，也许就可以暂时忘掉这里发生过的不愉快的事情。等你再回来的时候，看到的便会是和原来一样的帝辕熙……"

"你为什么不告诉我发生了什么事情?!"突然，唐羽纱一把推开了萧香从床上站起来，脸上全是愤怒的神情，"你为什么要劝我出国？为什么要告诉我回来后见到的就会是和以前一样的帝辕熙？你不告诉我理由，不告诉我原因，我凭什么相信你？凭什么相信你不是要趁我离开的时候抢走我的帝而是要想方设法地帮助我?!!"

看着已经抓狂了的唐羽纱，萧香的脸上呈现出不可逆转的悲哀。她真的不清楚，不把事情的真相告诉她到底是好事还是坏事？

"羽纱，你要明白……我不告诉你事情的真相真的是在帮助你……"

"住口！"唐羽纱疯狂地抓起一旁的柠檬花水晶石，毫不犹豫地向萧香的方向摔去——

柠檬花水晶石落在地上，发出"砰"的响声。萧香呆呆地靠在墙角，望着瞬间安静下来的唐羽纱。

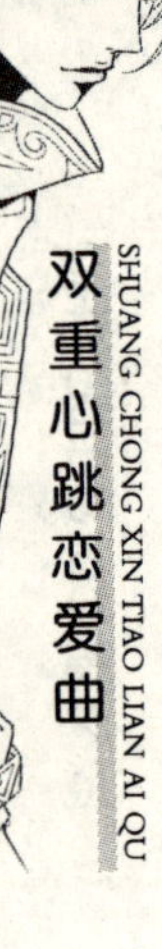

唐羽纱的目光变得空洞，她一步一步几乎是用挪的方式走到水晶石砸到的地方，然后蹲下来，静静地把它捡起。

与此同时，房间的门也被一只手用力地拉开。帝辕熙显然是听到响声才走进来的，他紧张地看着萧香："你没事吧?"

萧香没有看他，她的目光依旧停留在魂不守舍的唐羽纱身上。

感受到不对劲儿，帝辕熙立刻转头，望向在地上蹲着的唐羽纱。

此刻，她正低着头，面色苍白如雪，眼睛死死地盯着手中的柠檬花水晶石，眼睛里泛出雾一般浓厚的悲伤。

她抿着嘴唇，身体还在不停地颤抖："帝……对不起，我不应该随便丢水晶石的。你说过，柠檬花是挚爱的象征，而我却这样践踏你的爱……你会惩罚我的对不对？可是……无论你想要怎么惩罚，都请不要离开我……我不想失去你，所以……不要离开我……"

帝辕熙的瞳孔骤然紧缩，他望着喃喃自语的唐羽纱，心也在隐隐作痛。

她……很痛苦啊！

帝辕熙感觉自己的心被人狠狠地揪住，他有些痛苦地皱着眉头，与此同时似乎听到了那个人在心底愤怒的呐喊。

"唐羽纱……"帝辕熙学着她的样子蹲下，轻轻将手伸向她。然而，在他碰触到她的手时，身体却不受控制地颤抖起来。

她的手，冷得似冰。

"你还好吗？唐羽纱，站起来好吗?"他用几近哀求的语气对她说，心痛的感觉几乎要将他撕裂开。

他，不能再让她难过！

仿佛没有听见他说话，唐羽纱继续木然地蹲在原地，她的眼睛澄澈剔透如水晶，绽放出炫目的光芒。

"真想……回到从前。"她轻轻笑出来，然后闭上眼睛向后栽去——

两天后的夜里。

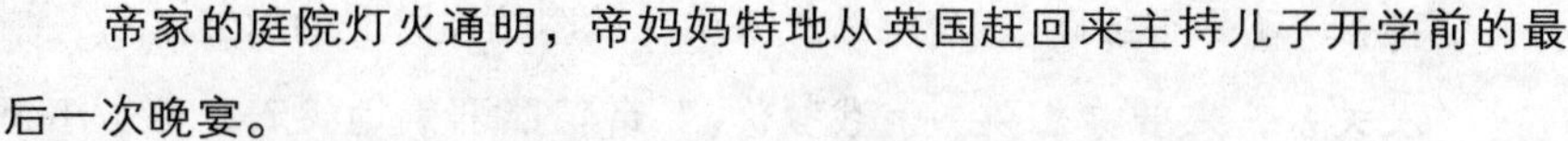

帝家的庭院灯火通明，帝妈妈特地从英国赶回来主持儿子开学前的最后一次晚宴。

宴会在蓝湖前面的山坡上举行，山坡中央是一个巨大的火堆，无数小彩灯把周围点缀得如同星河一般。

坐在尊贵的天鹅绒椅子上，帝妈妈微笑着向商界的各位朋友介绍她最令人骄傲的儿子。

一个昏暗的角落，唐羽纱孤单地坐在草地上望着备受瞩目的帝辕熙，此时的他换上了一身高雅尊贵的晚礼服，浑身都散发着王者的气息。

要是换做以前，她一定会把自己打扮得漂漂亮亮的和帝辕熙一起参加宴会，而现在，她似乎已经没有了资格。真正应该陪他参加宴会的人是萧香，不是她。

“唐羽纱！”就在她迷迷糊糊的时候，一个英俊不凡的男子突然出现在了她的面前。她睁大眼睛，不敢相信地看着面前似乎有些生气的帝辕熙。

“你怎么在这里?”

“这应该是我要问你的吧……”帝辕熙微微蹙眉，有些恼怒地瞪着她，“你为什么还不换衣服？母亲要你快点过去呢！”

唐羽纱忍不住张大了嘴巴，原来自己在伯母心中还有这么高的位置呢！

“还愣什么？快去换衣服！”看着依旧呆呆的唐羽纱，帝辕熙忍无可忍地在唐羽纱头上挥下重重的一拳，然后看她做出一副猛然醒悟的样子跑进别墅。

真是个麻烦的家伙，不过，看她恢复正常的样子……

帝辕熙嘴角露出一抹若有若无的微笑，如果她能一直这个样子，真的很好。

晚饭过后，帝妈妈热情地邀请大家跳舞，山坡上到处都摇曳着女人华丽的长裙。

“你想跳吗?”帝辕熙举着高脚杯，魅惑地看着身边一脸陶醉的唐羽纱。

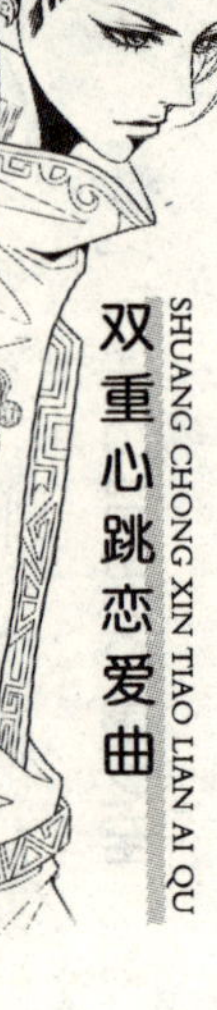

“我……不是很会跳。”唐羽纱低下头，试图挡住脸上的绯红。

“没关系，只要你想跳……我教你。”帝辕熙邪魅地笑着，他放下酒杯，拉起唐羽纱的手，迈着华尔兹的舞步滑进了人群中央。

“跟着我的节奏——一、二、三，一、二、三……”

在帝辕熙的带领与指引下，随着音乐的节奏，唐羽纱旋转着，跳跃着，感觉自己似乎飞了起来，这种幸福的感觉像是七彩的泡泡在旋转中放飞。

一曲终了，唐羽纱意犹未尽地坐在椅子上，小口抿着高脚杯里的红酒，而在她的身后，帝辕熙正安静地注视着她。

在和她跳舞的时候，他的心里突然涌起一种希望能和她共舞一晚的想法，他不明白自己为何会有这种感觉，所以在跳完一曲之后，他找了个借口逃开。

在凝盯了她好久之后，帝辕熙终于自嘲地转过身，他弯起嘴角，自嘲的声音里面充满了讽刺：“傻瓜，你该不会是喜欢上她了吧？”

回到别墅，唐羽纱换下一身华丽的长裙，穿上自己平时穿的睡衣，可当她走进卧室时，却惊讶地看到萧香正和帝辕熙谈笑着。

她问：“你们在这里做什么？”

帝辕熙看向她，用很平淡的语气说：“从今天起，这里就是萧香的卧室。你搬到别处去！”

唐羽纱的眼睛不可思议地瞪大，她咬了咬嘴唇，然后坚决地看着他：“不行，这里是我的卧室，我绝对不会让给别人！”

“尽管这里是你的卧室，可是你也不是不知道……”帝辕熙意味深长地看着她，冷魅地邪笑着，“这里是我家。”

“帝……你怎么可以这样？！你说过这个房间永远都会是我的，你现在怎么能把我赶出去？”唐羽纱委屈地嘟着嘴，强忍着想要哭出来的冲动。

无视她的委屈，帝辕熙冷漠地笑着，他一边搂着萧香的肩膀，一边魅惑地在唐羽纱耳边吹着热气。

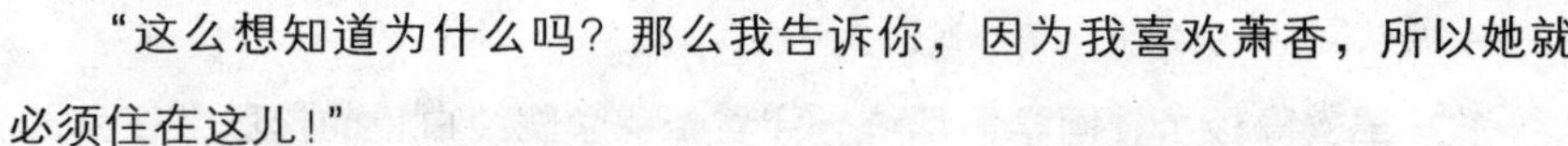

“这么想知道为什么吗？那么我告诉你，因为我喜欢萧香，所以她就必须住在这儿！”

唐羽纱的身体僵住，她甚至感觉到自己浑身的血液都在倒流。

他……果然喜欢萧香……

“帝辕熙，你不要太过分！”萧香愤怒的声音在寂静的房间里响起。

她挣脱开帝辕熙的手，跑到唐羽纱身边，用纸巾轻轻擦拭着她眼睛里闪烁着的泪花：“羽纱，你不要听他胡说，你就继续住在这里，无论他说什么，你也不要离开。”

唐羽纱伸手推开了萧香的手，然后微笑着看向她：“不用安慰我，我会自觉离开的。既然帝想让你住在这里，那我就去叫张伯伯再收拾出一个房间来。”

她的话里有着掩饰不住的哀伤，让帝辕熙的心不由得生疼生疼。

在唐羽纱推开房门准备离开时，他看着她挺直的背影，突然大声地说：“不用走了，我去帮萧香找一个干净的房间，这么脏乱的房间，还是留给你自己用吧！”

说罢，帝辕熙拉起萧香的手大步离开了唐羽纱的卧室。

门“咔嚓”一声关上，房间里顿时安静下来。

仿佛失去了束缚，唐羽纱“扑通”跪坐到地上，眼泪止不住地落下……

圣羽学院。

一个专为有钱人开放的贵族学院，仿佛一座金光灿灿的城堡巍然屹立于湖心花园的最南方。在这个学院里，没有种族的划分，只要你有钱，即使是住在南极的企鹅也会被邀请前来就读。

今天是十天假期后重新上学的第一天，阳光明媚得耀眼，是个万里无云的好天气。

通往主教学楼的路上栽种着高大的紫罗兰树，它们高傲地挺立在路旁，紫色的花朵伴随着微风的吹动轻轻摇摆、飘落，美丽得如同梦境。

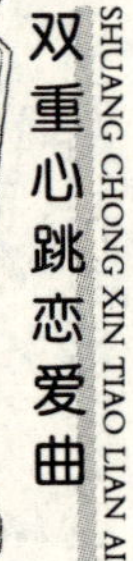

A级教室。

教室里安静极了，同学们都统一穿着圣羽学院纯白色的校服坐在自己的座位上，等待着新一天的学习开始。他们的脸上都洋溢着自信的微笑，干净的桌面上摆放着一摞厚厚的书籍。

能够坐在A级教室里读书的人，不只是家里有钱那么简单。更重要的是，他们每个人都是国际上很著名的企业的家族继承人，所以，他们的举手投足间透露的便都是高贵优雅的气息。

上课铃声响起，教室的门被一双手轻轻推开，文校长西装革履地走了进来。他的身后，是一个很漂亮的长发女生。

文校长走上讲台，声音低沉有力："同学们，这位是刚从英国转学过来的萧香同学，是帝辕熙少爷和唐羽纱小姐的朋友，希望同学们用热烈的掌声欢迎她！"

掌声震耳欲聋。

文校长的目光轻轻望向坐在最后一排的帝辕熙，恭敬地欠了下身。整个圣羽学院几乎都是帝家投资建设的，作为欢迎最大股东的少爷推荐来的人，他这样做应该算是合乎情理了吧！

帝辕熙没有看他，他的目光一直都停留在讲台上的萧香身上，窗外的阳光倾洒在她的身上，棕色的长发散发出柔和的光泽。

"帝……"唐羽纱偏头，声音微弱得只有自己才能听见。

紫罗兰林。

坐在冰凉的石凳上，唐羽纱孤单地数着树上的花瓣。

刚一下课，帝辕熙就拉着萧香不知跑去了什么地方，所以她就只能自己一个人来到这空旷冷清的紫罗兰林。

"小羽毛！"不远处，宫泽霖颀长的身影由远至近来到了唐羽纱的身边。

他低下头，轻轻拨弄着唐羽纱柔顺的短发，嘴角噙着一抹玩弄的笑意："好久都没见到小羽毛你了，有没有想我啊？"

逃开宫泽霖的魔爪，唐羽纱护着头跳到一边，撅着嘴不满意地冲他喊着：“跟你说过多少次了，不可以随便摸我的头，你的‘鸡爪子’上不知道有多少细菌，要是把我的头发弄脏了，可就真的再也洗不干净了！”

宫泽霖停下手中的动作，他诡异地看着她，嘴角上扬出一丝冷笑。

“你说……我的手是鸡爪子？”他慢慢走向躲在紫罗兰树后面的唐羽纱，声音阴沉地在树林里响起。

唐羽纱感觉到自己的身体在颤抖，她不由得抓紧了树干，看着好像很生气的宫泽霖：“表哥……你不要把自己弄得那么吓人好不好？你知道的，我的胆子……很小。”

她唯唯诺诺地睁大漂亮的眸子，可怜兮兮地看着越走越近的宫泽霖。

望着她胆怯的神情，宫泽霖不禁在心里感到好笑。他又怎会不知唐羽纱有胆小的毛病？他只不过，在吓唬她罢了。

宫泽霖俯下身，把嘴凑到唐羽纱的耳畔，声音低低地说：“你真是个……大傻瓜！”

仿佛被一道重雷劈中，唐羽纱蓦然瞪大眼眸，恶狠狠地瞪着一旁偷笑的宫泽霖。这样吓唬她，他居然觉得很有意思！真是个可恶的坏家伙！

“死公鸡，看我今天不把你尾巴上的鸡毛拔下来！”唐羽纱从树后冲出来，一把揪住了宫泽霖的衣领。她伸出手，放到他的腰间去搔痒。

宫泽霖受不了地扭动身体，连连告饶。可是唐羽纱却丝毫没有放松，一直等到他痒得在地上打滚才渐渐收回了手。

“看你以后还敢不敢戏弄我！”唐羽纱得意地叉着腰，居高临下地望着躺在地上大口喘气的宫泽霖，脸上浮现出快乐的笑容。

阳光穿过密密的花瓣，暖暖地照在唐羽纱的身上。

宫泽霖有些失神地看着她，心底突然涌出一丝暖意，能看着她这样快乐的微笑，真的就满足了。

唐羽纱微笑着望向远处，眼睛里面一片璀璨：“帝——”

宫泽霖微愣，他顺着唐羽纱的目光，看到了站在一片阴影处的帝辕熙。

“你怎么在这里?”看着唐羽纱笑吟吟的脸庞，帝辕熙的面容不禁变得冷峻起来。

不知道为什么，看到她和别人嬉闹的场景会感到如此不舒服。也许，是因为那个人喜欢的人是她的原因吧!

“因为我喜欢这里啊!”唐羽纱眼睛弯得像月牙，“以前帝有事不能陪我的时候，我都会一个人来这里。”

一个人?

帝辕熙挑眉，语气不善地说：“那你旁边这位是谁呢？鬼吗?”

唐羽纱脸上的微笑慢慢消失，她有些难过地看着帝辕熙，轻轻地说：“他是我的表哥，你……忘记了吗?”

“很抱歉，”帝辕熙轻描淡写地看着别处，然后露出一个鄙夷的微笑，“对于一些不起眼的事物，我从来不会放在心上。”

宫泽霖皱眉，他有些生气了。

就在这时，一个清脆的声音在紫罗兰林外面响起：“辕熙，你在吗?”

是萧香的声音。

唐羽纱长长的睫毛扬起，她的心里突然有些失落，好像帝辕熙又从身边被人抢走了。

没有注意到唐羽纱失落的表情，帝辕熙从石凳上站起来，快速地走了出去。没过多久，他又搂着萧香的肩膀优哉游哉地回来了。

看着在他怀里一脸甜蜜的萧香，宫泽霖被彻底激怒了。尽管他不喜欢帝辕熙，但是让羽纱这样伤心，是他最不想要见到的!

“帝辕熙——”他握紧拳头，愤怒地瞪着一脸轻浮的帝辕熙。

“怎么，有什么事吗?”凝视着宫泽霖，帝辕熙的脸上露出一副漫不经心的笑容。他毫不畏惧地直视着一脸愤怒的宫泽霖，嘴角魅惑邪恶地上扬。

感受到空气中流动的紧张气息，萧香的身体不由得僵硬起来，唐羽纱的脸色也变得苍白。

“你知不知道，我现在真的很想揍你!”宫泽霖的身体因为帝辕熙的无

畏而变得颤抖，他走近他，把拳头举到了他的面前。

帝辕熙嘲讽地勾起嘴角，伸出右手接住了宫泽霖的拳头："你以为你打得过我吗?"

他放开了萧香，目光凌厉地看着宫泽霖。

宫泽霖微微一笑，说："在没有试过之前，谁也不能妄下结论。"

"表哥！"唐羽纱终于意识到事情的严重性，她慌忙上前一步，想要阻止他们，可是被帝辕熙一个凌厉的眼神惊呆在了原地。

"既然你想打架，那我就陪你打个痛快！这样你就会知道，想要战胜我是多么愚蠢的想法。"

帝辕熙冷笑着看着宫泽霖，眼睛里一片骇人的冰天雪地。

紫罗兰花瓣从树上扑簌簌地掉落，鸟儿的惊叫声不绝于耳。

唐羽纱惊颤地站在原地，默默地望着扑打成一团的帝辕熙和宫泽霖，此时的他们就像两个孩子，你给我一拳，我给你一掌，白色的衬衣上已经沾满了泥土，脏得不成样子。

突然，一个漂亮的背摔，宫泽霖被帝辕熙重重地摔在地上，脸也被他趁机重重打了一拳，鲜血迸流！

唐羽纱捂住嘴，眼泪如泉涌一般流了下来："你们……不要再打了……"

很无力地请求，却意外地使他们两个停止了打斗。帝辕熙定定地看着满脸泪水的唐羽纱，然后低下头，把宫泽霖从地上拉了起来。

"表哥……你还好吧?"唐羽纱哽咽着扶住宫泽霖，让他坐到石凳上休息。

可是，宫泽霖却反手紧紧握住了她的手，声音颤抖，带着微微的不可置信："你……是在为我流泪吗?"

唐羽纱微怔，过了一会儿，她重重地点头："对，我是在为你流泪。你为什么要和他打呢? 为什么要把自己弄成这个样子?"

宫泽霖的嘴角上扬出一抹苦笑，他的声音轻轻的，却极具穿透力。

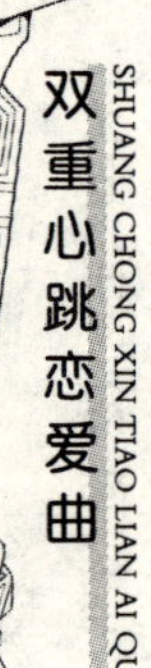

“我知道你喜欢他，也明白你在看到他搂着别人时的痛苦。可是，我不明白的是，他为什么已经得到了你的喜欢却还要来伤你的心？他能得到你的喜欢，就应该珍惜才对啊！不像我，无论怎么对你好……都得不到你的……半点回报。”

表哥……

唐羽纱的泪水更加泛滥，她再也不能控制自己的感情，趴在宫泽霖的身上大哭起来。

她早就知道宫泽霖对她的心意，只是她一直都装作不知情。因为她知道，自己永远都不可能回报他的这份感情，所以只要他不提，她就可以一直傻傻地逃避。

但是现在，再也没有了逃避的机会。

帝辕熙看着哭得像个泪人的唐羽纱，心再次不可遏止地疼痛起来。为什么每次看到她的眼泪，都有种将要窒息的感觉？

“不许哭。”他走到唐羽纱身边，将她从宫泽霖身旁拉起。

“请你……放开我。”唐羽纱忍住泪水倔犟地抬起头坚定地凝视着他的黑眸。

帝辕熙有些错愕。他不明白唐羽纱对他的态度为何突然来了个 180 度大转变。难道，是因为宫泽霖的表白？

“你有胆量，再说一次！”帝辕熙的眼底一片冰冷，他手上的力道不由得加大，让唐羽纱疼得皱起了秀眉。

“我说，请你放手。”她努力把疼痛压制下去，静静地与他对视着。

帝辕熙自嘲地弯起嘴角，他耸耸肩，故作坦然地说：“我就知道，你这种人根本不会那么专一。明明喜欢我，却还会因为那家伙的告白而动摇……”

话还没有说完，唐羽纱就已经颤抖着走到帝辕熙的面前，一字一句清晰有力地说：“帝辕熙，你给我听好，我并没有因为宫泽霖的告白而动摇。所以，请你不要随意侮辱我。”

“你没有动摇吗？”帝辕熙嘲讽地接住一片刚从树上飘落下来的叶片，

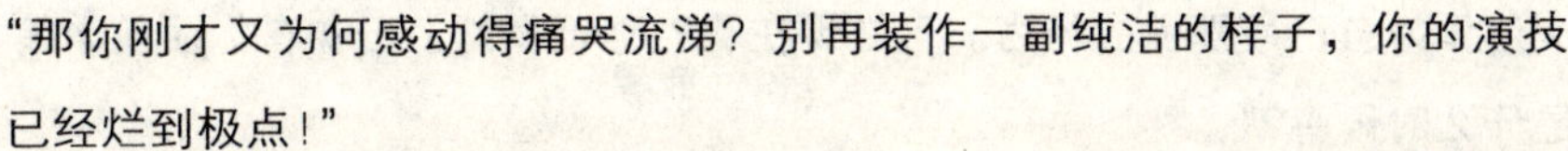

“那你刚才又为何感动得痛哭流涕？别再装作一副纯洁的样子，你的演技已经烂到极点！”

唐羽纱的身体重重一颤，她凝视着他，那样安静地凝视他，仿佛从来不曾认识过他一样，眉宇之间是掩饰不住的悲伤。

“我没有因为感动而痛哭流涕，在我的眼中，帝永远都是最尊贵、最儒雅的神。可是，刚才出现在我眼前的帝完全是我所没有见过的。他暴戾、狂躁，会那样凶恶地冲着朋友挥拳头……我真的，好失望……”

唐羽纱有些失神地望着地面，她的眼眶里有晶莹的水光在闪动，可是，她一直隐忍着，没有让那些水溢出来。

“帝，你说，你还会给我……希望吗？”

风吹过唐羽纱苍白如雪的面颊，酸痛的感觉迫使她眼中的泪水流淌出来。

帝辕熙望着她，她脸上的悲痛脆弱生生地印在他的心底。

好像回到了第一次见到她的那个夜晚，她脸上的快乐、单纯明朗得令人迷醉，而现在，他却不止一次地让她哭泣。

她是无辜的啊！无论发生了什么，痛苦都不应该让她承担，虽然只有一年的时间，可是在这一年的时间里，他就不能让她快乐地度过吗？

为什么明明可以让快乐陪伴她，他却非要让痛苦纠缠在她身边？这样，不是他想要的。

对视许久，帝辕熙终于轻幽地开口：“如果你还能相信我，那么……我会给你希望。”

“你要怎么给她希望？”之前一直沉默的宫泽霖突然暴怒地开口，他不顾身体的疼痛走到了唐羽纱身边，握住了她单薄的肩膀，“你以为你可以给得了她希望吗？就算你可以给她希望，那么你认为你还有这个资格吗？”

“我没有和你说话……”帝辕熙皱紧眉头，继续盯着唐羽纱脸上细微的表情变化。

“你知不知道，她现在已经为你流了多少眼泪？”宫泽霖无法自控地提高音量，褐色的眼睛浑浊得令人心惊，“她以前是那么爱笑的一个人，把

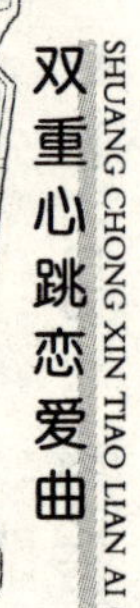

哭泣作为自己最鄙视的行为。可是现在呢？你记得她上一次在你面前微笑是什么时候吗？”

“表哥……”唐羽纱打断了他，仿佛是为了证明什么，她的脸上漾出了比天使还要纯净美好的微笑，“我愿意相信他。”

宫泽霖握着她肩膀的手无力地僵硬：“你说……你愿意相信他？愿意再给他机会?!”

唐羽纱微笑着，尽管眼中含着泪，却仿然很努力很努力地回答：“我愿意。”

心痛得快要裂开，宫泽霖倒退一步，眼中满是痛苦和哀伤。他以为，她会因为他对她的付出而动摇对帝辕熙的喜欢。但是，事实证明他还是失败了。

突然发现，他真的……很像自以为是的小丑，什么都不了解，什么都不懂。

“既然你执意如此，那么……随你的便！”宫泽霖决绝地转过身，大步走出了唐羽纱的视线。

萧香站在一旁，静静地望着正在原地默默对视着的两人，似乎她已经被他们遗忘了。

她的心底，一种强烈的酸楚正如波涛般翻涌，让她不由得捏紧了双手。

恐惧感席卷了她的全身，就好像他总有一天会离开她，即将……不属于她。

圣羽二楼餐厅。

一张雪白的圆桌旁，帝辕熙正端着咖啡杯优雅地喝着。

坐在餐厅里的其他同学纷纷侧目，其中，女生占了绝大多数。毕竟，像帝辕熙这样既英俊又多金的翩翩贵公子不多。

吱呀——

白色的木板门被一双轻巧的小手推开，唐羽纱伸进一个小脑袋，俏皮

地冲帝辕熙吐吐舌头。在她的手上，是一盘散发着香味的意大利比萨。

“帝，我回来了！”她快步走到桌前，将比萨轻轻地放下，然后对着自己的手“呼呼”吹了几口气，“好烫！”

帝辕熙淡淡地看了她一眼，然后有些不屑地哼了一声：“冒失鬼，你把刀子和叉子放在哪里了？”

“在我这里。”

帝辕熙闻声望去，只见萧香娉婷的身影正缓步向他走来。表情突然有些怔忡，她似乎变得和以前不太一样了。但是，他却又不清楚到底是哪里发生了变化。

萧香将刀叉分成三份，然后坐在了帝辕熙的身边。她微笑着看他，眼睛里满是温柔的神色：“快吃吧！这里的比萨真的很好吃。”

“是啊！帝你以前最喜欢的就是这里的比萨，所以一定要多吃一点！”这时，唐羽纱也坐了下来，笑吟吟地望着他。

萧香低头微笑不语。

餐厅里的人开始窃窃私语起来，他们神色怪异地冲着圆桌旁的三人指指点点。其中，最强烈的议论莫过于是——帝辕熙有了新宠！

议论的声音渐渐由小变大，帝辕熙握着叉子的手不由得僵硬起来，他抬起头，目光犀利地扫过餐厅。

很有威慑力的眼神，餐厅霎时一片寂静。

这时，萧香好听的声音突然打破了餐厅静谧的环境：“辕熙，他们刚才议论的好像是……我和你的关系呢！”

挑衅的话语，让唐羽纱的脸色瞬间惨白一片，她不可置信地望向萧香，却正好对上她那装作不经意飘过的眼神。

心里一片了然：她是故意的。

只是，唐羽纱不明白，平时那么在帝辕熙面前维护自己的萧香为什么会开始和自己作对。

整个餐厅因为萧香轻飘飘的话语又变得沸腾，有几个大胆的男生甚至站起来得意地吹着口哨。他们的意味很明显，即使是完美如天神的帝辕熙

也逃不了花心的事实。

帝辕熙微微蹙眉，他有些不满地看了萧香一眼，却并没有发现她眼底淡淡的骄傲。

他从椅子上站起来，愤怒地看着那些起哄的学生："你们都给我闭嘴！"

洪亮的声音在餐厅里响起，帝辕熙抿紧嘴唇，眼中的怒火足以焚烧一切。

已经没有心情吃东西了，帝辕熙一脚踹开挡在身前的圆桌，愤怒地离开了喧闹的餐厅。萧香带着胜利的笑容瞥了唐羽纱一眼，然后跟着他离开了。

门关上，餐厅里立刻喧哗一片。

阳光透过窗户，轻轻洒在唐羽纱单薄的身体上，而她则呆呆地望向窗外，纯净的眼眸里一片空旷。

CHAPTER 03
风之言

第二天。

圣羽学院的校报上，帝辕熙英俊帅气的脸庞几乎占据了整个版面。在他的照片下面，一行硕大的黑体字清晰地映入人们的眼帘——

本校最大股东之子帝辕熙喜新厌旧，与唐羽纱关系出现裂痕！

校报用了将近两页的篇幅细细描述了帝辕熙与新转学过来的萧香同学之间的种种令人费解的关系。很多人都认为，帝辕熙和唐羽纱的恋人关系是被这个新转来的萧香破坏的！

一时之间，帝辕熙花心的事件被传得沸沸扬扬。

公共休息室。

唐羽纱正坐在塑料椅上安静地背诵着英文课文，她平静的样子让一些已经看过校报报道的同学心生怜悯。

她……似乎还不知道校报的事情。

沈倩站在休息室的门边，已经凝望了她好久。她手中的报纸已经皱得不成样子。察觉到异样，唐羽纱从厚厚的英文书中抬起头，迷茫地看向前方。

“小倩?”她欣喜地从椅子上站起来，快乐地跑到沈倩的面前。

“好久没见到你了，这几天你怎么不来找我呢?”唐羽纱拉着沈倩坐下，微笑着的面孔纯净剔透。

沈倩看着她，脸上露出倔犟愤怒的神情。她把一直握在手里的报纸铺平，声音里满是憎恨：“你看看这个吧！”

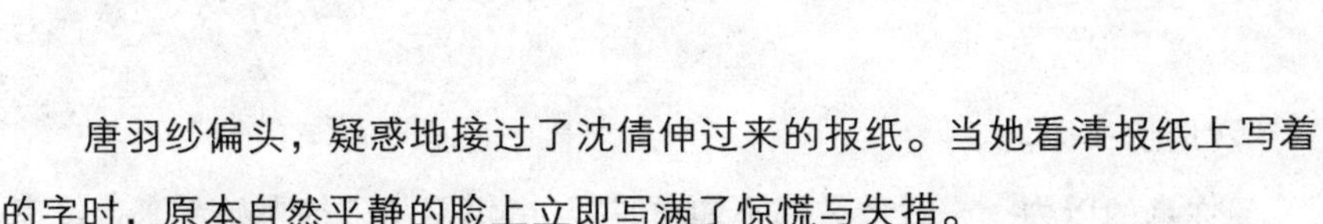

唐羽纱偏头，疑惑地接过了沈倩伸过来的报纸。当她看清报纸上写着的字时，原本自然平静的脸上立即写满了惊慌与失措。

“怎么会这样?”她震惊地瞪大了眼睛，手指轻轻地颤抖。

沈倩似乎已经料到她会有这样的举措，她并没有看她，只是握紧双手愤愤地望着不远处一帮议论纷纷的女生。

如果可以，她现在真的想要把那些女生都打成猪脸!

“小倩……”看完全文的唐羽纱抬起头，目光幽邃地望向沈倩，“现在，是不是几乎全校的人，都知道这件事了?”

沈倩看着羽纱无助的脸庞，心里暗暗做了一个决定。

帝辕熙专用休息室里，阳光从大大的落地窗射入，温暖地照在帝辕熙的肩头。他坐在转椅上，闭着眼优雅地喝着摩卡，完全没有注意到一个人影正静静地走近他。

沈倩看着他，眼睛里迸发出浓重的恨意。就是他害得羽纱悲伤，害得羽纱的心里只有他!可是，即使这样，在羽纱已经愿意把所有的笑容都献给他的时候，他却让羽纱如此伤心!

这样的人，不容原谅!

就这样想着，沈倩已经举着棒球棍走到了帝辕熙身后，她的手心沁出密密的汗珠，眼里却还是一片誓死的决然。

唐羽纱是她这一生中唯一真心结交的好朋友，她坚强勇敢、活泼可爱，就像一个没有一点瑕疵的天使。所以，她要保护她，哪怕付出生命，也要保护这个纯净的女孩。

棒球棍举过头顶，沈倩抿紧双唇，定定地凝望着面前闭着眼睛的少年。

刷——

棒球棍在空中划过，完全出乎意料!

一只有力的大手稳稳地接住了快速下落的球棍，然后毫不费力地从沈倩手中将它抢走。

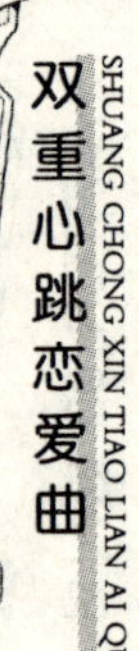

沈倩愣在原地。

“你真的以为……我什么都不知道吗?”帝辕熙从转椅上站起来，饶有兴趣地看着沈倩。

其实，从她拿着棒球棍走进来的时候，他就已经知道她要干什么了。可是，他却一直在给她机会，看她会不会知趣地放弃。

然而——

“既然你挡住了我的攻击，那么……想要怎么惩罚，全由你说了算!”沈倩昂着头，不卑不亢地看着帝辕熙。

她眼中的倔犟光芒让帝辕熙感到惊讶，从她的眼中，他似乎能看到另一个倔犟女孩的身影……

“谁让你来的?”帝辕熙收回目光，淡淡地说道。

“没谁让我来，是我自己想来的。”沈倩挺着胸，坚定地说，这模样像极了一个驰骋沙场的大将军。

帝辕熙微笑，他走到沈倩身边，赞许地轻声低语：“很有骨气的女孩。既然你不想回答这个问题，那么换一个——你为什么要攻击我?”

眉头上挑，沈倩直视他轻柔的目光，语气极为不善：“你做了什么自己心里清楚。”

帝辕熙看着她，目光渐渐变得犀利：“可是，我真的很想知道，我……到底做了什么?”

啪——

一张报纸被沈倩愤怒地甩到桌子上。

她的脸愤怒得几乎快要扭曲，都到了这个时候，他居然还不承认自己对唐羽纱犯下的错！亏得羽纱那么喜欢他！

“你自己好好看看，然后再告诉我，你是不是真的什么都不知道?!”

帝辕熙不可思议地瞪大眼眸，他看着报纸上自己的照片，陷入了沉思。

良久。

“是唐羽纱让你来找我的吗?”他沉吟着开口，目光深邃地凝望着

沈倩。

“和她没有关系，是我自己要来的！”沈倩大声反驳，似乎害怕把唐羽纱牵扯进来。

看着她紧张的神情，帝辕熙的嘴角上扬出一抹淡淡的微笑，他装作不在意地望向窗外，恰好看到了唐羽纱匆匆上楼的身影。

“你的好朋友已经来找你了。”他回头看着沈倩变得惨白的面孔，她……一定也看到了。

敲门声响起，唐羽纱走进房间，看到伫立在窗前的沈倩，露出一丝释怀的笑容：“你果然在这里啊！”

“你怎么会来？”沈倩看着唐羽纱，不自然地上前问道。

“我听几个同学说，看到你来这里，所以就来看看。”唐羽纱笑吟吟地看着帝辕熙，眼睛里没有一点难过，“你们是在讨论些什么事情吗？”

帝辕熙冷笑，他踱步到唐羽纱身旁，俯下身在她耳边轻轻说道：“刚才我们在这里做了一些很有趣的事情，你……想要我原封不动地说一遍吗？”

沈倩清楚地听到了他所说的话，她飞快地走到唐羽纱身边，拉住了她的右手：“羽纱，你别听他胡说八道！我们回去，该走了！”

唐羽纱疑惑地看着她，她印象中沈倩从来没有这样紧张过。他们之间……一定发生了什么严重的事情。

“你们……做了什么？”她声音颤抖，脸色苍白却极力保持着微笑。

帝辕熙半蹲下身子，让自己的眼睛能与唐羽纱平视。他把双手搭在唐羽纱的肩膀上，声音魅惑邪肆：“刚才，就在这间休息室，你的朋友想要用地上的棒球棍……袭击我。”

唐羽纱的身体重重一颤，她感觉自己全身的血液都在倒流，身体变得麻木。他说……沈倩想要袭击他！

这是一件多么令人惊讶的事情！一向性格开朗的沈倩居然想要攻击帝辕熙！他们之间……并没有仇恨啊！

唐羽纱把头转向沈倩，声音沙哑地问道：“可以告诉我，他说的……是真的吗?”

沈倩面色苍白，她的眼睛里涌动着海一般沉寂的悲伤：“他说得没错，我的确想要杀他!”

心痛在身体里蔓延，唐羽纱沉痛地望着她，感到一阵绝望。她从来都没有想过，连自己最信任的朋友也会背着自己做出这样的事来!

“……为什么?”她拉住沈倩冰冷的手，轻轻摩擦着，“你明明知道我喜欢他，明明知道他对我来说有多重要! 可是……你为什么要这么做?”

她嘶吼起来，声音脆弱得让人心痛。

沈倩看着她，眼中流下一行清泪：“我……不想看到你悲伤。不想……看你因为他而难过。一个让你如此难过的人，不配得到你的爱!”

她的声音铿锵有力，尽管声音不大，却让唐羽纱心痛得窒息。原来，她是不想让她难过啊……可是，她明不明白，如果没有了帝辕熙，那么唐羽纱活着就失去了意义，失去了……价值。

休息室里一片安静，唐羽纱目光如水，静静地看着沈倩。

“我知道你是为我好……可是，小倩，我希望你能明白，我的生命里不可能没有帝辕熙。他已经渗入了我的骨髓、我的血液，我的每一口呼吸里都是他，每一下心跳中都有他。如果没有他，我真的不知道怎么办才好……所以……请不要再做这样的事情，不要做让我们每个人都难过的事情，好吗?”

她的眸子里晶莹剔透，纯净得仿佛水晶。

帝辕熙站在墙角，默默地注视着唐羽纱。从她说话的那一刻起，他的心就在不可遏制地狂跳。在看她的时候，眼睛里总会不自觉地涌出深邃的感情。

尽管他很清楚，她喜欢的人并不是他……

可是，那一份最真挚的感动却还在不停地蔓延……

沈倩定定地看着唐羽纱，眼底一片湿润。

羽纱的深情再一次深深打动了她，即便再铁石心肠的人恐怕也不会下

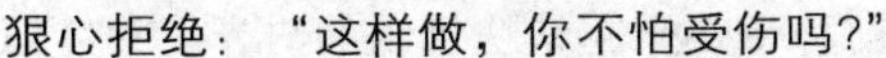

狠心拒绝："这样做，你不怕受伤吗？"

唐羽纱微微笑着，纯净的模样让人屏息："只要能在他的身边，看着他幸福，我就是最坚强的野草。"

最坚强……的野草……

沈倩愣愣地看着她，妥协地低下头："既然这样，那么我不会再阻止你了。只要……你愿意。"

唐羽纱看着她，嘴角漾出一抹平静的微笑："谢谢你，小倩。"

夜幕降临，圣羽学院的学生都已经离开了。锁好教室的门，唐羽纱拎着书包慢慢走向站在窗前等着她的帝辕熙。

此刻，他正出神地凝望着天空的星斗。羽纱脸上露出恬静的笑容，她顺着帝辕熙的目光望去，眼眸深处灿若星辰。

"帝，你在看什么？"她轻轻地问道，声音带着温柔的小心翼翼。

听到她的话，帝辕熙惊讶地转过头看向站在自己身边的唐羽纱。左耳上的金色耳钉迸射出夺目的光华，令羽纱一阵目眩。

他们静静地对视着，帝辕熙弯起嘴角，伸手指了指天空中璀璨的星宇："那里……就是美丽的狮子座王国了。"

唐羽纱呆呆地看着他的手指指向的天空，眼睛里露出崇拜的神情："你怎么知道那里是狮子座王国呢？"

帝辕熙看着她洁白的脸颊，和在寂夜里晶亮的眸子，轻柔地在她耳边低声说："我……就是知道！"

耍她？唐羽纱扭头看他，果然看到他脸上戏谑的微笑，心里顿时腾起无名之火。她眉毛一挑，用手抡起长长的书包带，毫不客气地向帝辕熙甩去。

"居然敢戏弄我，帝，你好过分！"

"是你自己问那么白痴的问题的！怎么可以怪我？"帝辕熙一边快步向后退着，一边微笑着躲过她书包带的又一次攻击。

望着他脸上明媚的笑容，唐羽纱有些轻微的失神，她的心里突然有种

奇怪的感觉，好像又重新回到了以前和帝在一起快快乐乐的时光。身体似乎充满了电，唐羽纱更加卖力地甩着书包带，脸上满满的全是笑意。

真希望能永远都和帝这样生活，每天都快乐得没有任何负担。

教学楼的阴影里，萧香半倚着墙，默默地凝视着快乐嬉闹着的两个人。不知不觉间，她的眼底竟已然出现了晶莹的水雾。

本以为来到这里就可以和他无忧无虑地生活，可是想不到这个帝辕熙的女朋友会成为他们之间的阻碍！好不容易才坚定起来的要破除万难的心，就这样……碎裂。

萧香抿紧双唇，眼里闪着寒光。

她不会就这样轻易地放弃，因为她知道，他爱的人……是她。

惨叫声划破天际——

唐羽纱手中的动作僵在半空中，她怔忡地凝望着帝辕熙，然后看着他几乎毫不犹豫地冲向教学楼阴暗的角落。

就在那里，一个女孩满脸是血地躺在地上。她的旁边，是已经破碎掉的紫罗兰花瓶。

“萧香——”

帝辕熙半跪到地上，震惊地握住她冰冷的右手。她的脸上，猩红的鲜血正一滴一滴地从脸上流淌下来，白色的校服上，开满了触目惊心的红色花朵。

唐羽纱站在帝辕熙的身后，她的眼睛里满是恐慌。这是她第一次看到这么多的鲜血，而且还不断有新的血液从萧香的脸上汩汩而出。

“帝……”唐羽纱的声音很小很小，她看着一脸焦躁紧张的帝辕熙，轻轻地说，“我们……叫救护车吧！”

加利亚中心医院。

清晨，阳光轻柔地从窗户外面洒入，暖暖地照在雪白的病床上。

萧香脸上缠绕着厚厚的纱布，静静地躺在床上，还没有清醒过来。

在她的身边，守了一夜的帝辕熙正一脸哀痛地凝视着她。他的手紧紧握着被子下冰凉的小手，似乎在为她传递着坚定的力量。

病房的门被轻轻推开，唐羽纱拎着保温瓶慢慢地走了进来。她的脸上带着轻微的憔悴，似乎一晚上都没有休息。

唐羽纱把保温瓶放在床头，冲着帝辕熙淡淡地微笑："吃点东西吧！你应该已经很饿了。"

说着，她伸手将盖子打开，米粥的香气充斥在整个房间里。帝辕熙看着她努力保持微笑的脸，静静地说："我不想吃，你拿走吧！"

"不吃对身体不好……"

"我说了我不吃，你拿走啊！"帝辕熙提高音量，愤怒地瞪着唐羽纱。

唐羽纱愣住了，她低下头，长长的刘海很好地掩饰了她内心的脆弱，悲伤的情绪从瘦小的身体里散发出来。

帝辕熙叹了口气，然后语调缓慢轻柔："对不起，我刚才不是有意对你吼的。你……回去吧！"

唐羽纱看着他，脸上写满了倔犟，她露出一个无奈的笑容，声音略显无助："可是怎么办呢？我……不想走，想要陪在帝的身边……即使帝喜欢的是萧香，我也仍想陪在你的身边。"

帝辕熙无言地凝视她，看着她故作坚强的微笑，心再次被这个女孩的坚强倔犟所震撼，手不自觉地拿过放在床头的保温瓶。

"不知怎么回事，肚子突然变得好饿。"他一边自言自语地说着，一边动作麻利地盛出一小碗米粥，"看起来很好喝的样子，我就先来品尝一下吧！"

看着他喝粥的样子，唐羽纱的心里暖洋洋一片。

她静静地看着他，眼睛里蒙上了一层晶莹的水光。

"咳咳——"

一阵咳嗽声响起，唐羽纱闻声望去，发现萧香不知何时已经睁开了眼睛。

帝辕熙放下米粥，急切地跑到床边，温柔地问道："你觉得怎么样？还难不难受？头痛不痛？想不想要吃一点东西？"

萧香看着他，轻轻摇了摇头。帝辕熙坐在床边，轻轻帮萧香掖了掖被子，然后转向唐羽纱："你先去上课吧！我在这里陪她，今天就不去上课了。"

唐羽纱看着他们，想说什么却终究一句话都没有说出来，最终她只是点点头，把保温瓶放在床头，慢慢地走出了房间。

房间里变得安静下来，萧香坐起身子，认真地看向帝辕熙："王，你现在……还喜欢我吗？"

"为什么突然问这样的话？"帝辕熙微颤，他不可思议地看着萧香。

"我觉得，你似乎已经不喜欢我了。"萧香悲伤地说着，单薄的身体在不停地抖动，"你……是不是喜欢唐羽纱？"

"没有。"帝辕熙毫不犹豫地否决，他目光坚定，声音不容有一丝的质疑，"我对她好只不过是因为当初答应了那个人，并非我就是对唐羽纱抱有特殊的感情。"

"可是，我感觉你并不是单纯因为答应他才……"

"萧香！"帝辕熙有些生气地扳过她的肩膀，他不希望她怀疑他，他让她直视自己，"你听着，我喜欢的人不是唐羽纱！"

萧香的眼眸里染上了重重的哀愁，她淡淡笑着，声音脆弱得令人心碎："那么我可以认为，你喜欢的人……是我吗？"

"可以。"帝辕熙点头。

萧香深情地凝视着他，就在她准备伸手抱住帝辕熙的时候，一道金色的光芒狠狠刺进了她的眼底——

那是一枚耳钉，一枚金色的耳钉。

"那是……"她指着耳钉，疑惑地看向帝辕熙，"我以前怎么没有看见过它？"

帝辕熙摸向耳钉，然后无所谓地笑笑："这是唐羽纱开学前几天送给我的，说是给我的礼物，你瞧，是不是很适合我？"

帝辕熙无意识的话让萧香的脸顷刻间变得苍白。

她失落地笑着，收回了想要伸出的手，内心再次变得难过起来："她送给你的，确实很适合，只有她，才是那个适合你的人。既然这样，我是不是就可以离开了……"

帝辕熙的瞳孔骤然紧缩，他的目光变得凶狠犀利："萧香，我不明白你今天究竟是怎么了，为什么要一直说些莫名其妙的话？现在我希望你能好好想一想，你说这些话到底是为了什么？"

说完，帝辕熙愤怒地站起来，大步走出了病房。

门被重重地关上，留下萧香一个人坐在床上，目光哀伤。

你……真的不明白吗？那个叫唐羽纱的女孩，正一点一点占据你的心……一点一点，让我们形同陌路……

圣羽学院。

A级教室安静极了，同学们都在认真地听教授讲课，厚厚的书本上爬满了整洁的字迹。

清凉的微风从敞开的窗户吹入，唐羽纱有些失神地凝望着远处纷飞飘零的紫罗兰花瓣，教授讲的她一个字都没有听进去。

好美……

突然，一阵急促的敲门声拉回了羽纱的思绪，她惊讶地看向站在门口的少年。

心剧烈地跳动，没有了正常的节奏。

他，居然来上课了……

走进教室，帝辕熙一阵风似的大步走向自己的座位，丝毫不顾及羽纱略带惊讶的目光，一屁股坐在了她身边的位子上。

他的脸上一片森然，目光幽冷地望着前方，令人不寒而栗。

唐羽纱害怕地缩了缩脖子，小心翼翼地向他的方向探了探头："帝，你……怎么来了？"

帝辕熙抿紧嘴唇，根本就没有要理她的意思。果然是这样，唐羽纱无

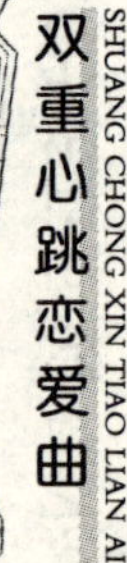

奈地叹了口气，悻悻地收正了身体，抄着黑板上怎么看都看不懂的密密麻麻的板书。

几分钟后，帝辕熙没有任何预兆地伸手拍了拍聚精会神抄板书的唐羽纱，语气冰冷："我生气了。"

"啊?"唐羽纱瞪大眼睛，完全没有搞清楚他在说些什么。

看着她疑惑的眼神，帝辕熙忍不住举起拳头给了她重重的一记："该死！我在回答你刚才提出的问题。"

唐羽纱的眼睛瞪得更大了。

她托着下巴，做出一副努力思考的样子："我不记得问过你什么……"

"咣!"又是一个爆栗子。

唐羽纱委屈地仰头看着帝辕熙举在半空中的拳头，水汪汪的大眼睛可怜地眨呀眨："我……想起来了嘛!"

算她记性不算太差！帝辕熙满意地收回拳头，定定地看着她，似乎在等着她的下文。

唐羽纱的两只大眼睛滴溜溜一转，便立刻换上了一副讨好的笑容，她把手支在椅子上，笑吟吟地看着他："你为什么生气?"

帝辕熙淡淡地说："想知道吗？这很简单，只要你能让我心情变好。"

原来，只要让他的心情变好就可以啊！可是，"要怎样才可以使你的心情变好呢?"

帝辕熙看着她，嘴角上扬起一抹孩子气般得意的笑容："那就更简单了，只要你逗我笑，让我开心，我的心情就会变得很好。"

他的笑容如蜜糖一般，在阳光下分外耀眼。

逗他笑?！唐羽纱头疼地看着一脸狡黠的帝辕熙，他现在的心情不是挺好的吗？干吗还要她逗他笑?

可是……

她真的很想知道他生气的原因……

算了，豁出去了！唐羽纱让帝辕熙的正脸冲着自己，然后摆出了一个很可爱很可爱的兔子般的笑容："看我超级卡哇伊的兔兔造型!"

“……”

帝辕熙的脸黑得不能再黑，臭得不能再臭，面无表情，仿佛一块硬石头！

真的很沮丧呢！

可是——

“看我百变天后性感女神！”

“……”

“看我七十二变魔力天使！”

“……”

“看我地狱使者恐怖妖女！”

“……”

“看我又迷糊又可爱的樱桃小丸子——”

看着她夸张的表演，帝辕熙坚毅的面孔上渐渐出现了柔和的线条，眼眸温柔得似乎能挤出水来。

他故作强硬的脸庞被她的天真烂漫瓦解。他看着她，露出一个真心的微笑：“谢谢你。”

但是，唐羽纱却好像根本没有听到一般，继续聚精会神地摆弄着自己的头发：“我觉得自己真得很有饰演樱桃小丸子的天分呢！帝，你说是不是?”

“……”

又是一阵沉默，唐羽纱诧异地抬起头，就在她抬头的瞬间，一个硕大的拳头“咣啷”一声砸在了她可爱的蘑菇头上——

“好痛！”她不满地抱怨道。

“这就是你不认真听我说话的下场！”帝辕熙收回拳头，语调带着少有的顽劣。

果然是一个可恶的人啊！真的不应该让他的心情变好！

唐羽纱揉着发痛的小脑袋趴在桌子上装死，所以，她并没有看到这时的帝辕熙眼中正流露出如水般的温柔神情。

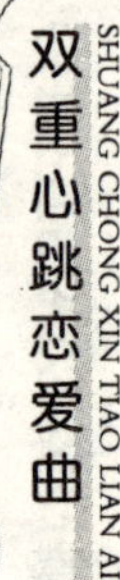

而在教室外，一个人影伫立在高大的紫罗兰树后，已经好久好久了。

风拂过她头上白色的纱布，衬托出她脸上憔悴的神情，萧香静默地看着帝辕熙，看着他眼中一片温柔的光芒。

心中一阵刺痛，她的眼眶中萦绕着浓浓的悲痛，萧香捏紧手指，小小的身影落寞哀伤。

王，我们真的……再也回不到过去了吗?

一整天的学习再次在放学铃声中结束。

伴着温柔的月光，帝辕熙走在落满紫罗兰花瓣的小路上，脸上一片漾动的光华。

唐羽纱看着他，不由自主地屏住呼吸，惊叹他绝世的容貌。然而，在这风华绝代的俊颜背后，她却分明感受到一种忧郁感横亘绵延着。

他，是在为萧香担心吗?

唐羽纱的心里不禁一沉，尽管她并不喜欢帝辕熙和萧香在一起，可是如果帝辕熙和她在一起是快乐的，那么她又为什么要自私地留下他?

她希望他快乐，哪怕他的快乐会让她很难过，很难过。

思量再三，唐羽纱终于犹豫着说出口："帝，你应该……去看看萧香了。"

帝辕熙一怔，他僵硬地转过身，看着唐羽纱满脸忧伤落寞却又拼命作出灿烂笑容的样子。

他心里倏然一紧："我不去。"

"可是，你应该……"

"我说了不去!"帝辕熙怒瞪着唐羽纱，目光吓人。

唐羽纱被他的举动吓住了，她不可置信地捂住嘴，猛烈地摇头。她颤抖着向后退，单薄的身影给帝辕熙一种心痛的感觉。

他……又让她心痛了。

突然变得燥热起来，帝辕熙诧异于自己身体的变化。身体里似乎有什么东西苏醒过来，在一点点挑动着他的神经。

他用手捂住额头，脑海里突然闪现出了完全不同的想法。

不要伤害唐羽纱！

如同闪电般来得迅速，也像旋风一般席卷而去。

那种想法很快便消散在了帝辕熙的头脑当中，他愣愣地注视着前方，似乎明白了那句话的含义。

心里划过一丝不忍，帝辕熙伸出手握住了唐羽纱的肩膀，语气尽量平静无波："唐羽纱，你别这样，我们……去看萧香吧！我们一起……去看萧香。"

加利亚中心医院。

病房已经被人清理过了，干净的新床单整齐地铺在床上。唐羽纱坐在椅子上，呆呆地望着外面的星空出神。

刚才听护士说，萧香在帝辕熙走后不长时间就已经办好出院手续了。

现在，她的手机关机，外界根本联系不到她。听到消息的帝辕熙已经四处去寻找了，可是由于走得过于匆忙，他把手机忘在了病房的床上。

二十分钟后，床上的手机剧烈震动起来。

唐羽纱微微侧头，静静地凝视着不停跳跃着的手机屏幕。良久，她走到床边，按下了手机的接听键。

"……"

"我是萧香。"

寒冷的北风侵袭着唐羽纱瘦弱的身体，她仿佛疯了一般，在大街上飞跑。萧香在手机里说的话一遍又一遍在她的脑海里回放——

"紫罗兰花园刚才发生了一宗血案，在电视新闻的插播报道中，我看到了帝辕熙。"

风吹得更加猛烈了，路旁的树木在风中不停摇晃。在路人惊诧的目光中，唐羽纱冲进了紫罗兰花园，焦急地寻找着帝辕熙的身影。

成片的紫罗兰在风中摆动，花瓣扑簌簌地往下落，剩下光秃秃的

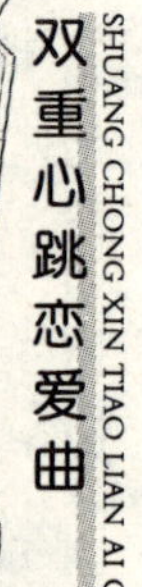

花枝。

唐羽纱匆匆扫过密集的花海，就在她准备转身的瞬间，心突然不可遏制地疼痛起来。那是一种要被撕裂的疼痛。

她怔怔地望着前方那个少年，少年眼神空洞悲伤。帝辕熙跪坐在一片紫色的花瓣之中，绝望地仰头遥望天空微弱的星芒。

唐羽纱静静地看着眼前的帝辕熙，眼底一片湿润。

她就这样一直看着帝辕熙，看了好久好久。

蓦然。

帝辕熙看向呆呆伫立着的唐羽纱，他看着她，仿佛找到了可以倾诉的对象，他的声音显得无助而又疲惫："唐羽纱，你知道吗？萧香，她死了……就在我的眼前，她被别人抬走了……"

唐羽纱不可置信地瞪大双眼："帝，萧香她……"

"死了。"帝辕熙自嘲地勾了勾嘴角，他狼狈地从地上站起来，身体虚弱得摇摇欲坠。

唐羽纱慌忙走上前去搀住了他，言语之中透露出无尽的担心："帝，你一定是弄错了，萧香其实没有死，她……"

"为什么会这样呢?"帝辕熙没有理会她，他憔悴得令人心碎，声音里的悲伤浓得化不开，"早上我们还好好的，如果我没有和她吵架，没有自己一个人跑掉，她现在……还会是平安的……"

紫罗兰花园里寂静无声。

风渐渐停了下来，空气中剩下的便只有刺骨的寒冷。

唐羽纱双手按住帝辕熙的胳膊，第一次如此大声地对他说话："萧香现在就在别墅平平安安地看着电视，所以也请你不要再凭空想象了！"

帝辕熙凌乱的步伐瞬间停滞，他愣愣地看向她，眼中的悲伤倏地凝固。

帝家别墅，正厅。

帝辕熙走进大厅，冰冷的目光直直盯住坐在真皮沙发上看电视的萧

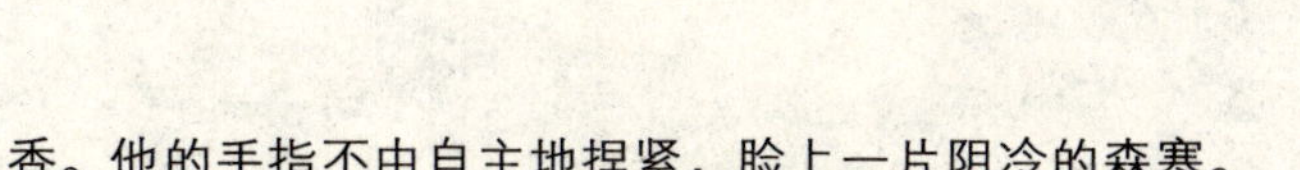

香。他的手指不由自主地捏紧，脸上一片阴冷的森寒。

唐羽纱站在门口，清楚地感受到空气中的紧张因子。她靠在墙上，不敢有丝毫的放松。

萧香转过头，面带微笑地凝望着面若寒冰的帝辕熙：“是谁这么可恶，让我们帅帅的辕熙生气了?”

帝辕熙黑色的眼眸如同千年古潭，散发出氤氲的水雾：“我……没有生气。”

“没有生气？没有生气为什么摆着一张臭脸？是因为不喜欢见到我吗?”萧香从沙发上站起来，佯装生气地走到他的身旁，红润的嘴唇高高撅起。

看着她撒娇的样子，帝辕熙的脸上漾出一道宠溺的微笑。他看着她，用手抚过她柔软的脸蛋，以悄悄话的形式却让在场的三个人都能听到：“我真的……非常不想见到你!”

“啪”的一声，一个响亮的巴掌声在大厅里响起。

萧香震惊地捂着发红的脸颊，大大的眼眸里满是出乎意料的惊恐。

他居然打她!

帝辕熙邪肆地笑着，他挽了挽袖子，一步步向瑟瑟发抖的萧香逼近：“我真的很讨厌你，真的一点都不想见到你！可是我还要感谢你，因为你把唐羽纱叫到紫罗兰花园去，我就有了和她单独在一起的机会。”

唐羽纱的眉头蹙起，她上前一步，想要阻止帝辕熙继续胡言乱语。可是，此刻帝辕熙的陌生却又让她停住了脚步，不敢上前。

“今晚的月光真的很美，我们在紫罗兰花园里相遇、牵手、拥抱、接吻……你一定很难想象得到，唐羽纱居然是一个很厉害的接吻高手……”

帝辕熙的笑容越来越邪佞，越来越张扬，他左耳的金色耳钉散发出王者的光芒，刺得萧香的眼睛火辣辣地疼痛。

“你不要再说了……拜托你，不要再说了……”她颤抖着，瘦小的身体因为抽搐而显得更加可怜。

唐羽纱看不下去了，下一秒，她冲到了萧香面前，伸出双手挡住了帝

辕熙前进的步伐。

“你想做什么?”帝辕熙瞪着她，目光凶狠，令唐羽纱一颤，可她没有退缩，因为她骨子里的倔犟不允许她这样做。

“别再说下去了，你没有看到萧香已经很难过了吗?”

“难过?她也懂得难过吗?”帝辕熙冷笑着看向萧香，当他的目光掠过唐羽纱倔犟的双眸时，他的心底突然升腾起一种欲望，一种想要吻她的欲望。

于是，他就真的这样做了。他伸出右手环住唐羽纱的腰，将她拉到自己的身边，然后，一双黑色的瞳人冷魅地盯着萧香。

“现在，我就要把我和唐羽纱在紫罗兰花园没有完成的亲吻补回来——”

饱满湿润的唇瓣瞬间贴到了唐羽纱的唇上，她的眼眸倏地睁大，身体僵硬得仿佛木杆。

萧香心里一阵疼痛，她别过脸，不去看这对男女。

良久，唐羽纱突然意识到什么，她一把推开帝辕熙，红着脸大口大口地吸气。

蓦然一瞥，萧香惨白的面孔映入她的眼帘。她能感受到，她的心在痛。

可是，帝辕熙却没有看萧香一眼。他淡漠地脱下沾满泥土的外衣，转身径直朝二楼卧室走去。

“等等——”

萧香看着他的背影，轻轻地说:“辕熙，你刚才那样做，可以让我以为是你在生我的气吗?”

她静静地凝望着他，潸然落下一滴晶莹的泪珠。

帝辕熙转过身，默默地看着她。他的唇角倨傲地抿起，声音里不带一点怜惜:“你不配让我生气，因为，你还没有资格!”

真的……是这样吗?

萧香努力扯出一个苍白的微笑，她的眼睛里满是无望的悲哀:“我对

你来说，已经……不重要了，是吗?”

饱含痛苦的声音。

帝辕熙坚决地转过身，却在转身的时候落下一滴透明的泪珠。那泪珠落在了唐羽纱的手臂上，湿湿的一片。

“我们的年龄早就决定了我们——永远不可能有结果！”帝辕熙铿锵有力的声音回荡在空旷的大厅里。

“为什么仅仅一岁的差距，却让我们好像隔了一亿光年?”萧香蹲在地上喃喃低语，心里刺痛不已。

夜晚，湖心花园静悄悄的。晶莹的蓝湖在月光的照射下璀璨夺目，纯净剔透。这样宁静的夜晚，人们都已经安静地睡去了。

帝辕熙懒散地面水而坐，波光粼粼的湖面倒映出他有些憔悴的容颜。

没有人了解他的悲伤，所以即使在心疼得快要碎掉的时候，他也只能独自一个人，在一个僻静的角落里，舔舐身上的伤口。

这种感觉，真的很可悲。即使，他已经习惯了，也仍旧会觉得孤单无助。

一阵很轻的脚步声传来。

帝辕熙心里一紧，他回过头，脸上已经换上了平时常有的邪魅冷峻。唐羽纱穿着睡衣静静地站在他的身后。

“你怎么在这里?”他惊讶地看着她，正常来讲，她应该已经睡熟了才对！

唐羽纱微微一笑，学着他的样子席地而坐：“我因为睡不着，却又碰巧看到某人坐在湖边沐浴月光，所以就过来陪你一起了！”

原来是这样。

帝辕熙转头看着水晶般透明的湖面，声音带着轻微的嘲弄：“你为什么会睡不着？难道是因为我的亲吻，所以激动得睡不着吗?”

唐羽纱有点生气，她瞪大眼睛看着他：“我才不会因为那种小事而睡不着觉！”

“那么，在你心里，究竟什么事才算是真正的大事呢?”

帝辕熙魅惑地看着她，嘴角勾起一个邪肆的弧度。

看着他的笑容，唐羽纱突然有种难过的感觉。她的声音低低的，仿佛泡了水一样。

“我只是觉得帝你的心在痛。你总是装出一副倔犟坚强的模样，可是在你的心里一定是很需要别人关心的！所以，我想在你难过悲伤的时候陪在你的身边，和你一起分担痛苦，这样……你就会好过一点。”

帝辕熙怔忡，这是他第一次听到有人对他说这样的话，这阳光般明媚的话语，仿佛是一股暖流，让他的心里一片温暖。

可是，唐羽纱接下来的话又重新让他的心情跌入谷底。

“我知道你喜欢萧香，不论你怎么否认，都是不可能不被人发觉的。在你伤害萧香的同时，你也在伤害着自己。就像那滴眼泪，它清楚地告诉了我你对萧香的感情。”唐羽纱凝视着他，眼泪却想夺眶而出。

她多么希望他喜欢的人是她啊！可是为什么，他喜欢的人却是别人，却是萧香呢?

唐羽纱低下头，把眼中打转的泪水忍住，继续轻轻地说：“既然你喜欢她，又为什么要让她伤心? 为什么……不和她在一起呢?”

说最后这句话的时候，唐羽纱的声音已经完全不受自己的控制。她只差一点点就会痛哭出来！

帝辕熙默默地凝视着她：“你以为……我会告诉你吗?”

唐羽纱沉默。

“傻瓜，我不会告诉你的。所以，不要再问了。”他从地上站起来，深吸一口气，然后也把唐羽纱拉了起来，“我们……该回去了！”

CHAPTER 04
花之石

清晨，晨曦洒满整个圣羽学院。偌大的操场上，人群密密麻麻。学生们踮起脚尖，无一例外地向圣羽的校门望去。

他们在看什么？

他们在等谁？

空气因为紧张仿佛变得稀薄起来。

远处，高大的紫罗兰树下，一个女孩正坐在休息椅上温柔地抚摸着小松鼠柔软的绒毛。

“羽纱！”沈倩向她跑来，白色的休闲服让她看起来帅气无比。唐羽纱看着她，微微眯起了眼睛。

沈倩在她的身边站定，看着她怀里活蹦乱跳的小松鼠，沈倩不由得蹙起了眉：“它是从哪里来的？”

唐羽纱把小松鼠捧到手心里，让它贴近自己的脸，笑吟吟地说：“它是我上学的时候捡来的，因为它这么可爱，所以我就决定把它留在身边做宠物了！”

宠物？沈倩感觉自己浑身都起了鸡皮疙瘩，如果是她，她一定会被这些讨厌的毛给折磨疯的！

“小倩，你怎么了？你不喜欢它吗？你看它毛茸茸的，多可爱啊！”唐羽纱从椅子上站起来，想把小松鼠抱过去让沈倩摸摸，可是沈倩却一点不给面子地后退了一大步。

“别让它过来！”

唐羽纱停住脚步，她奇怪地看看瞪着黑色的大眼珠不停张望的小松

鼠，手指轻柔地抚上了它的后背："绒绒，小倩她……似乎不喜欢你呢！"

沈倩彻底呆住，她真的……让她好无可奈何！

太阳渐渐升高，沈倩看着唐羽纱，沉思了许久，终于轻轻地开口："羽纱，我想出国。"

抚摸绒绒的双手稍稍有些停滞，唐羽纱没有抬头，她静静地问道："为什么想要出国呢？"

沈倩微微一笑，嘴角竟有着淡淡的悲伤。

"你也许不知道，我小时候有一个梦想，梦想着自己将来能做一名演员，完成母亲的遗愿。现在，帝家来寻找适合去国外发展的留学生，我希望能借着这个机会在演艺圈闯出一片自己的天地……羽纱，你说，你会帮我吗？"

唐羽纱看向她，声音温柔："既然这是你的梦想，那么，我会帮你。"

风起叶落，黑色的加长林肯在圣羽辉煌的校门口停下。

学生们一片雀跃，沈倩站在飘满紫罗兰花瓣的树下，安静地凝望着唐羽纱渐渐远去的背影。

她孤单瘦弱的身影让沈倩不由得感到心痛，她脸上不禁呈现出深深的哀伤。

羽纱，真的很抱歉，我以后可能不会再陪在你的身边了。所以，在没有我保护你的日子里，你也要像现在一样，无论面对着多么艰难的挑战，也要勇敢坚强地用微笑面对。

我会在遥远的英国为你祈福，祝愿你……永远幸福！

喧闹的操场上，唐羽纱站在人群中央，安静地抚摸着小松鼠绒绒身上柔软的皮毛。她的脸上平静得没有一点波动，仿佛周围紧张喧嚷的一切都跟她一点关系也没有。

突然，仿佛被谁按下了消声器——

原本喧哗的操场上顿时变得寂静无声。

唐羽纱微愣，她诧异地抬起头，却发现人群不知何时已经让开了一条

三米多宽的道路。

她的对面，帝辕熙和帝妈妈正缓缓地向这边走来。

唐羽纱窘迫地望了望周围，刚想找个机会退到人群中去，帝妈妈极具威慑力的声音已经在她的耳边响起：“羽纱，原来你已经来了，我本来还想让熙儿到别墅去接你！”

同学们的目光转瞬间全部聚集到了唐羽纱的身上，每个人的脸上都有一种恍然大悟的意味。

唐羽纱会意地露出一个甜美的微笑，她知道这是帝妈妈在替她解围。她走到帝妈妈面前，感激地看着她：“多谢帝伯母关心！”

帝妈妈微笑不语，她示意羽纱站到自己的右手边，然后环视周围的学生一周，声音不高却极富穿透力：

“今年，帝氏家族将在圣羽学院选出一名出色的学生留学海外。这位被选中的学生将在海外实现自己的一切愿望，所以，我们必须要进行严格的筛选。筛选为期一周，希望各位学生仔细阅读学院公告处的具体规定，并将心目中适合的学生推举到校门口的金色信箱中。可以自荐。推举截至后天放学。”

下午，午后的阳光温柔地倾洒在教学楼后面的紫罗兰林中，一切都静谧得让人感到舒适。

可是，此时唐羽纱有些恼怒地将校报一把按在了桌子上，白皙的小脸气得通红。

学校报社将早上帝妈妈的话原封不动地摘录在了报道当中。然而，就在这篇长达三页的报道当中，居然把她唐羽纱“内定”为了留学生的唯一人选！

在那些校报记者的眼里，帝氏家族所谓的最优秀的学生就是专门为唐羽纱而设立的。而所谓的筛选，只不过是为了给众学生一个交代的借口！

多么侮辱人的报道！唐羽纱愤愤不平地看着那篇报道，手指不由得捏紧。

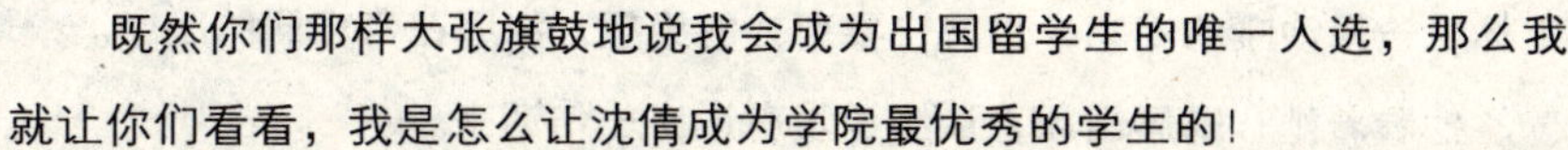

既然你们那样大张旗鼓地说我会成为出国留学生的唯一人选，那么我就让你们看看，我是怎么让沈倩成为学院最优秀的学生的！

她的眼里有着不容置疑的坚决。

过了好久，羽纱有些疲惫地从圆凳上站起来。就在她收拾好东西准备离开的时候，突然看到了站在紫罗兰林出口处的帝辕熙。

他的目光那样温柔地定在她的身上，让她顿时有种恍惚的感觉："帝你……什么时候来的？"

她看着他，脸上流露出疑惑的神情。

仿佛突然间被惊醒，帝辕熙回过神，慢慢走到唐羽纱的面前，黑色的瞳孔迸射出桀骜不驯的光芒，让她不由得惊叹他的变化之快。

帝辕熙坐在冰凉的石凳上，翻看着唐羽纱带来的校报。当他看到有关留学生的那篇报道时，原本平和的脸突然变得严峻起来。

"这是谁写的？"他声音冰冷，握着报纸的左手恨不得把整张报纸都捏成粉末。他转头看向站在自己身边的唐羽纱，眼眸深处一片瘆人的凌厉，"是不是你叫人这么做的？"

唐羽纱呆愣，他居然会问出这样的话！心中阵阵绞痛，唐羽纱的脸上雪白一片。真的想不到，帝辕熙居然会因为一篇报道而去怀疑她！

如果换做是以前，帝辕熙一定会带她到校报报社去澄清事实，把她抱在怀里告诉她："羽纱不哭，我会一直陪在你身边保护你的。所以，千万不要害怕，不要流眼泪。"

可是现在呢？唐羽纱咬紧双唇，身体止不住地颤抖。她大大的眼眸里盈满愤怒，消瘦的脸却还依旧维系着倔犟："你……凭什么怀疑我？"

帝辕熙凝视着她，她的愤怒、她的倔犟仿佛两只有力的大手，让他清醒。

为什么每次看到她悲伤难过，他的心都会感到令人难以忍受的疼痛？

又是那个人在折磨他吗？帝辕熙没有说话，他定定地看着她，看着她脸上的伤痛表情越来越明显，越来越令人心痛。

"帝，我真的很想知道，你……为什么不相信我？"她的声音仿佛茫茫

山林中一声沙哑的啼鸣，带着快要死去的绝望，纠缠在帝辕熙的心中。

他看着她，嘴唇幽闭，最终也没有说出一句话来。

花瓣，在树林中无声地飘落。

最后一丝阳光被密密的蓝花楹树吞没，夜色中的圣羽学院显得寂静空旷。

学院里的学生已经纷纷离开了，唐羽纱走到校门口的金色信箱旁边，拿出帝妈妈交给她的钥匙轻轻地将锁打开，然后取出了厚厚一摞推荐信。

她把这些信件放进一个黑色的口袋里，转身准备离开。

然而，一声“咔嚓”的响声吸引了她的全部注意力。

她诧异地转过头，不相信现在学院里还会有学生。可是，她的身后黑洞洞的，一个人也没有。

心底升腾出密密麻麻的恐惧感，唐羽纱伸手握住了胸口的柠檬花水晶石，然后转身快步离开了学院。

教学楼的墙后，昏暗的月光笼罩在一个人影身上，她的脸上带着冷魅的光华，邪恶的微笑挂在嘴边。

唐羽纱，我要让你看看，我是怎么让你在圣羽学院的地位一落千丈的。

第二天，帝家的会客厅。

温暖的阳光从敞开的窗户倾洒到偌大的房间里，唐羽纱站在桌边，安静地看着帝妈妈查看学生的推荐信。

看着这些不熟悉的字迹，唐羽纱突然想要把沈倩的事情说给帝妈妈听，可是，她却又不知道该如何说起。

原木长桌映出唐羽纱欲言又止的脸庞，帝妈妈没有看她，声音却已清楚地传到她的耳中：“你想要说什么就说吧！”

唐羽纱微怔，她低下头，声音很轻很轻：“伯母，我有一个朋友叫沈倩。她想要到演艺圈发展，您能……帮她吗？”

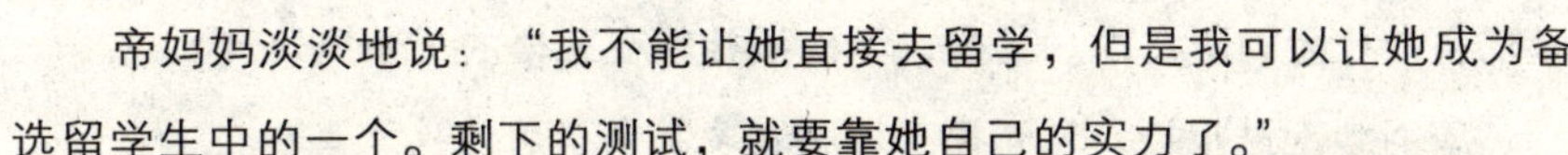

帝妈妈淡淡地说：“我不能让她直接去留学，但是我可以让她成为备选留学生中的一个。剩下的测试，就要靠她自己的实力了。”

唐羽纱脸上流露出一抹喜色，她感激地看着帝妈妈：“谢谢您！”

当唐羽纱兴高采烈地走回教室的时候，原本有说有笑的同学们立刻换上了一副严肃的面孔。

唐羽纱疑惑地看着他们，不明白发生了什么事情。这时，坐在靠窗户位置上的宫泽霖从椅子上站起来，他走到唐羽纱的身边，示意她出去一下。

羽纱带着满肚子疑问走出了教室，就在她走出教室的后一秒，整个教室便像炸开了锅般又恢复了吵吵闹闹的状态。

跟着宫泽霖走到无人的棕榈树下，唐羽纱听宫泽霖讲述了早上发生的事情。

原来，学校的校报将唐羽纱昨晚在校门口取信的大幅照片放在了首版。记者小芳还说唐羽纱想要利用取信的机会把一些推荐信中的被推荐人改成她自己！

唐羽纱靠在棕榈树干上，白皙的脸上写满震惊。

她真的想不到，在圣羽学院原来还有小芳这种跟她作对的人。她不记得……她曾经哪里得罪过这个小芳，她甚至连“小芳”的名字都没有听说过！

昨天取信的照片被放在了校报上，那么昨天她听到的“咔嚓”声就是照相机的声音了。

唐羽纱闭上眼睛，委屈感源源不断地涌上心头。她什么都没有做错，为什么要这样被人欺负？

不能……就这样被人欺负！绝对不能！

想到这里，唐羽纱倏然睁开眼睛，她看着身边的宫泽霖，坚定地说：“我要去报社！”

高大的擎羽楼占据了校园中一块明显的地方，这栋白色的大楼里，是

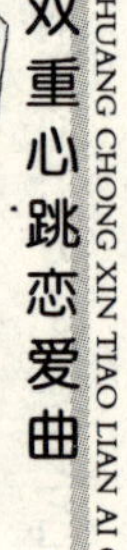

学院各个社团的所在地。其中，学校报社就在三楼的一个角落。

唐羽纱走进报社，目光愤怒地瞪着凌乱书桌后的社长肖晴。

为了不让宫泽霖因为冲动而把报社砸掉，所以她特意要他等在外面。可是，当唐羽纱看到社长肖晴的脸时，她还是有种想要把她痛扁一顿的欲望。

唐羽纱走到桌前，光洁的脸上没有一点多余的表情。她平静地看着肖晴，眼睛里已经结了一层厚厚的白霜："你们……为什么要诬赖我？"

她的声音仿佛不会涌动的死水，没有丝毫波澜，却让人打心眼里感到害怕。

肖晴并没有把惊恐表现在脸上，她知道一个有着丰富经验的社长应该怎样面对突发问题。所以，她很平静地微笑着，温和的声音仿佛一把不露锋芒的剑刃，直刺进唐羽纱的心脏："我们从来都没有诬赖过你，羽纱小姐。"

多么明目张胆的抵赖啊！

唐羽纱感到一股热气正从脑门向外喷涌，她拿出这两天的报纸，递到肖晴的面前，却被肖晴毫不在意地挡了回去。

"羽纱小姐，这些没有意义的报纸并不需要拿给我看。它对我来说，一点价值都没有。"

"可是它对我而言，却有着不可估量的重要性！"唐羽纱的愤怒终于爆发了，她用力地把报纸拍到桌子上，冲着肖晴的耳朵死命地喊着。

这些莫须有的罪名已经让她在同学们心中的地位一落千丈，而且……帝辕熙也已经不相信她了，这些根本没有发生过的事情为什么要全部推到她的身上?!

肖晴看着唐羽纱快要崩溃的动作，嘴角露出一抹满意的微笑。

就在这时，报社的大门被人一脚踹开。几乎毫不犹豫地，肖晴从真皮转椅上"哧溜"滑到了地上。

唐羽纱突然感到有种压迫感向她袭来，她转过身，看到了面容黑紫的帝辕熙。她的脸上，霎时变得如雪一般的苍白。帝辕熙大步走到唐羽纱的身边，暗黑的瞳孔里满是失望痛恨的光芒。

当他听说唐羽纱怒气冲冲地跑到报社的时候，他还以为是那些人在同他开玩笑。可是，现在他就站在这里，清楚地看到了满地狼藉，他的身体好似被人浸满了苦水，只剩下痛苦在蔓延。

他看着她："你来这里干什么?"

唐羽纱听出了他话里的尖锐，她知道此刻的场景无论谁看见都会认为是她把报社弄成这个样子的。可是尽管这样，她还是不希望被帝辕熙误会。

"帝……"她张了张嘴，刚想向帝辕熙解释，一旁坐在地上的肖晴已楚楚可怜地开口："辕熙少爷，救救我……"

帝辕熙面容一凛。

他看着肖晴哭泣着站起身，然后一瘸一拐地走到他面前，脸上有着隐藏不住的恐慌："羽纱小姐……我只不过告诉她，报社不能一而再再而三地报道她会成为出国留学生的最佳人选，告诉她要想出国还需要凭借自己的努力……可是她居然威胁我说如果不继续报道就会毁了报社……我不同意，她就……打了我……"

声泪俱下的肖晴和混乱的报社办公室让帝辕熙完全相信了她所说的话，他把肖晴扶到转椅上，目光如同两把尖刀狠狠地扎向羽纱的心脏。

"这样做……有意思吗?"他握住了唐羽纱的肩膀，手指用力之大恨不得把她捏碎，他看着她，眼睛里涌动着的黑暗和延绵不绝的恨意几乎要将她吞没，"为了成为留学生可以不择手段，唐羽纱你是这样的吗?"

帝辕熙的咆哮让唐羽纱感到空前绝望，她愣愣地看着他，看着狮子般恐怖的帝辕熙，两只眼睛空洞得仿佛透明的玻璃珠。

帝再也不会像以前一样，无论发生什么，都会站在自己的身边保护她了……

她，已经被他抛弃了，成为没有依靠的人了……

唐羽纱无助地闭上双眼，隐忍在眼眶中的泪水濡湿了她密密的睫毛。

现在的她，不能再像以前那样依靠别人了，她要学会用自己的力量保

护自己，用自己的能力抵制别人的欺负——

帝辕熙感觉到自己的手臂一阵疼痛，他震惊地看着唐羽纱，看着她眼中顷刻间迸发出的倔犟的光芒：“那么你告诉我，我为什么要出国？请你给我一个理由，也算让我明白，我有什么原因要出国？”

唐羽纱后退几步，然后站直身体，定定地看着用怀疑的目光瞪视着帝辕熙。

他们就这样对视着，谁也没有服软的意思。

良久，帝辕熙看着唐羽纱，嘴角勾出一丝嘲弄的微笑：“你这样做是为了什么？是想向我展示你已经长大了，想要脱离我的保护吗？”

唐羽纱凝视着他，脸上有着异乎于常人的坚定。阳光透过窗户照在她苍白的脸上，折射出一种令人眩目的剔透。

“从很久以前开始，帝辕熙就不再保护我了。所以现在，我需要长大，需要学着自己照顾自己，不让自己受伤。而你，既然已经抛弃了我，就请不要再说什么我脱离你的保护之类的话。因为我们之间，是你先改变的！”

仿佛一道响雷劈到了帝辕熙的身上。

他震惊地看着唐羽纱，看着她脸上被冻结的感情。她……居然说出这样的话！是因为他的不信任，所以让她绝望了吗？

帝辕熙看着她强硬倔犟的脸庞，心底滑出一丝不忍。可是，作为王者的尊严与骄傲不允许他低头认错。

于是，他的脸上依旧倨傲，依旧带着仿佛不会被融化掉的寒冷。

唐羽纱漠然，她转过身，根本不想再在这个房间里待上一秒钟。因为只有她自己知道，眼泪正如波涛般席卷着她脆弱的心。如果不离开，她可能将没有办法再维系着故作强硬的冰冷。

然而，帝辕熙抓住了她的手！

他墨黑的眸子死死盯着她白嫩的脸颊，手心炙热。就在唐羽纱以为他会说些认错之类的话时，他真的说话了。

“你想就这么走了吗？”他看着她，嘴角露出一丝嘲讽的微笑，“事情还没有完全解决，就想要临阵脱逃了吗？”

唐羽纱怔住。

“向肖晴道歉！”他低吼。

心中最后一丝光亮熄灭，唐羽纱挣扎着想要抽回自己的手，可是却被帝辕熙紧紧握住。

她瞪向他，眼睛里全是愤怒。

可是帝辕熙丝毫不顾及她的感受，硬是把她拉到了肖晴身边。

“道歉！”

“不！”

“道歉！”

“不——”屈辱的眼泪就要夺眶而出，唐羽纱拼命抵抗，咬紧牙关不说出一个字。

肖晴看着她，轻轻地对帝辕熙说：“辕熙少爷，不要再强迫羽纱小姐了。您只要回家以后告诉她别再做这些事情就可以了，毕竟她是您的女朋友，任何人想要出国都是可以的，所以就请不要再剥夺其他人的权利了。”

惺惺作态！

唐羽纱咬紧嘴唇，想不到她居然会败在这样一个虚伪的人身上。趁着帝辕熙松力的时候，她出其不意地挣脱了他的钳制，然后带着委屈、耻辱的眼泪飞快地奔出了擎羽楼。

操场上，宫泽霖目光幽深地看着蹲在树荫下哭泣的唐羽纱。

她哭了好久，看着她大滴大滴的泪水落下，他真的有种很想扁人的冲动。

其实即使不用问他也知道，能让唐羽纱如此伤心的只有帝辕熙一个人。但他就是不明白，唐羽纱为什么会喜欢一个让她一次又一次哭泣的浑蛋！

如果她喜欢的人不是他……

该死！宫泽霖懊恼地挥拳砸向身后的棕榈树，他当时真应该跟进去的！

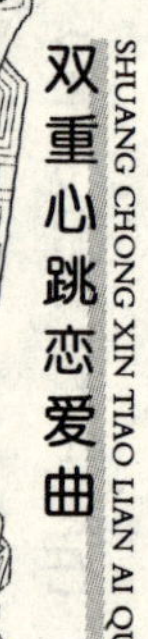

学院餐厅。

帝辕熙坐在露台上，安静地看向树下正在哭泣的唐羽纱。

她瘦小的肩膀轻轻颤动，头埋在膝盖里的样子像极了受伤后独自舔舐伤口的猫咪。

心不由得阵阵疼痛，帝辕熙突然有一种感觉，他好想立刻冲到树荫下，紧紧抱住难过的唐羽纱，让自己温暖的怀抱带给她安定的力量。

这个想法让帝辕熙吃了一惊，他没有料到自己居然有想去保护唐羽纱的感觉。

然而，这种感觉似乎从很久以前就开始了。

每当唐羽纱难过的时候，他就会很心痛很心痛，至到自己想出办法安抚她重新展露笑颜，这种感觉才会消失。

他可以让自己以为是那个人在心痛，在惩罚自己，可是，这些日子里他分明能够感受到，现在的心痛已经和第一次心痛的感觉不一样了。现在他在看到唐羽纱难过的时候，心明显比最开始还要痛上几分！

这到底是怎么回事……

帝辕熙握着咖啡杯，又想起她之前说过已经不需要他保护的话，陷入了沉思。这时，一碟精巧的小点心被放在了雪白的桌子上。

帝辕熙诧异地抬起头，萧香姣好的面容映入他的眼中。

看着他发愣的模样，萧香不禁有些失望，但她还是用尽量欢快的语气笑着说："怎么，辕熙你不欢迎我吗？"

帝辕熙看着她，嘴角扯出一个淡淡的微笑："欢迎。"

萧香娇美地一笑，水汪汪的眸子分外动人。她坐到他的旁边，脸上幸福得好像吃了蜜一般。可是，当她不经意地望见窗外一个瘦小的人影时，原本暖融融的心里立刻涌上了一抹凉意。

原来他……一直都在看她。

萧香望着远处瘦小的人影，眼睛里涌出一抹冰冷的恨意，她有些绝望地闭上眼睛，捏紧手中的咖啡杯，再次睁开时，她的双眸已经恢复到原本的澄澈纯净。

她看着帝辕熙，嘴角弯出一个甜甜的微笑："我听说羽纱已经成为出国留学生中的不二人选，真的是很为她高兴呢！"

帝辕熙看着笑得一脸灿烂的萧香，不禁蹙紧了眉头，他凝视着她，声音有些尖锐地反驳："你不要胡说！留学生绝不会是她，所以这种事情还是不要乱传的好！"

萧香嘴边的微笑僵住，她有些委屈地低下头，高高撅起的小嘴让人忍不住怜惜："我只是觉得她是真的有实力，你没看到报社这几天的主版一直是她吗?"

恍若被戳到痛处，帝辕熙黑色的眸子里蒙上一层厚实的白雾，他的眼睛里看不到一点感情，冰冷得令人胆寒："既然唐羽纱那么想让自己出名，那么我们就应该帮她，让她成功进入留学生前十，这样我们就能够知道唐羽纱究竟是凭什么认为她有机会出国了！"

他的声音带着深深的嘲弄。

萧香低着头，嘴边缓缓绽出一丝诡谲的笑容。

第二天。

学校的公告栏公布了留学生候选人的名单。

唐羽纱名列榜首。

高级政务厅。

帝妈妈坐在校董事们的中央，严肃地看着手中候选人的名单。其中，"唐羽纱"这三个字不知为何变得异常刺眼，她看着它，心中涌过一丝异样。

她并不清楚这其中究竟有多少暗潮汹涌，她只是单纯地在想，如果唐羽纱真的能用实力成为留学生，那么她……会离开吗?

阳光普照大地，和煦的清风拂过唐羽纱细细的发丝，花的香气充溢其间。

她的手里是一片紫色的花朵，星星点点的紫光混合在阳光之中，倒映在她清澈的眼底，一片绚烂。

她走在通往学院图书馆的路上，嘴边是灿烂的笑容。

由于上午没有课程，所以她就可以去图书馆安心地把俄文小说看完了，这真的是一件很令人开心的事情啊！

突然——

一双手拦住了她的去路。

唐羽纱站住，呆怔地看着面前熟悉的女孩。

“羽纱，今天是留学生第一次考核，你为什么没有去？”女孩的脸上写满困惑，还有……一丝复杂的神色。

唐羽纱看着她，语气透露着深深的怀疑：“我为什么要去？小倩，你会不会是弄错了？”

沈倩的表情没有丝毫变化，她看着她，严肃地说：“我没有弄错，你现在已经成为留学生候选人了。”

唐羽纱愣住，她的手一松，紫罗兰花束掉落在风中。

圣羽学院西侧小礼堂。礼堂里安静无声，木制的雕花桌椅整整齐齐地摆放在那里。

讲台上，一个教授模样的人物正撑着课桌，认真地读着一份《备送留学生筛选规则》。礼堂的门被急速地敲响，安静的气氛被打破。

坐在椅子上的八位同学一致把目光投向了刚刚走进礼堂的两个人，可是，当他们看到唐羽纱的时候，好奇的目光便一下子变成了厌恶。

这突然之间的转变只因为她是用那种十分恶劣的方法进入前十的。

教授走到唐羽纱的面前，恭敬地低下头：“羽纱小姐，恭喜您成为留学生候选人之一。”

唐羽纱微微一笑，温婉地说道：“谢谢你。可是陈教授，有一件事我想告诉你，我根本就没有打算要出国，所以还请您取消我候选人的身份。”

众人皆惊。

没有人想到唐羽纱会突然说出这样的话来。

之前那样大张旗鼓地想要成为候选人，现在却放弃到手的机会，她到底是怎么想的?!

陈教授愣愣地看着她，眼中的错愕还没有完全散去："羽纱小姐，这样子……不可以的。"

唐羽纱不经意地微笑着，眼睛里闪烁着慧黠的光芒："如果您不能取消我的身份，那么……我弃权好了！"

"不行——"

礼堂的门被人推开，帝辕熙站在门口态度坚决地看着她。细碎的阳光笼罩在他的身后，美得好似画卷。

唐羽纱看着他，竟然有些微微的出神。

帝辕熙走进礼堂，帅气的脸庞让羽纱一阵心悸，她紧张地低下头，只感觉一抹潮红爬上了她的脸颊。

帝辕熙露出一丝魅惑的笑容，他的眼睛仿佛带刺的红玫瑰："我的羽纱，你怎么可以弃权呢？要知道，为了这个身份，你可是花了不少工夫啊！"

如梦初醒！唐羽纱的眼眸不可思议地睁大了。她看着帝辕熙，看着他冷凝的微笑，还有那不带一丝温柔情感的黑眸，心里突然明了起来。

他……真的不是从前的帝辕熙了，再也不是那个可以保护她的帝辕熙了……以前的帝辕熙……再也，回不来了……

圣羽学院二楼小礼堂，空气仿佛凝固一般，安静得没有一点声响。帝辕熙站在原木地板上，双眸安然地凝视着对面的女孩。

她脸上的脆弱被他清楚地看在眼里，那种被心爱的人伤过的痛苦透过她嘴角淡淡的惨笑一点点渗透进帝辕熙的心中。

心里划过一丝不忍，他皱着眉，刚想说些宽慰的话，却在刚刚迈出第一步的时候停在了原地。

唐羽纱的眼眸中，赫然迸射出犀利的光芒："我不允许你侮辱我！"

清晰的话语在礼堂里响起。

所有的人都屏住了呼吸，不敢轻易出声。这是他们第一次看到一向温顺的唐羽纱和帝辕熙这样说话！

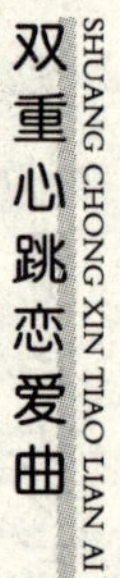

帝辕熙有些呆愣地看着她，眉头早已深锁："你说……我在侮辱你?"

"对！你就是在侮辱我！"唐羽纱面色僵硬地看着他，脸上没有一丝迟疑。

在她看来，无论谁污蔑她都是无足轻重的，但是如果那个污蔑她的人是帝辕熙——

绝对不可原谅！唐羽纱咬紧嘴唇，白皙的脸上透露着一丝粉红，那是在较真的时候才会出现的颜色。

帝辕熙压抑住心底的刺痛，硬是扯出一个邪佞的冷笑："你说我是在侮辱你，可是你又凭什么说你跟这件事情没有一点关系？校报的记者不会空穴来风，这一点，你应该很清楚！"

唐羽纱的身体一颤，但她依然倔犟地昂着头，琥珀色的眸子里一片坚定："我一定会还自己一个清白！而且我还要让你知道，不相信我是一个多么错误的决定！"

仿佛宣誓一般，唐羽纱的脸上异常严肃。她在用自己和帝辕熙的感情作赌注，在赌他们会不会有明天。

风很轻很轻，窗外紫色的花瓣缓缓飘落，美丽依旧。

帝辕熙一言不发地望着她，黑色的眸子里一片沉寂。

风吹动着满树的紫罗兰花瓣，纷纷扬扬好似一场醉人的花瓣雨。唐羽纱独自走在学校的林荫道上，夕阳映衬着她单薄的背影，显得分外孤寂。

她的手里，柠檬花水晶石反射着淡淡的红光，璀璨夺目。

"在没有证明你是无辜的以前，筛选的所有专练你都必须参加！"帝辕熙的话清晰地回响在耳边，唐羽纱扯开嘴角，露出一个惨淡的微笑。

这样的帝辕熙，已经……不值得她喜欢了。

步履变得缓慢起来，唐羽纱走到一旁的长凳边坐下，纤细的身影带着轻烟似的哀愁，她安静地坐着，目光轻柔地望向远方。

那是一个盛夏的清晨。

十五岁的羽纱站在漂亮的紫罗兰花园里，大大的眼睛一眨不眨地看着

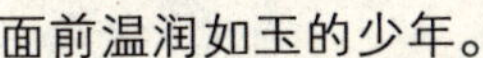

面前温润如玉的少年。

“帝，你说过今天要送给我生日礼物，可是，你手里分明什么也没有!”

略带责怪的话语从羽纱微微撅起的嘴中说出来，在帝辕熙看来却分外可爱。

他微笑着指了指周围一片湿润的泥土，黑色的眼瞳里一片慧黠的笑意：“我已经把给羽纱的礼物藏起来了，羽纱要自己找才行哦!”

还要自己找啊……

羽纱的失望很明显地表露了出来，她呆呆地站在原地，好久都没有动。

帝辕熙看着她呆滞的样子，乌黑的眼眸里泛起一片如海般的温柔，他拉起羽纱的手，轻轻地说：“我和你一起找。”

他递给羽纱一把绿色的小铲子，然后蹲在地上，仰头看着有些疑惑的唐羽纱：“我来给你指示方向，你直接按照我指的地方挖就行了!”

“好!”

羽纱的脸上浮现出一片开心的笑容，她大大的眼睛里闪烁着剔透的光芒，仿佛水晶般在阳光下熠熠生辉。

突然，羽纱感觉地里有个硬硬的东西，她的心里闪过一道奇异的光芒，然后迫不及待地把铲子插进了地里。

一块水晶石出现在羽纱的眼中，晶莹的水晶石在阳光下折射出七彩的光辉，美丽得令人心动。她将它拾起，目不转睛地看了起来。

一片白色的花瓣被水晶石包在中央，纯净得不染瑕疵。很美的生日礼物。

这时，帝辕熙突然从背后抱住了唐羽纱纤瘦的细腰，他的脸上挂着温柔的笑意，黑色的眼眸如同玛瑙凝视着她手中纯净的水晶石：“这是柠檬花，一种很美很美的花。”

他轻轻地说着，眼眸里一片宁静。

“我把它送给你，就是把所有的爱都送给你。因为，柠檬花象征的是

挚爱，是永恒。”

唐羽纱感受到他身上的温度，握紧手中的水晶石，她很满足、很温暖地笑了：“你……爱我吗?”

“爱你!”帝辕熙紧紧抱住她，黑色的眼眸如钢铁般坚硬。

他把手放在唐羽纱握着水晶石的手上，声音温柔地在羽纱耳边说：“这块水晶石就是我爱你的见证，只有我们分开了，它……才会消失。”

唐羽纱一怔，但她很快又微笑起来，手更加用力地握着水晶石：“我会好好爱护它，不会让它离开我的!”

“我相信你，更相信没有什么会分开我们!”

阳光倾洒在花园里，温暖地笼罩在他们身上，两个俊俏的身影美丽得如同画卷，令人屏息。

“我们，会永远在一起的!”

“我们，会永远在一起的!”

帝辕熙沉稳坚定的话语在耳边回响，唐羽纱安静地坐着，眼泪却早已不由自主地流了下来。她的眼中一片茫然的空洞，泪水如晨雾，迷蒙了她的视线。

你说过，我们会永远在一起，可是……你却骗了我!

你让我一个人承担所有的悲伤，让我在孤独中一次次流泪……

尽管这样，我还是想要告诉你，现在的我……真的好想你……

阳光从树枝中射下，照在她晶莹的泪珠上，折射出宛若水晶般璀璨剔透的光芒……

傍晚来临，夜风带着些微的寒冷。

唐羽纱徒步来到一片白色的柠檬花海中，遍地的柠檬花在月光中随风轻轻地摇曳。

这片柠檬花海，是她最爱的地方。

因为这里的每一朵柠檬花是帝辕熙亲手为她种下的，因为他说过，柠檬花象征着挚爱，所以他要把柠檬花留下，留在她住过的每个地方。

羽纱蹲下身，从花地里摘下一束开得灿烂的柠檬花，沁人心脾的清香

扑鼻而来，她澄澈的眼睛里充满了浓浓的幸福感，脸上洋溢着的微笑似乎可以融化寒冰。

远处，一棵高大的杨树后，一道颀长的影子突兀地出现在空无一人的小路上。许久，他都一直怔怔地站在那里，静静地望着羽纱，眼眸中盈满悲伤。

帝家别墅的大门被人疯狂地敲开，宫泽霖不顾张管家惊诧的目光，毫不犹豫地冲向二楼餐厅。他知道，帝辕熙此刻一定就在那里！

愤怒的气息让正和萧香用餐的帝辕熙一惊，他看向门口眼神犀利的宫泽霖，原本平静的眼底染上一抹难以察觉的森寒。

是他！

不给帝辕熙任何思考的机会，宫泽霖已经走到餐桌前，略显苍白的手指狠狠揪住了他洁白的衣领。

他怒视着他，用几近咆哮的声音吼道："你说过你会给她希望，可是现在，你知不知道自己都做了些什么?!"

耳膜被震得发痛，帝辕熙皱了皱眉，淡淡地迎上宫泽霖暴怒的目光。

他知道他说的她是谁，可是，尽管心里有些微痛，他却还是云淡风轻地说："她又怎么了?"

面对他漫不经心的样子，宫泽霖的怒火"噌"地蹿了上来，他一挥手，给了帝辕熙重重的一拳！

萧香目瞪口呆，她站起来想要拦住宫泽霖，却被帝辕熙制止："这是我们之间的事情，你不要管。"

她的眼中划过一丝难过，但还是安静地站到了一旁。宫泽霖的目光锁住了萧香，那种充满怨恨的目光让萧香心中一寒，接着，宫泽霖的声音已经犹如冰冷的藤蔓一般将她紧紧地裹住，不能动弹分毫。

那声音中蕴涵了深沉的感情，悠长深远，忧伤浑浊得令人心惊："羽纱现在在柠檬花田里，她已经……沉浸在自己的世界中了……"

仿佛被雷击中，帝辕熙只感觉心被抽紧，疼痛刺激着他的神经，让他

连呼吸都变得很困难。他从地上站起来，完全是不由自主地向二楼楼梯奔去。

身后，萧香担忧的喊声传来，他恍若未闻。

他一定要找到她！

帝辕熙从别墅跑出来，心里的疼痛感折磨着他脆弱的神经，他跌跌撞撞地在街道上狂奔着，有一种感觉在指引他，告诉他她在哪里。

灯光昏暗地笼罩在空无一人的小路上。

拐角处，一块凸起的石头重重地绊到了帝辕熙，他伸手扶住墙壁，才勉强使自己的身体没有倒下。

心痛的感觉更加强烈，他倚在墙上，身体半蹲下蜷缩成一团。

似乎不仅仅是那个人在难过，自己的心居然也跟着他，一起痛了……

“我只希望你能好好对待唐羽纱，不要因为她和你没有关系就肆意伤害她。除此之外，我没有任何要求。”

心中突然有种感觉，一种很令人心痛的感觉，他真的……对不起她！明明说过会给她希望，保证过照顾好她，可是……他还是食言了。

他让她那么伤心，那样绝望，甚至还说出不再需要帝辕熙照顾的话……

他对她，真的很过分！

那样一个坚强倔犟的女孩，那样一个纯真可爱的女孩，那样一个无数次带给他强烈震撼的女孩，他居然……那样狠心地对待她！

唐羽纱，我真的……对不起你！

柠檬花田。

唐羽纱半跪在潮湿的泥土上，将手中纯净的柠檬花轻轻地放在脸上，她安静地闭着眼睛，很温柔、很安心地微笑着。

仿佛回到了和帝辕熙在一起的日子，他总是很温柔地陪着她，看着她调皮地搞怪，可爱地撒娇。无论她做了什么，帝辕熙永远不会生气，他会装出一副可怜的样子，巴巴地向她讨饶。

每天，他都会陪着她来这片柠檬花田，坐在花田的中央，精心浇灌着那些纯白色的花朵。

疲惫的时候，她会把头靠在帝辕熙宽阔的肩膀上，嗅着从他体内散发出的令人安心的味道。然后，她就会很安静地睡去。

眼泪悄无声息地落下，唐羽纱尝到了泪的苦涩，可是，她却仍旧微笑着，用灿烂的笑容去驱散藏在心底无望的悲哀……

帝，现在的我真的，好……想你。

树叶在风中摇摆，时不时传来沙沙的声响。帝辕熙站在柠檬花田后，目光深邃地凝望着唐羽纱单薄的身影。

她现在，一定很痛苦吧！

帝辕熙慢慢地走到她的背后，杂乱无章的心跳渐渐平静下来，他脱下白色的外套，轻轻地披在了唐羽纱的肩上。

她的身体微颤，可是，她没有转过身来。

帝辕熙察觉到她的紧张，他安静地坐到了她的身边，黑色的眸子仿佛一望无垠的大海，蕴涵了深邃的感情。

她的手里，柠檬花水晶石折射出晶莹的光亮，那束光芒将帝辕熙眼底的悲伤称托得更加明显。

CHAPTER 05
雾之散

第二天，帝家别墅。

狭长的二楼走廊安静得没有一点声响。

萧香站在羽纱的房门口，眼神哀怨地注视着雪白的房门，白皙的脸上不带一丝表情。

昨天傍晚，她亲眼看到帝辕熙把昏迷着的唐羽纱抱回别墅。那个时候，她就站在别墅的门口，可是帝辕熙却仿佛根本没有看到她一样，神色紧张地直接冲上二楼。

那一刻，她只感觉自己的世界在崩塌陷落。

因为她清楚地知道，那个时候的帝辕熙眼里没有她。他眼中所有的紧张焦急都只为了一个人，那个人就是晕倒在他怀里的唐羽纱！

萧香自嘲地微笑着，眼睛里的失落铺天盖地。对他而言，她恐怕……早就被取代了！

终于，白色的房门被打开，帝辕熙面容憔悴地走了出来，他淡淡地看了萧香一眼，却什么也没说转身走开。

仿佛他会消失在自己的世界一样，萧香的眼中流露出一丝慌乱，她上前一步紧紧抓住了帝辕熙修长的手指，冰冷的触感让她感到莫名的恐惧："辕熙，你……"

帝辕熙无声地抽回手指，他漆黑的眼眸里一片死寂，令人看不清表情。

"唐羽纱……现在很痛苦，所以我应该陪在她的身边。尽管她想看到的并不是我，可是，只要看到我的脸，她……就会很安心。"

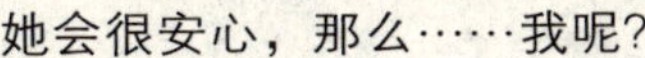

她会很安心，那么……我呢?

萧香的眼眸黯淡无光，她紧紧地抓着他的手，瘦小的身体因为心中的不确定而瑟瑟发抖："你这样做只是因为曾经答应了那个人对不对？你不想让她难过，因为如果她难过了，你就会心痛，所以……你只是不想让自己心痛，只是这样而已，对吗?"

看着萧香隐含着希冀的眼眸，帝辕熙的心陡然一沉。他静静地凝视她许久，脸上浮现出了难以言喻的悲伤。

终于，他别过脸去，默默地抽回了手，于是，萧香的手中顿时空荡荡的，只留下了令人悲伤的气息。

帝辕熙带着决绝的背影消失在了萧香的视线当中。

狭长的走廊里弥漫着空洞的悲哀，萧香靠在墙上，一滴晶莹的泪珠顺着光洁的脸颊缓缓地滑落……

雪白的天鹅绒被子轻轻盖在女孩的身上，阳光温暖地照进屋内，灰尘的细小粒子在空气中舞动。

帝辕熙坐在床边，安静地凝视面前的女孩。她的脸上一片安谧，乌黑的短发柔顺地贴在脸上，美丽纯净得仿佛不染纤尘的天使。

在她的手上，一块近乎透明的柠檬花水晶石在阳光的照耀下折射出七色的光芒，晶莹炫目。

心不规则地跳动着，帝辕熙伸手轻轻握住了羽纱冰冷的左手，瞬间，他被一种温暖而又安心的感觉包围。水晶石正透过羽纱的手指清楚地渗透进他的心，让他在瞬间有种恍惚的感觉。

就这样，他一直握着她的手，黑色的眼眸里流出海一般深邃的情感。

能这样安静地看着她，真的是件很美好的事情，他露出一个温柔的微笑，那是属于帝辕熙才有的最温暖人心的微笑。

蓦然，帝辕熙突然清醒过来。他站起来，羽纱的手被他重重甩到一边。他眼中的温柔完全消失，深黑的瞳人里出现了不可思议的光芒。

他似乎……喜欢上了她！

但是，这是万万不可以的事情！

他不可以喜欢她，如果他喜欢上了她，那么萧香呢？

萧香……要怎么办？

帝辕熙闭上眼睛，英俊的脸上一片沉重。他……不能犯这样的错误。

她的睫毛微微眨了眨，然后很缓慢地张开了眼睛。眼前，是帝辕熙俊秀颀长的身影，她的心中一喜，刚想要脱口叫他，却忽然愣住了。

她似乎忘记了，他已经不会再像从前一样，很温柔地对她笑了。眼中的喜悦冷凝住，唐羽纱垂下眼睑，轻轻抚摸着光滑的水晶石。

如果我们已经分开了，那么你就会消失……对不对？

她紧紧攥住手中的水晶石，水晶般剔透的眼中满是坚定。我一定不会让你消失，绝对不会！

感觉到她已经醒来，帝辕熙看向躺在床上的唐羽纱，俊逸的脸上写着关心的神情："你……已经没事了吗？"

唐羽纱用手勉强支撑着身体坐起来，脸上一片冷漠淡然："我没事了。"

帝辕熙早就料到她会以这种态度对待自己，因为，就在昨天把她从柠檬花田抱回来的时候，他就已经清楚了她的痛苦。

他看着她，黑色的眼眸晶亮："以前的事情……你不要再生气。"

唐羽纱的心底一颤，她不可置信地望着帝辕熙，声音有些微微沙哑："你这样说可以让我以为，你是在向我道歉吗？"

帝辕熙凝视着她，黑色的眼眸灿若星辰："可以。"

阳光温柔地射向他耳朵上的耳钉，闪现出一道金灿灿的光芒。

有那么一瞬间，唐羽纱真的以为是曾经的帝辕熙回来了，然而他还是让她失望了。

因为他说："尽管我向你道歉，可是并不代表你不需要再进行留学生候选人的筛选，该来的事情永远都不会跑掉。这点，你要记住！"

午后的凉风轻轻吹着羽纱瘦弱的身体，她站在偌大的露天游泳池旁，

眼眸深处一片安静。

再过不久，出国候选人就要在这里进行最后一场筛选了。前面几场筛选她都没有参加，所以明明知道一定不会通过，帝辕熙还是要她来参加。

因为他要让她证明她的实力，他要她赢！

唐羽纱蹲在池边，风吹乱了她的头发，遮住了她明亮的眼眸。

她把手伸到水里，而在她的手心中，一块晶亮的水晶石正散发着温柔的光芒，仿佛帝辕熙温柔的笑脸。

唐羽纱凝视着水面，露出一个很安静很安静的微笑。

远处，帝辕熙站在高大的棕榈树旁，默默地凝望羽纱温柔的笑靥。

很少看到她这样轻柔的微笑，恍若剔透的水晶，纯净无瑕。

如果这是她在为他微笑……

蓦然，一道光芒直射入帝辕熙的眼中。阳光照在刚刚被拿出水面的水晶石上，光芒流转。

他怔住了。

原来……她此刻，还在想他啊！

也许，只有在她想到他的时候，那种满载温柔的微笑才会出现吧！

他的心……痛了。

泳池边，唐羽纱站起来，满足地伸了个懒腰，望向太阳的方向，眼睛里一片金灿灿的光芒。

“羽纱？”女孩子的声音在她的身后响起，唐羽纱转过身，嘴边的微笑稍稍有些僵硬。

是萧香！

看到她不自然的表情，萧香露出一个淡淡的微笑，她温婉地看着她，声音轻轻地：“你来参加比赛了，真的是……很早就到了。”

唐羽纱点点头，她有些疑惑地看向萧香：“你为什么会在这里？”

根据她的了解，萧香并没有进入候选人前十啊！

“我是这场比赛的评委。”她静静地说。

阳光照在唐羽纱的身上，柠檬花水晶石散发出灿烂的光芒。

萧香的目光停在了水晶石上面，她低下头，饶有兴趣地打量着这块漂亮的水晶石："很漂亮的石头，可以借给我看看吗?"

看着萧香眼中的诚挚，羽纱点点头，轻轻地把水晶石递到了她的手中。

真的……是一块很美的石头。

可是，就在萧香在泳池边若有所思地迈开步的时候，一块水迹突然出其不意地让她滑倒。于是，柠檬花水晶石便伴随着"扑通"的声响掉入清澈的水中。

啪——

心底似乎有什么东西碎裂掉了。

唐羽纱的脸上顿时失了所有的血色。水晶石……果然……离开她了。

"我把它送给你，就是把所有的爱都送给你。因为，柠檬花象征的是挚爱，是永恒。"

"这块水晶石就是我爱你的见证，只有我们分开了，它……才会消失。"

它……会消失。

眼泪在刹那间铺天盖地地从羽纱的脸上滚落，她的脸上苍白一片，眼睛里满是痛彻心扉的绝望与空洞。

水晶石……

帝辕熙送给她的水晶石……

代表爱意的水晶石……

象征挚爱和永恒的水晶石……

就这样……

消失了——

看不见了！

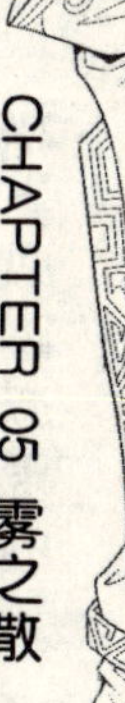

“不——”绝望的声音从羽纱的嘴中发出，她的眼中蓄满了大滴大滴的泪水，顺着脸颊疯狂地落下。

她看着泳池的底部，焦急地寻找着柠檬花水晶石的影子。

下一秒——

唐羽纱的眼神定在了一处，仿佛看到了希望的曙光，她奋不顾身地跳入冰凉的水中。那是他送给她的水晶石，所以，无论发生了什么，她都要把它找回来！

不顾一切！

“咔嚓——”

照相机的声音从教学楼的一个角落响起。

帝辕熙敏锐地循声望去，眼中闪过一丝睿智的光芒。

当唐羽纱浑身是水地从泳池中上来的时候，帝辕熙已经准备好浴巾在一旁等着她了。

她的身上湿漉漉一片，可是眼中却有着比水晶石还要灿烂夺目的光芒。她微笑着，手中的柠檬花水晶石闪闪发光。

帝辕熙看着她，还有泛着水光的水晶石，身体僵滞了一秒。他勉强扯开嘴角，伸手将浴巾披到了她的身上。

温暖的感觉袭遍唐羽纱的全身，她抬起头，看到了帝辕熙依旧凌厉却略带关心的目光。

心中一暖：“帝……”

帝辕熙制止住了她接下来要说的话，他拥着她，走向一旁笔直站立着的萧香。

“今天，有些事实应该浮出水面了。”他凝视着萧香，黑色的眼眸里没有一点感情，完全是冰天雪地的寒冷。

萧香的身体微微颤抖，她努力做出自然的微笑，可是嘴角却极不配合地抽搐起来。

帝辕熙冷笑，他把唐羽纱湿漉漉的头发和衣服擦干后，为她穿上自己

的外套，直到确认她不会着凉以后，他才一脸凝重地走到萧香面前。

愤怒的导火线一触即燃。

帝辕熙看着她，黑色的眼眸中一片令人紧张的森然，他的声音带着蛊惑人心的邪魅，可是却暗含着无尽的怒气。

“真让我惊讶，原来一向温柔优雅的萧香也会做出如此卑鄙恶劣的事情啊！”他凑近她，声音低得好像恋人间的耳语，但是却能让在场的三个人都能清晰地听到，“陷害唐羽纱，你觉得好玩吗？”

萧香浑身上下都开始战栗，褐色的卷发遮住她的脸，掩饰了她瞠目结舌的恐惧：“你在……说些什么啊？”

帝辕熙嘴角的冷笑一点点加深，她一定不知道，装傻只会让他更加瞧不起她，更加鄙视她！

“如果你真的全都忘记了，那么，让我来一件件提醒你。”他邪魅地笑着，眼神令人不寒而栗。

“从唐羽纱登上校报头版的第一次开始，你就一直在不断寻找她和留学生事件沾边的所有事情，你用‘小芳’的名字，秘密地给校报社投稿。而且，你还通过称赞她的方式从我这里套话，然后让她在学院里臭名昭著。就在刚才，你还找人拍下唐羽纱跳入水中的场面，准备在几个小时内向所有学生宣布：唐羽纱为了争取到留学生的机会，在空无一人的时候，在校露天游泳池练习！”

一字一句，仿佛漫天毒箭，毫不留情地刺向萧香的心脏。

她摇着头，满脸痛苦地退到墙角。她的头发已经被她自己扯得凌乱不堪。帝辕熙的话语让她仿佛置身于地狱，心痛得像要死掉。

他……居然这样说她！他居然可以如此不留情面地指责她，虽然他说的……都是真的。

可是，她做这一切只是想要让他不要和唐羽纱走得太近，不要因为唐羽纱……而抛弃她啊！

阳光刺目耀眼，唐羽纱愣愣地看着萧香，脸上满是震惊：她从来都没想过，萧香居然……如此恨她！

然而更令她惊讶的是，帝辕熙……竟然破天荒地没有站在萧香那边，而是，在为自己申诉……

在那一刻，帝辕熙坚定的眼神出现在她的眼中，他定定地注视着她，用直抵人心的话语对她说："唐羽纱，我会永远保护你。无论发生什么，我要你记得，在你的身边——有我！"

唐羽纱呆呆地看着面前高挺的身影，露出一个很温柔很温柔的微笑。

安静的泳池边，空气中蔓延着浓浓的悲伤。

帝辕熙的眼中布满了失望，他看着泪流满面的萧香，声音有些沙哑："你……真的很让我失望。"

萧香抬头，眼睛里闪现出痛苦的光芒："对……不起。"

"现在说对不起已经没有用了，"帝辕熙定定地看着她，"我真的想不到，原来纯净得像天使一样的萧香居然会变成这个样子，变得……像一个作恶多端的老巫婆！"

泪水慢慢从萧香的眼眶中滑落，她捂住嘴，悔恨一点点渗进她的心。原来……他喜欢的，是那个像天使一样纯净的萧香啊！

他喜欢的是不染瑕疵的萧香，不是现在这个堕落了的萧香，可是，她竟然一直都傻傻的，以为他已不再爱她。

结果，她错了，错得糊涂！

"对不起！"萧香流着泪看向他，目光里隐含着一丝期待，"那么现在的你，还……喜欢我吗？"

喜欢吗？你现在，还会喜欢我吗？

"很抱歉……"

萧香所有的期待破灭，她的眼中一片死灰。帝辕熙缓慢地开口，目光宁静地望向唐羽纱："我已经找到了比你更像天使的人，你……真让我失望。"

因为，有一个人比你更像天使，比你更纯洁，她让我感受到了心痛的感觉，让我知道了什么才是真正的坚强，让我明白，坚强不是依靠别人，

而是凭借自己的力量，一步一步，坚定不移地走下去。

我一直以为，我不愿意看她难过是因为那个人会让我心痛。可是现在我知道了，原来不仅是他，就连我，也会因为她的难过而心痛。

她的坚强与倔犟令人震撼，也许没有人会在看到她的时候不去喜欢她。

现在我终于明白了，为什么那个人会愿意为了她的幸福而不顾一切，为什么会在失去自我的时候仍要她好好生活。

原来她，真的值得那样对待！

萧香跪在地上，长发凌乱地纠结着，它们清楚地告诉帝辕熙，她此刻……有多哀伤。

下午，回到别墅的唐羽纱坐在书桌前，安静地看着一部有趣的俄文小说，小松鼠乖巧地待在旁边的桌面上，啃着羽纱事先给它准备的小零食。

她穿着厚厚的浴袍，显然刚沐浴过，黑色的短发垂到肩头，摩挲着粉红色的蕾丝。

忽地，桌上的手机响起。

羽纱微笑着按下接听键，听到沈倩带着喜悦的声音传来：“羽纱，我成功成地为留学生了！”

果然是这样，她没有让她失望。

“恭喜你了，小倩。”羽纱嘴角的笑容加深，她握着手机，另一只手抚摸小松鼠绒绒柔软的背毛。

“羽纱，我过几天就要离开，所以……晚上我请你吃饭吧！”

“好啊！”羽纱微笑着，眼睛里一片明亮。

雪之堡。

唐羽纱来的时候，沈倩已经安静地等候在那里了。她看到羽纱，快乐地冲她招手。

羽纱走到她身旁的位子上坐下，干净洁白的脸上盈满了笑意：“我一直都不知道，原来小倩家里是这么有钱！居然可以请我来雪之堡吃饭！”

沈倩微微一笑，快乐而帅气的脸上染上了一抹羞涩。她叫来服务员，看着羽纱点菜时的专注，她眼睛里渐渐染上悲哀。

以后可能就不能这样看着她了，所以现在她要把她的模样牢牢地记在心间，永远记住这个无论发生什么都会笑着面对的女孩。

唐羽纱点好菜后微笑着目送服务员离开，当她转头看向沈倩的时候，却发现沈倩竟然一直目不转睛地盯着她。

嘴角出现一抹顽皮的笑意，她拿起筷子毫不犹豫地敲向沈倩。

“啊！”沈倩回过神，眼睛里装满了委屈，她看着羽纱微笑的样子，心中升起愤怒的火焰，“干吗打我?”

唐羽纱依然微笑着，而且嘴角上扬的弧度明显变大了，她举着筷子，一副理所当然的样子：“是小倩你自己做坏事总是盯着别人看，我打你一下只是为了提醒你，不要以为长得帅气就可以把自己当男孩！”

当男孩?

沈倩的眉头蹙起，她这么说，是把她当成同性恋了吗?!

沈倩站起来，作势要掐唐羽纱，可就在这时，羽纱的手机大声地响了起来。

唐羽纱嘴边的微笑更加浓烈了，她看着做坏事未遂的沈倩，得意地扬了扬手中的手机。

现在，真的是连老天都在帮她呢！羽纱把手机放在耳边，还保持着之前的微笑。手机里传来一个很熟悉的声音。

唐羽纱微微愣住，这是几个月来帝辕熙第一次主动给她打电话，他的声音清楚地传到她的耳中：“你……现在在哪里?”

他在担心她。

唐羽纱望向窗外，很幸福地笑着，美丽的大眼睛里绽放出温柔的神采：“我在雪之堡，为小倩送行。”

“是这样啊……”帝辕熙的声音低低的，羽纱能够感受到他很强烈的失望，她看着窗外车水马龙的世界，声音带着欢快和期待。

“帝，你想我了吗?”她的眼里是一片甜甜的笑容，微微眯起来的眼睛

让她看起来特别可爱，“如果帝想我了，我会很快回去的!”

她的话让他心中一阵悸动，帝辕熙站在窗前，有些呆怔地望着远方一望无际的密林，空气中弥漫着一种叫做幸福的味道。

目光变得出奇的柔和，他微笑着转过身，轻轻倚在冰凉的窗台上，黑色的眼睛里涌动着深邃的感情。仿佛在那一刻，他就已经看到了她笑吟吟的脸庞似的。

可是，当萧香推门走入的时候，帝辕熙脸上的笑容便立刻凝固在了唇角，他看着她，眉头不禁深深皱了起来。

萧香站在那，苍白的脸上满是憔悴的神情，眼睛更是无神而又失落。

“我……可以跟你说几句话吗?”她轻轻地说，声音飘渺得让人觉得虚幻，好像她马上就要消失了一样。

帝辕熙愣住，手机无声地滑落到窗台上。

“吃得真的好饱啊!”唐羽纱满足地擦了擦嘴角，晶亮的眼睛里全都是笑意。

羽纱的笑容仿佛冬日里的一束阳光，让沈倩的心里也变得暖暖的。情不自禁地，她掏出手机，将镜头对准了唐羽纱。

“咔嚓——”

美好的画面从此定在了手机小小的屏幕上，永远都不会消失。

天渐渐暗下来，当沈倩和唐羽纱走出雪之堡的时候，宽敞的街道上已经灯火通明。霓虹灯闪烁着，把街道装点成光的世界。

沈倩停住脚步，她看着羽纱的背影，用手轻轻抚摸了一下手机上灿烂的笑脸。真希望她永远都可以这样微笑，永远不会有悲伤笼罩。

这样，她就可以安心地离开了,在大洋彼端的她会真心祝福、祈祷，愿她早日找到属于自己的幸福。

第二天一早，急促的手机铃声将还沉浸在睡梦中的羽纱吵醒，她揉揉惺忪的睡眼，不悦地将手机从枕头下面翻了出来。

闪闪发光的荧幕上赫然跳动着两个大字：萧香。

羽纱蹙了蹙眉，不明白萧香为什么会找她，按照她的理解，萧香现在应该恨死她了才对。抱着满心的疑惑，唐羽纱按下了接听键。

萧香无力的声音清晰地传进她的耳中："唐羽纱，请你来断崖一趟好吗？我……有些事情想要和你说。"

唐羽纱张了张嘴，刚想说些什么，可是电话那头已经传来了"嘟嘟"的忙音。

她茫然地放下手机，目光透过厚厚的玻璃凝望向远处高峻的情断山。

风，呼呼地刮着。黄绿色的杂草参差交织，在风中摇摆不定。

这里是情断山，传说，曾经有一对恋人在这里被残忍地分开。男孩被闪电从断崖处劈落，掉入无尽的深渊；而女孩则被挖去了双眼，从此不见天日。

这里是悲情的象征，就算再坚硬的爱情，也会在这里化为泡影。

泡影……

断崖上，萧香迎风而立，她褐色的长发狂乱地在空中飞舞，苍白瘦弱的脸上满是痛苦的表情。

唐羽纱站在崖下，定定地望着她瘦弱的身影在断崖上瑟瑟发抖，从她的样子，可以清楚地感受到她的痛苦、她的哀伤。

"萧香——"她把双手拢到嘴边，大声地喊着。

萧香的身体轻轻一颤，转过身，她目光忧伤地凝望着断崖下唐羽纱担忧的脸庞。

她是真的在担心她，可是，她却不能接受她的好意，不能与她做朋友，因为帝辕熙对她来说，胜于一切！

那一刻，唐羽纱清楚地看到了萧香眼中火一般的恨意。

唐羽纱心中一惊，她想离开，可是，一看到在狂风中摇摇欲坠的萧香，却怎么也鼓不起勇气离开。

她呆呆地站在原地，等待着萧香能开口告诉她要她来这里的目的。可是，她什么也没有说，只是默默地面对着广阔的天际，迎风站立，似乎在

等着谁，等着谁的到来然后将她接走。

唐羽纱注视着她的背影，眼瞳中一片脆弱与茫然。

原来，她是那样深爱着帝辕熙，即使失去生命也要站在原地等他回来。

她……被感动了。

因为在萧香的神情中，唐羽纱似乎看到了又一个自己，那样坚定执著地等待，即使等来的永远不是自己要的，也要无悔地追寻。

她们真的很像。如果不是爱的人都是帝辕熙，她们应该会成为很好很好的朋友吧!

身后突然传来一阵急促的脚步声，唐羽纱回头，看到了一脸焦急的帝辕熙。

帝辕熙在接到她的电话后，他立刻放下了所有工作，不顾一切地开车冲到了情断山。

仰头望向断崖顶上的萧香，帝辕熙的眼中出现了一抹紧张与担忧，他忍不住向前走了几步，迎着大风大声地冲她瘦弱的背影喊道："萧香——"

仿佛是一道光芒瞬间将她笼罩，萧香原本空洞无神的眼睛里霎时光芒四射，她惊喜地转过身，遏制不住的喜悦明显地流露在她的脸上："王!"

帝辕熙凝视着她，担心地大声说道："你站在那么高的地方干什么?快下来，上面危险!"

萧香笑得灿烂无比，她点点头，刚想从断崖上下来，可是，不经心地一瞥，正巧看到帝辕熙身后唐羽纱那张精致的微笑着的脸庞。

她脸上的笑容凝固住了，恐惧一下子占据了她的心，她知道如果自己这个时候下去，帝辕熙只要看她没有什么地方有事就会带着唐羽纱离开。那样，她就又会是孤单的一个人。所以，她绝对不要下去，绝对绝对不要下去!

这样想着，萧香的身体已经止不住地往后退去，她完全没有注意到自己已经站在了断崖边上，摇摇欲坠。

"小心!"帝辕熙惊恐地出声，他仿佛一道金色的闪电，瞬间冲到了萧香身边，将她拦腰抱住。他快得惊人的速度，令站在他身边的唐羽纱一阵恍惚。

萧香靠在帝辕熙的肩膀上，风吹动她的长发，唯美得如同梦境。

唐羽纱的眼眸黯淡下来，可是，她却咬紧嘴唇，倔犟地望着他们，一点想要逃避的意思都没有。

她的表情被萧香全部看在眼里，萧香一伸手臂揽住了帝辕熙的脖颈，楚楚可怜的小脸让人忍不住疼惜："王，你……别离开我！"

她脆弱的声音一下一下搅动帝辕熙的心，毕竟，他们曾经是相爱的啊！帝辕熙轻轻地将萧香揽进怀中，修长的大手抚摸着她柔软的长发："我不会离开你。"

像是得到了满意的回答，萧香安稳地倒在了帝辕熙的怀中，大大的眼睛轻轻闭上，她已在不知不觉中昏睡过去。

帝辕熙抱着睡去的她，嘴边的温柔渐渐消失。他目光的尽头停留在崖下的唐羽纱身上，看到她悲伤的神情，他心里传来一阵阵刺痛……

夜晚，天空繁星闪耀。

唐羽纱低着头，坐在湿漉漉的草地上，大大的眼睛呆愣地盯着湛蓝的湖水，一片空洞。

她已经这样呆呆地坐着好久了，打从帝辕熙把萧香抱回家开始，她自始至终没有和帝辕熙说过一句话。

远处，帝辕熙躲在一个角落处，安静地凝望着唐羽纱孤独寂寞的小小身影，心头萦绕着一丝说不清的哀愁。

就这样看着她，他的心就已经变得疼痛起来。

其实，他早已分不清究竟是那个人在痛还是他在痛，因为这疼痛来得太过剧烈，剧烈得让他有些难以自持。

也许，他们都在为她感到心痛。

他也不想这样，他也不想看着唐羽纱难过。可是，当他看到萧香因为他而痛不欲生时，纵使是再舍不得，他也不得不陪在萧香身边。

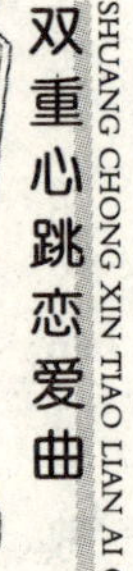

因为他知道，没有他，唐羽纱依然会坚强地生活。可是萧香没有了他，她一定会受不了。所以，他只能选择暂时陪在萧香身边，等到她的情绪稳定了，再向唐羽纱解释清楚。

希望，她能理解他才好。但是，如果她在意的人根本不是他……

如果她根本不会在意除了那个人之外的其他人……

帝辕熙强迫自己不再去想，他相信，自己的实力绝不会输给任何一个人。

他最后深深地看了唐羽纱一眼，便悄无声息地离开了。

夜晚，安静得没有一点声音。

初夏。

当花朵竞相开放，花园飘满花香的时候。紫罗兰花园里，悦耳的嬉笑声回荡在空气中，传播到很远很远的地方……

唐羽纱站在一棵茂盛的紫罗兰树下，大大的眼睛目不转睛地凝视着树上一簇开得灿烂的花朵，空气中浓郁的香味扑入羽纱的鼻息，让她忍不住微闭上了眼睛。

好香……

身旁，帝辕熙静静地看着羽纱满足的笑靥，黑色的眼中一片温柔的神色。

他轻轻地走到羽纱身后，用手环住了她的腰，嘴边的笑容一直在蔓延。清香的洗发水香味与空气混合在一起，帝辕熙低低地在她耳边说道："喜欢那些花吗？想不想近距离地观赏？"

唐羽纱睁开眼睛，笑容纯净如水晶，眼睛成了一个月牙状："想！"

帝辕熙被她的笑容晃了一下心神，他黑色的眼眸里一片深邃，温柔得好似一望无际的大海。安静地凝视着她精致的侧脸，帝辕熙揽紧了她的腰，微微用力地将她腾空抱起。

耳边的风呼呼吹过，羽纱再也矜持不住，她伸开双臂，开心地在帝辕熙怀里转着圈圈："帝，我好高哦！现在的唐羽纱，真的好高哦！"

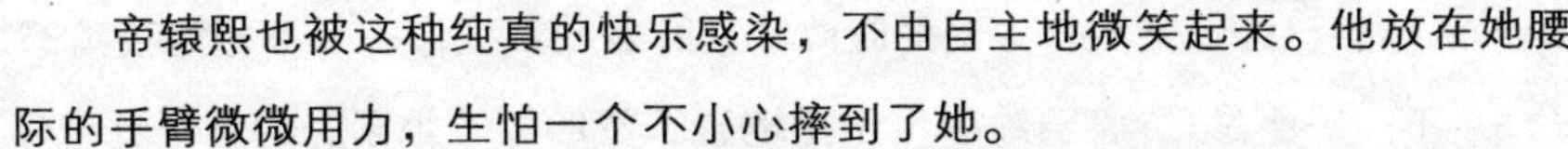

帝辕熙也被这种纯真的快乐感染，不由自主地微笑起来。他放在她腰际的手臂微微用力，生怕一个不小心摔到了她。

“羽纱，你要小心一点哦！”他温柔地看着她，眼神快要漾出水来。

“帝，你放心吧！我是不会做出伤害自己的事情的，你要相信我！”

唐羽纱转过身趁机摸了摸帝辕熙柔软的脸颊，脸上露出一个慧黠的微笑。

帝的脸总是这么柔软，摸上去就不想松手！

帝辕熙凝视着她，脸上的笑容通透无瑕。

羽纱心里一紧，她低下头，感觉自己的心脏正快速地跳着。帝现在真的越来越帅气了，她都不知道要怎么面对他，每次看到他，总是会紧张得羞红了脸。

她别过脸，假装好奇地把脸整个埋在了繁茂的紫罗兰花丛中。浓郁的花香暂时减释了尴尬的感觉，柔软的花瓣让她感到了无比的舒心。

帝辕熙目光宁静地盯在唐羽纱的身上，她刚才……是在害羞吗？

心里涌上一丝暖意，他情不自禁地把脸贴在羽纱平滑的背上，黑色的眼眸轻轻闭上。

羽纱怔住了，她微微侧头，安静地凝视着帝辕熙俊秀的脸庞，一种没来由的幸福感笼罩着她，嘴角忍不住轻轻上扬。

“帝……”她轻轻地说。

帝辕熙睁开眼睛，慢慢地把羽纱放在地上。阳光洒到他的脸上，呈现出一抹柔和的光晕。

她看着他，他也看着她，一种无须言语的感情在两人之间默默地传递。

良久，帝辕熙上前一步，轻轻搂住了羽纱的腰。他俯首在她的耳畔，柔和的气流摩挲得她的耳朵痒痒的：“羽纱，我喜欢你！”

她愣住，似乎没有想到他会这么说。唐羽纱怔忡地望着松开她的他，泛着灵光的眼睛一眨不眨。

“你……喜欢我？”就在唐羽纱拼命想要在帝辕熙眼中找到一丝戏谑

时，帝辕熙已经低下头，深邃的眼眸紧紧盯着她："你……不相信我吗?"

"不……不是!"唐羽纱手足无措地望了望四周，她紧张的样子让帝辕熙忍不住想笑。

他低着头，如花般美丽饱满的唇瓣已经贴在了唐羽纱的唇上。他轻轻地吻着她，宛如清晨的雨露，纯净得令人屏息。

阳光安静地停留在树下两个如梦般美丽的人身上……

羽纱，我喜欢你!

我喜欢你——

仿佛受到某种召唤。

唐羽纱从床上坐起来，目光怔忡地望着前方。

窗外还是一片寂静，星星点点的亮光在夜空中闪耀。

她静静地坐着，目光澄澈干净，就如窗外那闪耀的星光。

枕边，柠檬花水晶石安静地躺在天鹅绒床单上，曚昽的水光笼罩在它的周围，在床单上留下浅浅的痕迹。

CHAPTER 06
雪之舞

十月，国庆节。

夜晚，随着礼花炮声的阵阵轰鸣，空中的烟花上下飞舞。色彩斑斓，千姿百态，有的似蛟龙狂舞，有的如天女散花，它们争着抢着向人们展示自己的美丽。

楼房周围的霓虹灯将地面映得通红，整个城市也被这姹紫嫣红、五颜六色的灯光装点成了光的世界。

帝辕熙家的露台上，唐羽纱孤单地坐在冰冷的地砖上，抱着膝盖缩成小小的一团，分外可怜地遥望远处灯火阑珊的世界。

别墅里已经空无一人，今天别墅里的佣人都被帝辕熙放了假，所以，整栋房子里只剩下唐羽纱一个人。

她呆呆地坐在地上，目光空洞无神地望着夜空中璀璨夺目的焰火。

这样一个喜庆快乐的夜晚，他不仅要装作对帝辕熙和萧香一起出去玩毫不在意，还要一个人孤零零地待在家里，眼巴巴地数着礼花的颜色。

真的……好累啊！她向后一仰，身体便贴到了冰冷的墙壁。

刺骨的寒冷。让唐羽纱有些无助地闭上眼睛，一种刺痛的感觉仿佛流水一般渗进她的心中。

也许，帝辕熙现在已经把她忘到脑后了吧！他和萧香在一起……很快乐。

如果换做是以前，帝辕熙是绝对不会放任她一个人寂寞地待在家里。他会拉着她的手，跑遍整个城市去寻找快乐。

可是现在……

唐羽纱的鼻子突然一酸，她的眼眶里有晶莹的液体在不停打转，汹涌着想要冲出来。前一阵子他们俩的关系明明已经缓和了的，可是现在，因为萧香……

苍白的手指不由得握紧，唐羽纱拼命控制住自己，不让泪水流下。可是，她还是失败了。

礼花在幽暗的夜空中华丽盛开，将整个花园点缀得如同白昼。可是，这片幸福却并没有普及到世界上的每个角落。至少，在那栋白色的别墅里，还有一个女孩正在孤单地流泪。

街上，闹市人山人海，人们三五成群地准备去狂欢。

帝辕熙和萧香也在人群当中，他们安静地走在街上，没有其他人的喧闹，只有沉寂。

跟在帝辕熙身后，萧香一直故作开心的微笑终于消散而去，她的眼里有着一丝轻微的怨恨。她知道，帝辕熙之所以会这样魂不守舍，是因为把唐羽纱一个人留在别墅。

可是，为什么他现在的心里只有唐羽纱，再也没有她的存在了呢?!

她不甘，真的好不甘！萧香咬紧嘴唇，就让她再赌一次，再赌最后一次！

想着，萧香走到帝辕熙的身边，用略带委屈的眼神看着他："辕熙，你今天似乎很不高兴呢！是不是发生了什么事?"

帝辕熙扭头看她，黑色的眼眸里一片幽暗，就好像一颗晶亮的黑珍珠瞬间失去了所有的光芒。

"你不知道发生了什么事吗?"他有些嘲弄地勾起嘴角，脸上露出一抹鄙夷的神色，"我以为你是最清楚我不高兴的原因的人。"

如此直接的话语！

萧香有些恐慌地后退一步，她的身体不住地颤抖，仿佛狂风中一棵瑟瑟发抖的小树苗。

帝辕熙冷冷地看着她，现在她所做的一切在他的眼中都是虚伪的象

征，无论发生什么，他都不会再可怜她。

萧香的眼中盈满了委屈，她知道强硬地把帝辕熙留在身边是自己的不对，可是，如果要他从此离开自己的世界，她真的做不到。

她是那么爱他，那么想要把他留在身边，但是上天为什么总是捉弄他们，为他们的爱之路设下这样多的障碍?!

她只是爱他，只是想要给他幸福，为什么只是这样小小的要求都不能被满足?

一岁年龄的差距，真的有那么重要吗……

萧香停在原地，眼眸深处是一片令人窒息的绝望。

帝辕熙打开别墅的大门，在屋内环视一圈，发现并没有唐羽纱的身影。他疑惑地推开露台的门，却在看到倒在地上的唐羽纱时惊骇地大喊出声：“羽纱！”

他冲到羽纱身边，惊慌失措地把她抱在怀里，不停地叫着她的名字。她的脸上，泪水干涸的痕迹一下一下不停揪扯着帝辕熙的心脏。他皱紧眉头，一把将唐羽纱横抱起来，然后不顾萧香惊诧的目光，毫不犹豫地冲出了别墅。

冷风呼呼地灌进帝辕熙的衣领，双腿仿佛灌了铅般使不上力。他一边看着唐羽纱苍白得没有血色的脸庞，一边更加快速地穿过草地，向着草地外的劳斯莱斯跑去。

她一定不能有事！他还没有告诉她他的心意，所以她一定不能有事！他绝对不会让她有事！

帝辕熙强撑着将唐羽纱抱到车上，然后快步走上驾驶座，向加利亚中心医院开去。

因为节日的关系，街道上的车出奇地多。这让本来就焦急的帝辕熙更加心烦意乱，他不停地按着喇叭，但当他发现这一切都只是徒劳时，心情便更加低落了。

他回头担忧地望着瘦弱单薄的唐羽纱，突然有些害怕，害怕唐羽纱从

此睡去再也不醒来。

闭上眼，唐羽纱微笑着的样子在脑中闪过，那样温婉的微笑，从第一次见面就已牢牢印在他心里。

不！绝不会让她有事!!

帝辕熙睁开眼睛，速度脱掉自己的外套，走下车子，将唐羽纱横抱起来，穿过车与车的缝隙，徒步向加利亚中心医院跑去。

一路上，他撞到了很多人，甚至还在过马路的时候被一辆跑车狠狠地刮了一下。

好像……坚持不住了！左臂开始火辣辣地疼痛起来，渐渐地感到胳膊没有力气，唐羽纱的身体也倏然变得沉重起来，他咬着牙坚持着。突然，帝辕熙的身体重重一颤，唐羽纱的身体险些从他的臂弯中滑出。

他单膝跪在地上，额头上大滴大滴的汗珠顺着他的脸颊淌下。唐羽纱安静地躺在他的臂弯里，瓷娃娃一样的脸上平静如水，没有一丝波澜。

帝辕熙看着她，黑色的眼眸里多了一丝自责：如果不是他和萧香出去，如果不是他把她一个人丢在家里，如果他能够把一切都跟她解释清楚……她现在，一定不会这样吧！

帝辕熙用尽全身的力气从地上站起来，不顾头部的眩晕，跌跌撞撞地一步一步继续往前走……

当他终于把唐羽纱抱进医院，目送她被护士推进急诊室之后，伴随着左手臂的疼痛，他的身体在医院长长的走廊里，重重地倒下。

普通病房里。

当唐羽纱睁开双眼时，已是第二天清晨。

医院？她……生病了吗？

雪白的床单和窗帘看起来是那样刺眼，她环顾四周，挣扎着想坐起来，可是头却在起来的时候重重地撞到了木板。

好痛！轻微的响动让一直站在窗前的萧香回过神来。

她安静地看着唐羽纱，绝美的唇角上扬出一抹凄美的微笑：“你……

终于醒了吗?”

唐羽纱怔忡，她疑惑地看着萧香，阳光照在她苍白失色的面孔上，蒙昽得恍若透明。

“出了……什么事吗?”唐羽纱轻轻地开口，莫名之中感到有种强烈的压迫感笼罩着她，让她连呼吸都有些困难。

“你希望出什么事吗，嗯?唐羽纱，你希望出什么事吗?”萧香的眼神变得可怕起来，她走近唐羽纱，咄咄逼人的语气让她不禁打了个冷战。

如果有谁可以让一向温柔的萧香变成这样……

那一定是帝辕熙!

唐羽纱瞳孔一紧，她几乎是惊慌失措地掀开被子，继而紧紧抓住了萧香的手:“是他吗?帝他……出了什么事?”

看到唐羽纱的反应，萧香不禁冷笑一声，一把拍开唐羽纱抓住她手臂的手，眼睛里流露出一抹厌恶。

“别用你的手碰我!”她丝毫不掩饰自己的感情，心中的愤怒与怨恨完全爆发，“如果说你想留在帝辕熙身边只是为了害他，那么我奉劝你最好自觉离开，别再让他因为你而受伤!”

唐羽纱的眼睛因为她的话而不可思议地瞪大了，帝果然因为她而受伤了吗?那么他伤得重不重?会不会有生命危险?

唐羽纱的身体颤抖着，她想要拉住萧香，问清楚帝现在的状况，但话到了嘴边却怎么也说不出口。

就在眼泪即将决堤而出的前一秒——

萧香坐到了唐羽纱的床边，她伸出手轻轻抚摸着唐羽纱的脸颊，轻柔得好似春风，唐羽纱怔怔地看着她，一时之间竟不明所以。

萧香用手指擦去羽纱眼角的泪珠，神情温柔得仿佛对待自己最亲密的伙伴，蓦地，她长长的指尖掐进羽纱的肉中，羽沙忍不住叫出声来。

“这样就疼了吗?”萧香看着她，眼睛里满满的全是不屑与轻蔑。

帝喜欢的人应该懂得坚强，而不是像唐羽纱这样柔弱的女生!

想到这里，萧香抿起嘴唇，愤怒地狠狠地打了唐羽纱一记耳光，唐羽纱捂着被打的脸不可置信地瞪大眼睛："你……凭什么打我？"

"凭什么打你？你居然问我凭什么打你？"萧香冷眼看她，怨恨几乎要将她淹没，"你知不知道你的存在给帝辕熙带来多少麻烦？昨天我们在街上玩得那么高兴，可是一回家看到你躺在露台上，他心中的喜悦就全部消失了。帝辕熙送你去医院，可是因为塞车又不得不背着你。一路上他撞了无数的人，还因为你差点出了车祸！唐羽纱，你知不知道，你这样一意孤行地留在他的身边，迟早会害死他的！"

"你知不知道你这样一意孤行地留在他的身边，迟早会害死他的！"

宛如晴天霹雳！唐羽纱坐在床上，呆呆的，一动不动。

良久，她抬起头，目光澄澈坚定。

她静静地凝视着萧香，倔犟的声音在寂静的病房里回荡："你胡说！我才不会害死帝辕熙！"

压抑的气氛弥漫在病房里。

萧香站在床边，与唐羽纱默默对峙着。

唐羽纱坐在床上，身体的虚弱并没有让她退缩。

不知过了多久……

萧香的嘴边突然泛起一抹冰冷的笑意，她的声音残酷地在病房里响起："你真的以为自己不会伤害帝辕熙吗？真不知道你是故作聪明还是脑子有病，我曾经告诉过你，如果你喜欢的人是从前那个温柔的帝辕熙，那么请你离开一年，一年之后，你就会重新看到他……可是，你根本没有把我的话放在心上，你根本什么都不知道，什么都不懂！"

萧香的眼睛渐渐红了起来，她现在难过得就像一个受伤的小孩，有满肚子的委屈却说不出来。

她是真的爱帝辕熙！

唐羽纱的眼眸蒙上了一层淡淡的哀伤，她呆呆地望着萧香，仿佛看到了另一个自己：她们都是为爱执著的女孩，为了爱愿意付出一切！

看着她的样子，唐羽纱忍不住轻轻开口："萧香……"

可还没等羽纱说完，萧香便开始歇斯底里地吼了起来。

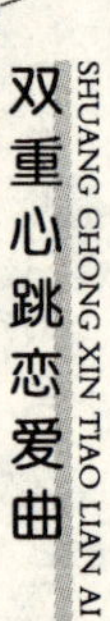

“你为什么要跟我抢？我和他不顾那么多长辈的反对要在一起，你为什么要和我抢？你知不知道，现在的帝辕熙是因为愧疚才跟你在一起的，他不喜欢你！一点都不喜欢你！”萧香近乎崩溃地喊着，“他不是以前的帝辕熙，也永远不可能变回以前的帝辕熙！既然他不能，那么你为什么又要自欺欺人地留在他身边？还是说，只要他叫帝辕熙，是帝辕熙的外表，无论他是什么样的人，你都会义无反顾地爱，义无反顾地守护？！你难道不觉得，这样的感情太可笑了吗？”

唐羽纱怔怔地看着她，希望从她的脸上找到一丝捉弄或怨恨神情。可是，一点都没有。萧香的脸上是一片真诚，她在劝她，以同样爱着帝辕熙的人的身份劝她！

“你……在骗我！帝会回来，无论发生什么事，他都会回来……他说过，他会永远守护我，永远陪在我身边……”唐羽纱喃喃地低语，脸上苍白得吓人，仿佛透明的水晶，闪现着脆弱的光芒。

萧香擦去脸上的泪水，继续说着：“既然他已经不是你曾经喜欢的帝辕熙，那你为什么还要霸占他？你应该把他还给我，因为我爱的是现在的帝辕熙，拥有现在这种性格的帝辕熙……既然你喜欢的人不是现在这样性格的他，你就根本不会全心全意地对待他。与其这样，你还不如找一个深爱着他的人陪在他身边，因为那个人，一定会好好地爱他，好好地陪着他，永远不会让他伤心绝望……”

萧香说完，便转身离开了。

阳光照进窗户，在房间里洒下淡淡的光晕。

那光芒带着脆弱的苍白，让唐羽纱突然感到没来由的寒冷，她坐在床上，把头埋在膝盖里蜷缩成一团，压抑已久的眼泪终于冲破心理防线，她一个人小声地呜咽起来。

柠檬花水晶石紧紧握在她的手中，坚硬的触感让她再也难以抑制心中的难过，最终忍不住放声大哭起来。

恍惚中，帝辕熙的耳边突然出现了一个磁性温柔的嗓音，他微微一

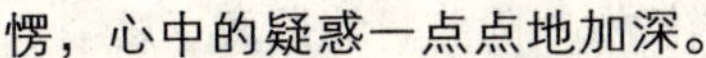

愣，心中的疑惑一点点地加深。

为什么他可以听到那个人的声音？自己明明已经成为了他，可是却好像他的身体里有两个人一样。

他不喜欢这样！好像是被人监视的感觉，他一点都不喜欢！

“不要疑神疑鬼的，帝辕熙你给我出来！”他狂怒地吼叫着，看着那个和自己一模一样的人慢慢地从黑暗中走出，帝辕熙嘴边噙着一抹淡淡的微笑，可是眼睛里却闪着令人发冷的凌厉。

“金狮，你终于知道自己并不是我了？”他的话语透露着若有若无的警告。

金狮抿紧嘴唇，眼睛里一片暗流涌动。

“我从来都知道自己不是你！像我这样尊贵的狮王，又怎么会和你一样?!”他暴怒地瞪着帝辕熙，看着他脸上一成不变的淡淡的笑容。

“你真的从来没有把自己当做是我吗？那么对于唐羽纱你又要怎么解释呢？你似乎……很喜欢她呢！”

金狮的脸瞬间变得通红，他的目光变得不自然，拳头握得紧紧的然后松开：“这和你没有任何关系！”

帝辕熙微微地笑着，黑色的眼眸里漾出水波般的温柔：“可是，你似乎忘记了，我们俩究竟谁才是她的男朋友，谁才是……她的挚爱。”

金狮的身体一颤，他愣愣地注视着帝辕熙，眼神黯淡得宛若黑夜。

但他骨子里狮王的傲气却不允许他服软，他皱着眉头，狠狠地瞪着对方：“也许以前唐羽纱喜欢的人是你，但是既然现在是我陪在她的身边，那么我就一定会让她爱上我！”

“你就这么有把握吗？”帝辕熙凝视着他，与生俱来的优雅让人根本看不到他眼中渐渐燃烧起来的火焰。

“我有绝对的把握！”

“可是……”帝辕熙话锋一转，避开了这个让他不愿意去想的话题，“她现在已经被你弄进了医院，你……还想怎么样呢？你了不了解她的痛苦，你知不知道她现在有多需要心爱的人的陪伴？”

金狮的目光变得茫然，然而茫然过后的愤恨却险些将他彻底点燃。

“这么重要的事情你为什么不早点提醒我?！不是每当她难过、痛苦的时候你都会心痛吗？你可以为她心痛，可以让我也卷入你的痛苦当中，但是你为什么要让她默默地忍受痛苦？还是说你根本就不在乎她，只是想要用你的心痛来惩罚我?！”

帝辕熙被他的愤怒震住了，原来，在不知不觉中他已经深深爱上了唐羽纱，而且这种爱是完全发自内心的。

看到金狮开始焦急地寻找离开的出路，帝辕熙的心中竟涌出了微微的动容，也许他真的会好好照顾羽纱。因为他已经不再只是为了答应自己的要求而照顾她，他会用自己的爱去保护她，不让她受到伤害。尽管，他并不能保证唐羽纱真的不会被金狮感动。

可是，他应该相信自己，更应该相信唐羽纱。他们的爱绝不会就这样轻易地被毁灭，只要一年过去，当他能够重新回到自己的身体时，他和唐羽纱，还会很幸福很快乐地生活在一起。

帝辕熙深吸了一口气，然后默默地从金狮的梦境中撤离，看着黑暗一点点将他笼罩，他的心中竟多了一份来时没有的惆怅。

他是真的担心啊！如果唐羽纱喜欢上了被金狮借用了身体的帝辕熙，那么自己又该怎么办呢？

可是，他曾经说过，只要唐羽纱能够幸福，他甘愿付出一切。

如果她真的能在金狮身上找到自己的幸福，那么他的离开又有什么关系呢？

闭上眼，一滴湿热的泪珠缓缓而落……

帝辕熙的卧室。

帝辕熙猛地从床上坐起来，刚才的梦境让他突然感到恐惧。

正如那个人所说的，她现在一定很痛吧！在她这么痛苦的时候，他应该去陪她的！

想着，帝辕熙迅速翻身下床，朝房门口走去，可就在他准备拉开房门

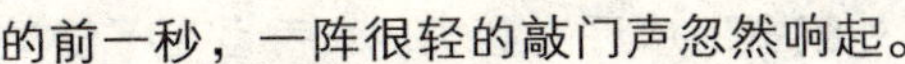
的前一秒，一阵很轻的敲门声忽然响起。

帝辕熙微愣，隔着单薄的房门，他似乎可以感受到对方急促的呼吸。

“唐羽纱，是你吗……”

房门外面安静无声。

帝辕熙感到自己的心跳开始加快，他知道是她，一定是她！房门被快速拉开，帝辕熙看着她，她的脸上有着淡淡的悲伤。

发生了什么事?

强烈的疑惑在帝辕熙的心里快速滋生着，他看着面无表情的唐羽纱，能够清楚地感受到她内心情感的波动。

“你怎么了?”在唐羽纱身后关上房门，帝辕熙有些担心地看着她。这是他第一次看到唐羽纱如此冷漠地面对他，冷冰得好似没有感情的石头。

站在窗边，唐羽纱静静地望着远处光秃秃的树枝，紫罗兰花已经凋谢，就连树叶也已经掉光了。

冬天就要到了，而她，也要离开了……

唐羽纱转过身，眼神定在帝辕熙的脸上，久久不能移开。

一想到自己即将离开他，她的心就在不停地抽痛。可是，尽管不愿离开，唐羽纱却还是不得不承认萧香说的是对的。

她喜欢的是从前的帝辕熙，那个会很温柔很温柔地对她笑的帝辕熙。虽然现在的帝辕熙对她也很好，可是喜欢一个人是不能够改变的。无论发生了什么，她爱的那个他在她的心里，永远不会被抹去。

所以，她选择听从萧香的话，离开帝辕熙，让一个爱现在的他的人陪在他的身边。

“你到底怎么了？发生了什么事?”看着默默不语的唐羽纱，帝辕熙不禁蹙紧了眉头，他握住唐羽纱的肩膀，黑色的眼眸仿佛可以洞悉一切。

唐羽纱看着他，眼睛里呈现出疲惫的神色。她没有在意肩膀上那双手有多么用力，也没有看到帝辕熙脸上担忧紧张的表情，她的声音飘渺，宛若天上的云雾缭绕。

“帝……我想，和你分手。”

帝辕熙怔住，他黑色的眼眸深处氤氲出浓重的雾气，双手也在不自觉地用力："你当真……想和我分开？"

面对他带着杀气的目光，唐羽纱没有丝毫的回避，她看着他的双眸，美丽如花瓣的嘴唇轻轻张开："是，我想和你分开。"

帝辕熙的身体完全僵硬了，他愣愣地看着她，嘴唇负气地抿起："为什么？"

"因为，我不喜欢你了，不想和你在一起，不想和你说话，不想见到你……"

话还没说完，羽纱的下巴就被帝辕熙狠狠捏住，他的眼睛森寒得仿佛降了霜的树林。

"对你而言，我就真的这么让人讨厌吗？因为我没有好好陪你，让你晕倒，所以你就讨厌我，要离开我？"

"我没有！"唐羽纱下意识地反驳道。但当她发现自己的失控时，目光便又黯淡了下来，"不是因为你没有陪我，所以才想离开。我是真的……不喜欢你了。"

帝辕熙发现了她一瞬间的失神，仿佛是看到了希望，他颤抖着轻轻地问道："你骗我……到底发生了什么事，你要这样说、这样骗我？"

"我没有骗你，我真的……"

"唐羽纱！"帝辕熙狠狠地打断了她，他的眼睛里是压制不住的怒火，"你到底为什么这么说？你知不知道这样说会让人很难过？你了不了解我的心痛？"

唐羽纱呆住。他喜欢她吗？自从他改变以后，他从来都没有表现出对她的喜欢，让她一直以为他喜欢的人是萧香。可是现在，他很清楚地表现出对她的喜欢，她却想要逃避。

"对不起……"唐羽纱推开他，一脸淡漠地走到门边，"我从不了解你的心痛，以后，你会找到一个真正了解你心痛的女孩，她会好好对待你，好好爱你，再也不会让你心痛。所以……忘了我吧！"

语毕，唐羽纱安静地走出了房间。

仿佛虚无的风，悄悄地来，又轻轻地去，留下帝辕熙一个人站在原地，悲伤落寞在他的脸上不断扩张、蔓延……

加利亚中心医院，帝辕熙站在雪白的走廊上，一语不发地凝望着不远处的一个长发女孩。

她正在为唐羽纱办出院手续。

望着她有些欢快的步伐，帝辕熙的脸上冷得不带一丝表情。萧香转过身，正好看到帝辕熙颀长的身影，不禁嫣然一笑："你怎么来了?"

说着，她便迎上前去，想要拉他的手。

"走开!"帝辕熙狂怒地推开她，眼神仿佛千年不化的寒冰，一下一下刺进她的心脏。

"你……怎么了?"萧香感到有些惶恐，她看着他，眼神变得慌乱起来。

难道是唐羽纱把自己说的话告诉了他?

她竟然……

"是你让唐羽纱离开我的对不对？是你要她离开我的!"帝辕熙看着失神的萧香，胸膛里的怒火疯狂地蔓延开来。

"我没有……"

"那你告诉我，为什么唐羽纱一回到家就和我说些分手之类的莫名其妙的话？为什么要我去找一个真正爱我的、不会让我受伤的人？你告诉我，她为什么要这样说？为什么?!"

看着面前暴怒的帝辕熙，萧香突然有种不知所措的感觉。

唐羽纱真的放弃了，她真的要把帝辕熙让给自己了，可是为什么她的心里会这样空虚？这样……难过?

"王，你真的喜欢上她了，对吗?"萧香有些恍惚地看着他，心痛的感觉让她想要呻吟。

"对，我就是喜欢她！非常非常喜欢她!!"

帝辕熙捏紧她的肩膀，阴暗的目光让萧香的心碎了一地，她别过头，

嘴唇颤抖着说："我只是想和你在一起……只是不想放弃，我……爱你！"

帝辕熙松开了萧香，他看着她，脑海中浮现出狮子座王国里的一幕幕，目光渐渐平静下来，他别过脸去，轻轻地说："对不起，萧香，我曾经说过……我们之间永远不会有结果，所以，不要白费力气了。"

帝辕熙转过身，颀长的身影渐渐消失在了长长的走廊里。

望着他渐渐远去的身影，萧香站在原地，眼泪终于止不住地落下。

原来她，还是没能挽留住他……他们还是要分开，要，形同陌路……

唐羽纱一个人孤零零地走在街上，数不清的车辆在她身边飞驰而过，风肆虐着她单薄的身影。她视若无睹地将双手放在胸前，轻轻摩挲着剔透的柠檬花水晶石。

其实，她本来是想把水晶石还给帝辕熙，做个彻底的了断。可心里那份隐隐的不舍却让她不想从此走出他的世界。

所以，她决定留下它，这样在想他的时候，可以拿出来看一看……

天灰蒙蒙的，一片乌云在唐羽纱的头顶上，缓缓移动着。

她慢慢地向前走，漫无目的地走着，眼神空洞得没有一点生气。

街道两旁的橱窗里，摆满了各式各样的首饰、小商品，唐羽纱看着它们，就仿佛看到了帝辕熙左耳上那颗金光闪闪的耳钉。

嘴角渐渐弯起了一抹幸福的微笑，唐羽纱站在原地，目光柔和得仿佛看到帝辕熙霸气的笑容。

现在的他，也很好啊！

虽然没有以前温柔体贴，但是也会在不经意间给你幸福的感觉。

唐羽纱靠在玻璃窗前，很温柔很温柔地笑着。

湖心花园，蓝湖。

萧香卧坐在已经失去绿色的草地上，褐色的长发随风飘荡。

眼泪已经流干，现在的她就仿佛是没有生气的木偶，不知道该做什么，也不知道该怎么做。

萧香突然感觉自己是如此的渺小，在这个不熟悉的世界里，一切都出

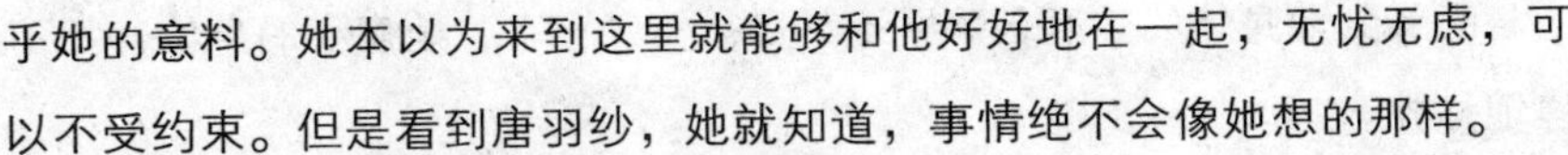

乎她的意料。她本以为来到这里就能够和他好好地在一起，无忧无虑，可以不受约束。但是看到唐羽纱，她就知道，事情绝不会像她想的那样。

果然，她还是从她的手里抢走了他。

她……

彻底失去了他！

望着天空，萧香的眼中滑出一滴泪珠，它沿着她脸颊的轮廓，缓缓地淌下。

地上的落叶沙沙地响着，宫泽霖站在一片落叶之中，面色凝重地凝视着湖边的女孩。

她坐在那里很久了，从他看见开始，她就一直坐在原地，一动不动。

宫泽霖忍不住又向前走了两步，可是萧香就仿佛没有听到一般，继续呆呆地坐在原地。

她怎么了？宫泽霖疑惑地走到她的身旁，目光紧紧地盯着她。

就在他张嘴准备询问唐羽纱在哪儿的时候，却突然愣住了——他看见一滴泪珠正慢慢地从她脸上流下。

“你……怎么了？”宫泽霖有些错愕地看着她，似乎不相信总是欺负唐羽纱的萧香会这样悲伤地流泪。

萧香没有看他，她安静得像是玻璃娃娃，苍白的眼珠定定地遥望着天际。

看着她的脸，宫泽霖突然感到一阵心痛，因为透过她，他似乎能看到另一个女孩坚强的样子。

她们……真的很像。

胸膛里渐渐涌出一股热流，让宫泽霖不由自主地走到萧香身旁，学着她的样子坐在地上，眼眸里的担忧显而易见。

这是他第一次发现，原来萧香也是一个会把悲伤掩埋在心里，让坚强表现在外面的女孩。

心不禁软了下来，仿佛着了魔般，他伸出手臂，将萧香紧紧搂在怀里，让她倚在自己的肩上。

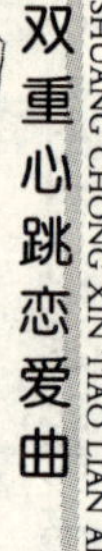

感受到他身体的热度，萧香不禁微微愣了一下，她瘦小的身体开始不停地挣扎。

“别怕……”宫泽霖感受到了她的惊慌失措，连忙一边在她的耳边轻语，一边轻拍她的后背，让她冷静下来。

萧香竟然真的停止了挣扎，疲惫地靠在他的怀中，安静地闭上了眼睛。

她现在，真的累极了。

抱着她，宫泽霖能够清楚地感受到她的身体还在轻轻地颤抖，一种怜惜的感觉迅速在他的血液里流淌，这是除了唐羽纱外的第一个女孩让他有这样的感觉。

他静静地凝视着萧香，这个曾经与唐羽纱作对的女孩竟能让他感到丝丝心痛，她……为什么会有这样的魔力？

就在宫泽霖准备好好观察萧香的时候，她却突然“腾”地坐了起来，把他吓了一跳。只见萧香的目光呆滞无神，嘴唇惨白地蠕动着，她愣愣地望着前方，声音大得令人震惊：“王——”

宫泽霖看着仿佛慢镜头一般朝地上倒去的萧香，眼里写满了不可思议。

同一时刻，阴暗的街道上，帝辕熙站在十字路口，焦急地向四周张望。

唐羽纱已经失踪了几个小时，在这段时间里，他不停地打她的手机，可是听到的却总是语音反复重复的相同的话。

他在马路上奔跑，汗水沁湿了他的衣衫。可是他却浑然不觉，依然疯了一般寻找着唐羽纱的身影。

这里没有……

那里没有……

他穿过一条条街道，避过一辆辆汽车，拼命想要找到那个坚强、倔犟的少女。可是没有，全都没有……

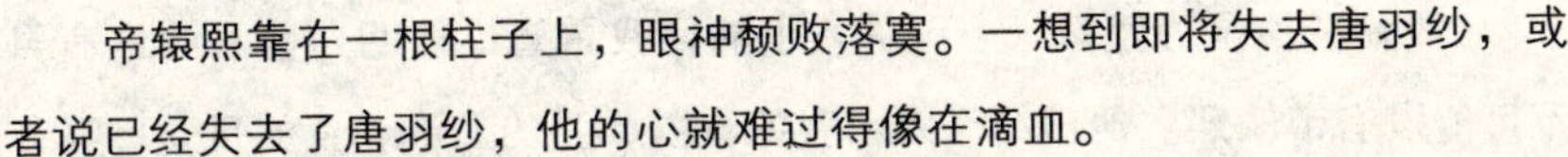

帝辕熙靠在一根柱子上，眼神颓败落寞。一想到即将失去唐羽纱，或者说已经失去了唐羽纱，他的心就难过得像在滴血。

为什么他还是不能留住她？为什么明明已经开始喜欢她却不早早告诉她？为什么他又一次让爱从手中滑走？

帝辕熙难过地闭上眼，心脏仿佛被几十根细针一下一下地刺着，快要让他窒息了。

这时，耳边隐隐约约地响起唐羽纱清脆的声音，帝辕熙强忍着已经溢满眼眶的泪水，努力不让泪水落下。

他绝不能流泪，他是一个男人，绝对不可以……

缕缕的轻风拂过，帝辕熙浓密的睫毛下闪现出晶莹的光芒……

“我……从来不会生帝的气。无论帝做了什么令人难过的事，我都不会生帝的气。我会一直陪在帝的身边，即使你不再喜欢我、已经开始讨厌我，我也不会离开，我会看着你找到属于自己的幸福。因为只有这样，我才能安心地离开，离开不再需要我的帝的身边。”

“我没有因为感动而痛哭流涕，在我的眼中，帝永远都是最尊贵最儒雅的神。可是，刚才出现在我眼前的帝完全是我所没有见过的。他暴戾、狂躁，让我一点都不了解。他居然会那样凶恶地冲着朋友挥拳头……我真的，好失望……”

“帝，你说，你还会给我……希望吗？”

“如果你还能相信我，那么……我会给你希望。”

“你知不知道，她现在已经为你流了多少眼泪？”“她以前是那么爱笑的一个人，把哭泣作为自己最鄙视的行为。可是现在呢？你见到过她多少次微笑，你还记得吗？”

“表哥……我愿意相信他。”

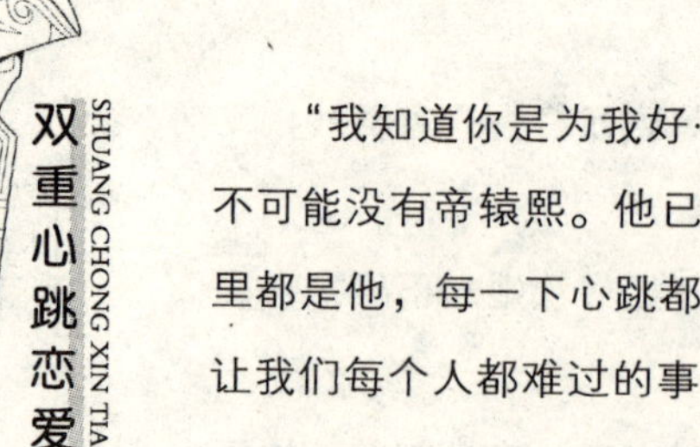

“我知道你是为我好……可是，小倩，我希望你能明白，我的生命里不可能没有帝辕熙。他已经渗入了我的骨髓、我的血液，我的每一口呼吸里都是他，每一下心跳都有他。所以……请不要再做这样的事情，不要做让我们每个人都难过的事情，好吗?”

“我只是觉得帝你的心在痛。你总是做出一副倔犟坚强的模样，可是在你的心里一定是很需要别人关心的！所以，我想在你难过、悲伤的时候陪在你的身边，和你一起分担痛苦，这样……你就会好过一点儿。”

“从很久以前开始，帝辕熙就不再保护我了。所以现在，我需要长大，需要学着自己照顾自己，不让自己受伤。而你，既然已经抛弃了我，就请不要再说什么我脱离你的保护之类的话。因为我们之间，是你最先改变的！”

“我一定会还自己清白！而且我还要让你知道，不相信我是一个多么错误的决定！”

无数痛苦的、感动的、难过的记忆碎片如潮水一般侵袭着帝辕熙的大脑，他蹲下身，泪水如小溪一般沿着刚毅的面孔淌下。

他再也承受不住……

这种痛苦的悲伤、难过的愧疚再也让他承受不住……

帝辕熙单膝跪在地上，脆弱得就像一个孩子般，低声哭泣着。

“帝，你想我了吗?”

“如果帝想我了，我会很快回去的！”

唐羽纱俏皮的话语在帝辕熙耳边轻轻地响起，他震惊地抬起头，来不及擦去的泪渍暴露在风中，有种黏黏涩涩的感觉。

羽纱……

他站起来，风拂过的清凉的感觉让他瞬间变得清醒。

他跌跌撞撞地在街道上狂奔，黑色的眼睛不停寻找着唐羽纱的身影。

你说过如果我想你你就会回来，现在，我想你了，真的很想你。所以，你回来好不好……拜托了，回来……

风轻轻的，空气中飘浮着淡淡的哀伤，并渐次浓重起来……

唐羽纱，拜托——

回来……

糖果店门口。

唐羽纱的心仿佛被什么抽动，她仰起头，安静地望着阴沉沉的天空。

现在真的应该下一场大雨，一场好大好大的雨，把她心中的期待浇灭，让她明白，让她回到现实。

——你和帝辕熙之间已经结束了，在很早很早以前就结束了，从他改变的那天开始，你们就注定了要分开，注定了不能幸福地生活在一起……

——所以，忘了他吧！唐羽纱，把他忘了吧！

“啊——”唐羽纱突然大喊起来，她拼命地用手捂住双耳，踉踉跄跄地想要跑过马路，但就在她准备冲过去的时候却突然愣住了。

马路的另一边，一个熟悉的店牌在昏暗的傍晚闪烁着跳跃的光芒。

是首饰店！她送给帝辕熙耳钉的首饰店！

心莫名地安静了下来，唐羽纱站在原地，剔透的眼眸里浮现出温柔的光芒。

帝辕熙……

仿佛中了魔一般，唐羽纱握紧着一直放在手心里的柠檬花水晶石，慢慢地朝马路对面走去。

汽车的鸣笛响彻天空。

她似乎没有看到左侧的汽车，也没有听到刺耳的鸣笛。在呼呼的风声中，她的脸上平静得出奇，就像是落入凡间的天使，不染瑕疵。

开车的人惊呆了，他愣愣地抓着方向盘，甚至忘记了要踩刹车！

唐羽纱毫无感觉地走着，她的身体已经麻木了。现在她唯一想要做的，就是能够走进对面的首饰店里，好好地看看那些花花绿绿的装饰品。

风吹起她的头发，飘舞着。

她的心里突然升起一个念头，就是想要拥有一头如海藻般美丽的长发，在细细的微风中，曼舞飘荡……

那样的场面一定很美吧！

她陶醉地微闭上眼睛，身体却忽然向左转去！

咫尺相隔！

司机猛地一个急刹车，想要避开唐羽纱的身体，可是车轮却好像不听使唤，直直地向她撞去！

车祸就要不可避免！

当街上的人都在呆愣住时，一道金色的光芒突然从天而降，将唐羽纱整个包裹在里面。

仿佛是一道天然的保护膜，金色的光芒抵挡住了汽车的冲击，将唐羽纱安全地带离了街道。

街上的人们目送着光芒离开，直到它已经离开了好久，人们还依然沉浸在突如其来的惊奇中。

金色的保护膜在紫罗兰花园缓缓落下。

光芒散去，帝辕熙抱着唐羽纱坐在地上，深邃的眼眸里是掩饰不住的悲伤。

她刚才……是想自杀吗?

他真的很难想象，如果当他发现赶来时看到的是一具冰冷的尸体时会是什么感觉。但是他相信，如果真的成那样，他一定会勃然大怒，让那些不许用法术的禁令都见鬼去吧！

他现在能做到，也是唯一能做到的，就是保证唐羽纱的安全，让她平平安安地生活下去，不再受到伤害。

所以，为了唐羽纱，即使让他完全忽视狮子座王国国王的嘱咐——坚

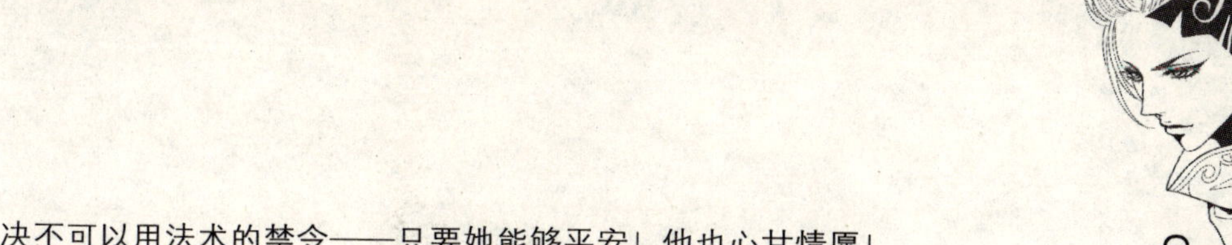

决不可以用法术的禁令——只要她能够平安！他也心甘情愿！

只是，不知道这样一个小小的愿望会不会被满足……

凝视着唐羽纱安详的侧脸，帝辕熙感觉自己的心都被揪紧了，他俯下身，在她的额头印下深深的一吻。

唐羽纱，我发誓，我一定会好好保护你，不会让你再有受伤的机会，一定！

CHAPTER 07
蔓之情

帝家别墅，二楼，唐羽纱的房间。

帝辕熙趴在床边，已经沉沉地睡去，阳光笼罩在他的脸上，漾出一抹柔和的光晕。

三天了，唐羽纱昏迷了三天，帝辕熙就在这间卧室里陪了她三天。

在这段时间里，萧香曾经和宫泽霖一起来看过唐羽纱，但是每次都是怏怏地离开了。因为在帝辕熙的眼里，萧香已经明显地成为了罪魁祸首。是她害得唐羽纱离开，害得她到现在还没有醒来。

唐羽纱躺在床上，神情安详，嘴角还有一丝淡淡的笑容。

在梦中，她无数次地看到帝辕熙温暖人心的微笑，只是这样静静地看着，她都能够感受到他身上源源不断的暖意。

在梦里，她回到了和帝辕熙第一次相遇的地方，回到了他们的回忆中，那些快乐的、温馨的、美丽的记忆就如同波澜壮阔的大海，在脑海里挥之不去。

帝，我好想你！如果能一直这样睡下去，我们就可以永远都不分开了吧！

这样想着，唐羽纱就真的一直睡了下去。无论帝辕熙如何呼唤，她都安静得如同孩子，没有丝毫想要醒来的意思。

柠檬花水晶石依然被紧紧握在她的手心，仿佛只要一松手，她的生命就会从此崩溃塌陷。

帝辕熙直起身子，目光担忧地扫过她平静的面颊。昏睡了这么久，她为什么还没有一点想要醒来的迹象？

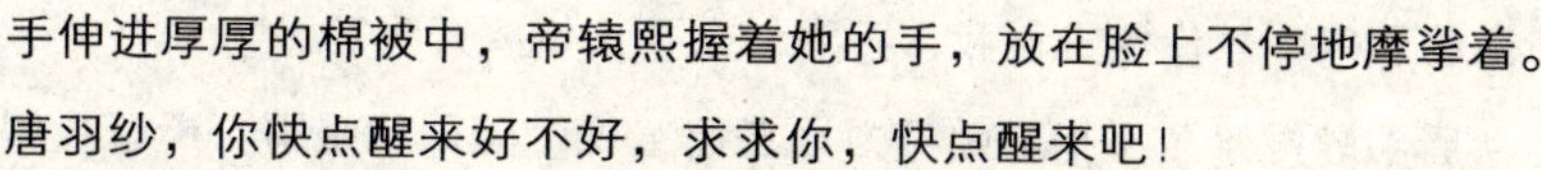

手伸进厚厚的棉被中，帝辕熙握着她的手，放在脸上不停地摩挲着。

唐羽纱，你快点醒来好不好，求求你，快点醒来吧！

太阳升到了天空的顶端，阳光冲破云层抚摸大地。

唐羽纱的手指微微动了动，她皱了皱眉头，似乎到了非醒不可的时候，她终于睁开了沉重的眼皮，安静地望着头顶上的吊灯。

她……怎么回到这儿了？

按照原本的意图，她现在应该已经远离别墅了。可是，为什么她却好好地躺在自己的房间？在她昏迷的这段时间里，到底发生了什么事？

羽纱感觉自己的头开始痛了，她索性摇摇头，不去想事情。现在最重要的，就是要赶快离开。因为她已经做出了决定，一定要离开帝辕熙，她说过的话，绝不允许有任何改变！

唐羽纱虚弱地掀开被子，想要悄无声息地从这栋别墅消失。可是下床时的不经意一瞥，却让她愣在了原地。

“你想跑到哪儿去？”帝辕熙靠在墙角，嘴角的一抹冷笑分外显眼。

唐羽纱一动不动地站在原地，脸上安静得没有一丝表情：“我要回家。这里……不是我的家。”

帝辕熙淡淡地一笑，他走近唐羽纱，高大的身体让她感到强烈的压迫感：“你想回家？可是，我恐怕不能满足你这个愿望了，因为这里，即将成为你的新家。”

房间里一片寂静，阳光被远处的树木挡住，照入窗户的只有几丝微弱的光芒。

唐羽纱与帝辕熙相对而立，两人的脸上都是面无表情的平静。他们僵持着，令这份平静渐渐变得诡异起来。

终于，唐羽纱做出了退让。她已经没有时间了，如果再这样与帝辕熙对峙，她恐怕真的会不能坚守自己的诺言，会忍不住想要留下来。

“帝辕熙，请你让我离开。”她轻轻地说。

帝辕熙似笑非笑地伸手拦在了唐羽纱与门之间，他深黑色的眸子泛着

微微的邪气："你能告诉我，我为什么要让你离开吗?"

唐羽纱捏紧了手指，她努力让自己直视帝辕熙的眼睛，声音也竭尽所能地保持冷淡平静："我要离开你的理由有三：一是我已经不再喜欢你，二是萧香才是那个会真正对你好的女孩，三是我希望能够换一个环境，重新开始生活。"

帝辕熙微笑着听她把话说完，然后镇定自若地接着说："这是你的理由，而我，也有不许你离开的三个理由。"

唐羽纱呆呆地看着他，听着他魅惑的声音在耳边响起。

"一是尽管你已经不再喜欢我，而我依然喜欢你；二是萧香不会成为那个真正对我好的女孩，因为她已经喜欢上了宫泽霖；三是如果你想要换一个环境，我愿意陪你一起去!"

唐羽纱有些诧异地看着他，然后慢慢低下了头："你……何必这样呢?!"

看到了她的动容，帝辕熙眼中一亮。他伸出手臂，轻轻地将唐羽纱揽入怀中，他把下巴搁在她的肩膀上，声音温柔得令人心醉："羽纱，以前是我不好。也许你喜欢的是以前的帝辕熙，但是我向你保证，现在的我一定会好好爱你，不会再让你受到伤害。我会永远陪在你身边，即使你不需要我，我也会躲在远处默默地保护你!"

帝辕熙……

唐羽纱把脸埋在他的怀里，眼泪终于按捺不住，缓缓地流了下来。

这样的你，让我怎能放弃?也许以前我会为了曾经的帝辕熙而义无反顾地离开，可现在无论是以前的你，还是现在的你，我都……

放不下了!

蓝湖，白色石桥。唐羽纱用手扶着桥栏，在呼啸的北风中，静静地站着。她的身后，帝辕熙正微笑地看着她。

不远处，宫泽霖和萧香也静静地望着他们。四个人就这样在寒冷的北风中站立着，没有言语，只是无声地对望。

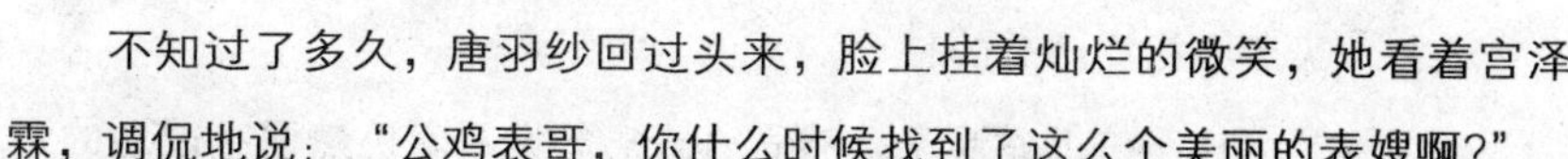

不知过了多久，唐羽纱回过头来，脸上挂着灿烂的微笑，她看着宫泽霖，调侃地说：“公鸡表哥，你什么时候找到了这么个美丽的表嫂啊？”

听了她的话，宫泽霖的脸有些微微发红，他把目光转移到别处，声音提高了好几倍：“你不要乱说哦！我什么时候说她是你表嫂了？你……少在那里瞎想！”

看到他的反应，原本不相信他会喜欢萧香的唐羽纱突然露出一个慧黠的笑容：“原来你真的喜欢她……”

“唐羽纱，你……你把嘴给我闭上！”宫泽霖恼羞成怒地瞪着她，伸出拳头作势向她挥了挥。

唐羽纱看着他，装出很害怕的样子跳到帝辕熙身后。她冲宫泽霖做了一个鬼脸，可怜巴巴地说道：“表哥，你怎么能这样子对待我？难道有了女朋友就可以不要表妹了吗？”

“你！”宫泽霖的脸更加红了，他指着唐羽纱分外无辜的脸，一时之间竟说不出话来。

看着他那张表情怪异的脸，唐羽纱“扑哧”一声乐了。她从帝辕熙身后走了出来，笑吟吟地看着大家：“我们，出去玩吧！”

浓茶居一个靠窗的位置上，羽纱嘴里含着吸管正美美地喝着一杯珍珠奶茶，奶茶的热气给她的小脸熏上了一层绯红，让她看起来可爱异常。

帝辕熙静静地注视着她，看到她喝到珍珠时满足的微笑，心里瞬间变得温暖柔和起来。

第一次发现，原来就这样看着她快快乐乐的，也是一种幸福。

他……真的爱上她了！

唐羽纱装作没有看到大家惊异的目光，直到把一杯奶茶全部喝掉了才心满意足地抬起头：“你们不要看着我了！我这个人有个习惯，碰到好喝的珍珠奶茶，总喜欢一口气喝完。你们都不知道吗？”

唐羽纱灿烂地微笑着，她看向旁边的帝辕熙，仿佛突然想到了什么：“哎呀！我差点忘记了，帝，过几天就是你十八岁的生日了，我们应该去

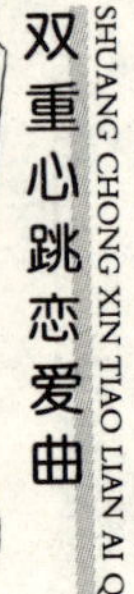

准备准备，买点小礼物什么的！”

她“腾”地从座位上站起来，然后有些焦急地看着仍然面不改色的三个人：“我们快走吧！不要再浪费时间了，我要去给帝买最漂亮的礼物！”

“不用那么着急吧……”帝辕熙摸摸鼻子，有些好笑地看着她，“只是过个生日而已，不至于的。”

“怎么会不至于？”看他漫不经心的样子，唐羽纱不禁有些急躁，“那可是帝你的成年礼欸！这应该是你一生中最重要的事了！”

听了她的话，帝辕熙轻轻蹙起了眉头。成年礼就是最重要的事？

如果真的是这样，那他宁可自己的十八岁永远不要到来。因为如果他长到了十八岁，唐羽纱可能就不会再这样微笑着对他了。

他可能会失去她，而且是……

永远！

繁华的闹市区，唐羽纱和萧香并排走在前面，她们手挽着手，仿佛最亲密的伙伴。帝辕熙和宫泽霖在她们身后慢慢走着，两张英俊的脸庞上都挂着温暖的笑容。

这样的场面应该是最令人欣慰的吧！她们能够做好朋友，真的很好！

站在玩偶店门口的唐羽纱眼睛直勾勾地盯着一个很可爱的绒毛熊，脸上是一片贪婪的光芒。

不知道帝会不会喜欢这个可爱的熊熊，反正她是非常喜欢呢！唐羽纱微笑着的样子完全落入了一旁的萧香眼中，她安静地注视了她好久，然后跟着她一起走进了偌大的玩具店。

隐蔽的角落里，唐羽纱手中握着一个漂亮的娃娃，目光轻轻地扫过萧香有些悲伤的面颊：“你……真的决定放弃帝了吗？”

似乎没想到她会这么问，萧香脸上的表情在瞬间有些僵滞。她微微一笑，目光哀婉忧伤：“不放弃能怎么样呢？他对你的好，我们都看在眼里……而我，早在很久以前就已经失去与你抢的资格了。”

哀伤的气息在玩具店蔓延着。

唐羽纱看着她，嘴唇被咬得发白："因为失去了帝辕熙，所以……你就想要……和我表哥交往吗?"

她的声音轻轻的，带着些许的怀疑，萧香听起来分外刺耳。

"你怎么可以这样说我?!"她愤怒地尖叫出声，身体因为过分激动而瑟瑟发抖，"你不可以这样说我，我愿意放弃帝辕熙，没有把会让你后悔一辈子的事情说出来，你怎么还能这样不知足？怎么……还会怀疑我?"

萧香委屈得快要哭出来，她不明白，为什么好心的成全会换来这样的不信任?！这样想着，一滴晶莹的泪珠已经从她的面颊上滚下。

泪珠掉在地上，碎裂成片。

唐羽纱怔怔地看着她，愣了半天，终于语调轻柔地说道："对不起，我……不是有意的。"

她上前一步，轻轻地抱住了萧香颤抖着的身体："是我误会了你，真的很抱歉！萧香，答应我一个请求好吗?"

她俯首在她的耳边，嘴角上扬起一个很温柔很温柔的微笑："我们……做好朋友吧！"

帝辕熙生日这天。

别墅里到处都充满了喜洋洋的气息，佣人抱着礼品、装饰等并肩走在一起的时候，都会情不自禁地喜笑颜开。

谁都知道，今天是少爷的成年礼，在这样隆重的日子，应该又会有很多人光顾这栋安静的别墅了吧?！

别墅真的好久没有这样热闹过了！

女佣们微笑着走开，眼中是掩饰不住的喜气。

入夜了。别墅外的宴会场所已经装饰完毕，女佣们站在蓝湖公园门口，彬彬有礼地迎接着帝夫人那些来自商界的朋友。

所有的宾客都带来了送给帝家少爷的礼物，可是在这些令人眼花缭乱的贵重物品中，却没有一个是帝辕熙真正喜欢的。

他站在一片闪烁着的彩灯下面，脸上被光芒照耀得分外妖娆，但表情

似乎很孤单呢！

唐羽纱举着酒杯走到他的面前，白色的公主裙让她看起来甜蜜可爱。她冲他淡淡地微笑，然后跟他碰了碰酒杯："你怎么了？今天是你的成年礼，可是为什么你看起来却是这么忧郁？"

帝辕熙看着她，黑色的眼眸里萦绕着淡淡的忧伤。他扯出一个苦笑，表情既无奈又悲凉："我不喜欢成年礼，不希望长大……"

唐羽纱怔住。她从没见过这样的帝辕熙，他居然……讨厌长大？

"你……为什么讨厌长大？"她困惑地看着他，帝辕熙左耳上金色的耳钉闪耀着的光芒甚至灼痛了她的双眼。

帝辕熙静静地凝视她，抿紧嘴唇一语不发。人群当中的帝夫人若有所思地看着帝辕熙，脸上一片了然的神色。

现在是时候满足他的愿望了……

她走到两人身边，神情高贵优雅："熙儿，你和羽纱跟我过来。"

宽敞的草地上，一个巨大的舞台已经建起。帝妈妈拉着帝辕熙走上舞台，嘴角上挂着淡定的微笑。

她看着那些显赫的贵宾，然后举起酒杯大声地说道："非常感谢各位能够参加熙儿的成年礼，在此，我代表帝氏家族敬各位一杯！"

帝夫人优雅地将红酒一饮而尽。

台下一片热烈的掌声。

谁都知道，帝董事长在很早以前便已经过世。这么多年来，帝氏家族在董事长夫人的带领下，一步步攀上了国际企业的最高峰。这样一个女中豪杰，没有人会不给面子。

帝夫人看着喝空的酒杯，继续说道："今天，我还要向大家宣布一个好消息。我替熙儿做主，为帝氏企业选择了一位合适的少夫人！"

一直默默不语的帝辕熙突然惊愕地看向她，她这样说，是想让自己与唐羽纱定亲吗？

心中一阵狂喜，他炙热的目光射向了台下同样不知所措的唐羽纱，在

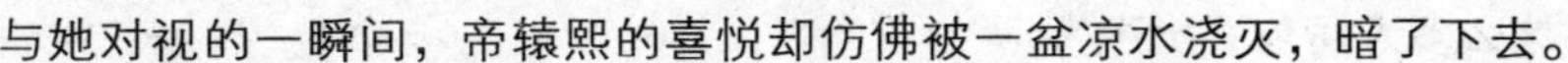

与她对视的一瞬间，帝辕熙的喜悦却仿佛被一盆凉水浇灭，暗了下去。

她一定很希望和他定亲吧?！可是，当她知道他不是“他”的时候，心里又会怎么想呢？她一定会很恨他的！一定会后悔答应和他定亲的！

而且……

帝辕熙的眼眸深处一片波涛汹涌。

就算她真的与他定亲了，而且也没有任何想要反悔的意思，那么以后呢？等到他有了自己的身体，他就不是他了！

她会成为别人的未婚妻，而他即使不想失去她却也没有办法争取了！

“我给熙儿选择的定亲对象并不是什么贵族的女孩，但是她很美丽，很善良，很会为别人着想。所以，我相信，她一定会成为帝氏家族最合适的少夫人！”

帝妈妈没有注意到帝辕熙黯淡下来的眼眸，她继续优雅地说着，神情也渐渐变得激动。

“这个人，就是与熙儿一起长大的女孩——唐羽纱！”

人群之中一片赞许声。他们都知道唐羽纱，那个小时候总是屁颠屁颠跟着帝辕熙的女孩，那个备受帝氏家族喜爱的女孩，那个帝辕熙最珍视的女孩。

果然是她，成为了帝氏家族的少夫人！

不知是谁首先带了头，热烈的掌声便排山倒海一般包围了整个舞台。

帝辕熙面无表情地注视着台下，当他看到唐羽纱在别人的推搡下准备走上舞台时，面容立即一凛。他向前一步，用手制止住延绵不绝的掌声。

人们愣愣地看着他，不知道他想要做些什么。等到人群完全安静下来时，帝辕熙终于威严地开口：“我……不要与唐羽纱定亲！”

准备上台的唐羽纱僵住。

她不可思议地凝望着帝辕熙刚毅的侧脸，丝丝凉意笼罩住她的身体。他说……不想与自己定亲！他居然不想与自己定亲！他不要她了?！

唐羽纱迷惘地看着他，感觉眼眶变得湿润起来。她鼻子一酸，但又不

想在这么多人面前哭出声来。

于是，当所有人都把目光都转移到自己身上时，她迎着这些人的注视，一步一步走上了舞台。

舞台上一片辉煌，刺眼的灯光让唐羽纱一阵目炫，她知道眼泪已经充溢了眼眶，知道自己恐怕支撑不了多久，但她还是缓慢地，一步一步走到了帝辕熙身旁。

众人的目光随着她的脚步移回舞台中央。

万众瞩目！

唐羽纱静静地凝视着帝辕熙，看着他倨傲的脸庞，她轻轻地笑了出来。看到她失魂落魄的目光，帝辕熙竟有些慌乱起来。但是唐羽纱并没有给他表达感情的机会，而是把脸转向了台下注视着他们的人们。

“很抱歉让大家失望，我和帝从来就没有想过要定亲，刚才帝妈妈只是在和大家开玩笑而已……”她冲着场下的人们深鞠一躬，然后露出一个无比温柔的笑容，“我先离开了。”

她转身就走。

帝辕熙看着她挺直的身体，心里仿佛有什么东西被硬生生地撕扯开了。再也顾不得许多，他追着唐羽纱消失的身影，也离开了灯火辉煌的舞台。

舞台上，帝夫人静静地站在一边，眼神是从未有过的复杂。他的儿子，为什么会说出这种话来？

明明是爱她的，却为何要让她伤心？他……到底有什么难言之隐？

菩提树湾，星光洒满一地。

唐羽纱站在一棵树下，伸开双臂仰望天空。凉凉的风吹在她的脸上，让她知道冬天即将来临了。

从帝辕熙改变到现在，已经半年了。她闭上眼睛，感到一滴冰凉的泪珠从眼角流下。她……还没有让他变回到原来的样子，而他，已经不要她了……

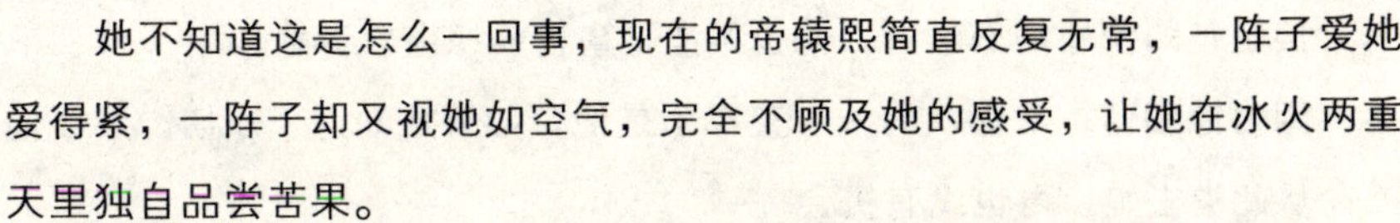

她不知道这是怎么一回事，现在的帝辕熙简直反复无常，一阵子爱她爱得紧，一阵子却又视她如空气，完全不顾及她的感受，让她在冰火两重天里独自品尝苦果。

一想起这些，她的泪水就如同断了线的珠子，汹涌澎湃。

淡淡的月光下，唐羽纱脸上的泪痕如同连根的藤蔓，散布在整张脸上。

不远处随之赶来的帝辕熙停在原地，若有所思地看着唐羽纱单薄瘦小的身影。她的裙子在风中飘着，美得有些虚幻。

帝辕熙向前两步，借着月光看到唐羽纱脸上耀眼的光芒。

那是泪啊！他的心底一颤。原来，无论表面上是多么的无谓，她……还是受伤了！

帝辕熙心痛地走上前去，在唐羽纱身后轻轻地抱住了她。她的身体是那样的冰冷，让帝辕熙有些没来由的恐惧。他更加用力地抱住了她，不顾她身体瞬间的僵硬。

“羽纱，对不起……”他在她的耳边低低地说。

唐羽纱没有动，她没有挣扎，也没有出声，只是怔怔地望着天空。眼泪无声地滴在了帝辕熙的手上，一片冰凉！

他僵住，手臂不由得松开。

帝辕熙看着她，话语里有着说不出的无奈：“你……还在生我的气吗？”

唐羽纱回过头看他，眼眸灿若星辰：“没有。”

“可是，看你的表情我就知道，你还在生气。”帝辕熙不动声色地望着她，嘴角扬起一抹苦涩。

“既然你不相信，我也没办法。”唐羽纱淡淡地一笑，转身欲走。可是帝辕熙却紧紧抓住了她的手臂，让她动弹不得。

“放手！”

在那一刻，帝辕熙清楚地看到了唐羽纱眼中的悲伤与愤怒，她现在一定伤透了心！而这一切，却都源于他的自私。

但是，即使她伤心难过，他也不能把事情的缘由告诉她。

因为他知道，她喜欢的人一直都不是他，如果她知道了一切，那么他就会从此失去她，再也没有机会……

“羽纱，”帝辕熙再次抱紧了她，他把头埋在她的颈间，声音低不可闻，“我真的不能与你定亲，但是你要相信我，我真的爱你，真的……”

唐羽纱闭上眼睛，强忍住泪水的夺眶而出：“我，从来都相信帝，无论帝做什么，都会支持。”

她的声音凄凉悲伤，让帝辕熙感到随时都会失去她。他紧紧地抱着她，仿佛只有这样才能让她不这么难过。

“羽纱，你不能这么说……不能。你这样会让我更加难过，让我发现在你的面前是如此渺小……”

“帝怎么会渺小呢?”唐羽纱近乎绝望地说，“在我的心里，帝永远都如天神一般，有谁会说帝是渺小的呢?”

“不!”帝辕熙用力把唐羽纱的身体翻转过来，然后把唇紧紧地压在了她的唇上面。

唐羽纱惊呼！可是，帝辕熙将她紧紧拥在怀中，让她不能抗拒分毫。过了许久，帝辕熙才终于放开了唐羽纱。

望着他炯炯有神的目光，唐羽纱不禁脸红起来：“你……”

“羽纱，你不要怪我。今天，我真的有苦衷。”帝辕熙低下头，声音低低的，身体在夜风中显得落寞孤寂。

唐羽纱的心在隐隐作痛，她走到他的身边，露出一个温暖的微笑：“我不生气了。”

其实，就算他真的不要她了，她也不会生气。因为那时候他一定是找到了比自己更好的女孩，所以，只要他能幸福，她愿意离开。

尽管伤心在所难免，但是如果他真的能好好生活，她就知足了。

帝辕熙看着她，眼神无比的认真与坚定：“羽纱，我想知道你喜欢的是现在的帝辕熙，还是以前的帝辕熙?”

没有想到他会这么问，唐羽纱愣住了，她有些迷惘地望着远处黑蓝色的天空。

现在的帝辕熙……

从前的帝辕熙……

尽管她感受到帝前后的变化，但这个问题她从来没有想过，她爱帝，只要他是帝辕熙，那现在的和从前的又有什么区别呢?

她喜欢的是他……只要是他就好。

“两个都喜欢，可以吗?”她把目光移到帝辕熙的脸上，看到他眼中黑色涌动。

“不行，你一定要选择一个。”他坚决地看着她，对她的为难熟视无睹。

“我……”唐羽纱低下头，她在思考，在想她更喜欢哪一个。

从前的帝辕熙，那是个总会温柔地微笑，明媚如阳光的少年；现在的帝辕熙，虽然既不温柔也不体贴，但也会在不经意间给她温暖。

尽管现在与从前相比，她更喜欢从前的那个帝辕熙，可是，从前的性情能不能回归还是未知数，而现在的拥有，她不想辜负。

“我选择现在的帝辕熙。”她静静地说。

“真的?”没想到她会选择自己，帝辕熙的脸上满是惊讶的喜悦之色。

他一把将唐羽纱揽入怀中，声音带着轻微的颤抖：“你真的选择现在的帝辕熙？真的选择吗?”

唐羽纱看着他欢喜的样子，不禁露出一个舒心的微笑：“我真的选择现在的帝辕熙，是真的！”

帝辕熙更加用力地抱住她。

月光下，他抱着她旋转起来。

寂静的夜晚，天上的星星闪烁着，羞怯地望着地面上的两个人影。唐羽纱安静地靠在帝辕熙身上，没有丝毫疲倦的神态。

帝辕熙安静地看着她，脸上的笑意通透纯净。

“羽纱，你喜欢什么啊?”他搂着她的肩膀，轻轻地说。

“喜欢？你指哪方面的喜欢?”唐羽纱疑惑地瞄了他一眼，不明白他在

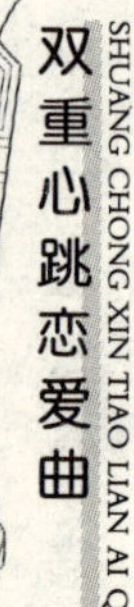

问些什么。

“景色。你喜欢什么样的景色?”

唐羽纱从他的怀中直起身子，眼睛默默地望向无边无际的墨黑色的天空：“我喜欢星星，喜欢夜晚，更喜欢带有星星的夜晚。”

她的脸上一片纯净，明亮的大眼睛一眨不眨地望着布满星芒的夜空。原来……她喜欢带有星星的夜晚。

帝辕熙轻轻地笑了，星星的夜晚，星夜……

他记住了，她喜欢，星夜。

夜更深了。

帝辕熙背着唐羽纱走在通往别墅的路上。

也许是因为累了，唐羽纱在他温暖宽阔的背上渐渐打起了瞌睡。帝辕熙听着她平稳的呼吸，不禁轻轻地笑出声。

他把身上睡得安稳的小家伙往上颠了颠，然后轻轻地说道：“羽纱，既然你喜欢现在的帝辕熙，那么就不要再叫我帝了好不好?”

“嗯……”唐羽纱迷迷糊糊地趴在帝辕熙的背上，眼皮不停地打着架，“为什么不要叫你帝啊?”

“因为你说喜欢的是现在的我啊！所以为了有所区分，自然要换个名字！”帝辕熙的嘴角噙着一抹奇异的微笑，他对着身上的女孩轻轻地说。

“那我要叫你什么呢?”唐羽纱似乎还没有清醒过来，她的声音还慵懒得像只小猫。

“叫我‘王’吧！我喜欢这个名字。”

“‘王八’？帝为什么会喜欢这个名字呢?”唐羽纱困倦的声音让帝辕熙感到十分不满，他不由分说地停下来，把唐羽纱重重地摔到了地上。

“唔……”这下唐羽纱完全清醒了，她委屈地看着帝辕熙，不满地抗议，“你怎么可以这样对我？怎么能把我扔到地上?”

帝辕熙抱着胸，高傲地居高临下：“谁叫你迷迷糊糊的，我只不过想办法让你清醒而已！”

“可是……”

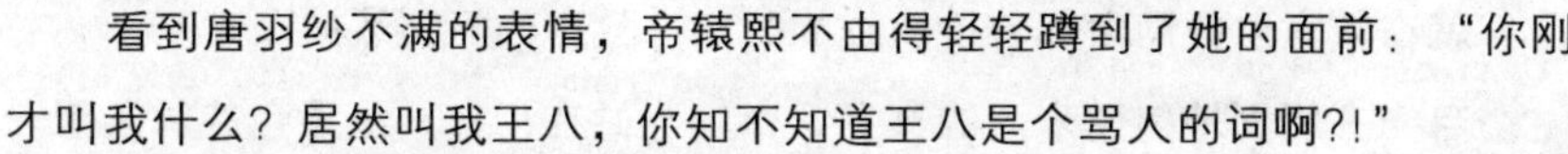

看到唐羽纱不满的表情，帝辕熙不由得轻轻蹲到了她的面前：“你刚才叫我什么？居然叫我王八，你知不知道王八是个骂人的词啊?!”

“我……”

看着她为难的样子，帝辕熙终于无奈地摇摇头，不再折磨她：“羽纱，你要记住，从现在开始要叫我‘王’，知道吗?”

看向他黑色的眸子，那种慑人的妖魅让唐羽纱完全不受控制地点头：“我知道了，王。”

帝辕熙满意地拍了拍唐羽纱的头：“这样才乖！”

第二天，圣羽学院。

连续几天没上学的羽纱走进教室时，原本喧闹的教室再一次安静下来。

但是，这次他们并没有向上次一样对唐羽纱冷嘲热讽，白眼不断，而是眼睛放光，一脸崇拜地看着她。

在这段时间里，萧香陷害唐羽纱的事情已经由帝辕熙指定的校报记者全部报道了出来，没有一丝一毫的手软，而且连曾经荣誉等身的校报社长肖晴也被赶出了报社。

这一切都使得帝辕熙抛弃唐羽纱的谎言不攻自破，相反越发显现出他对唐羽纱火一般炽热的爱。

唐羽纱走向自己的座位，并没有看到帝辕熙的身影，心中不禁有些失落。

早晨他自称有事要忙，没有和她一起上学。可是，她到餐厅吃过早饭，然后慢慢腾腾磨蹭半天才来到教室时，却发现帝辕熙还是没有来。落寞的感觉不言而喻。

第一节课是历史课，头发花白的历史老师走到讲台上，翻开厚厚的历史书，口若悬河地讲起了古史。

唐羽纱支着下巴，眼睛一眨也不眨地盯着书上密密麻麻的文字，显然已经不分南北。

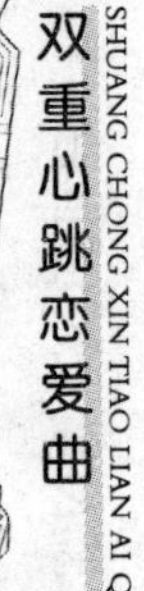

就在教室里的同学都昏昏欲睡的时候，教室的门突然被人推开。

目光齐刷刷地射到来人的身上，帝辕熙站在门口，深黑色的眸子里一片如海般的笑意。

他看到愣愣的唐羽纱时，嘴角不禁漾起一抹坏坏的笑容。

他大步走进教室，不顾历史老师眼镜下恼怒的目光，拉起唐羽纱的手就想离开。

可是，唐羽纱却固执地坐在座位上不肯移动分毫。她有些埋怨地看着帝辕熙，声音小小的，却在鸦雀无声的教室里清晰无比："王，你要带我去哪儿？现在还在上课……"

在全班同学的注视下，帝辕熙一把将唐羽纱横抱而起。他看着怀中拼命挣扎的人儿，嘴边的笑容一点点加深。

"啪——"

教室的门被用力地关上。

教室又安静了下来。

历史老师站到讲台上，又开始了神秘的历史之旅，仿佛刚才的一切从来没有发生过，唯一改变的，只是教室里少了一个如花般美丽的女孩。

紫罗兰树林，唐羽纱坐在冰凉的石凳上，大大的眼睛不停地朝对面英气逼人的少年扫射。

整个操场上静悄悄的，显得十分诡异。他们安静地坐在石凳上，默默对视着。

良久，唐羽纱终于受不了地避开帝辕熙的目光，轻轻地说："王，你把我接出来到底要干什么？"

帝辕熙饶有兴趣地看着她，黑色的眼睛眯成一条细线，弯得好像月牙。

"我接你出来玩啊！"轻描淡写的声音，他看着唐羽纱，语调忽然一转，"难道说，你不喜欢？"

唐羽纱的脸顿时有些发红，她低下头，声音窘迫无奈："不是这

样……可是，我们就这样呆呆地坐在这里，一点意思都没有！”

听了她的话，帝辕熙意味深长地“哦”了一声：“原来唐羽纱是嫌现在过得太无聊了！不如我带你出去走走，去街上逛逛，这样子你就不会无聊了。”

“不用不用！”唐羽纱听后慌忙摇头加摆手，她堆出一副讨好的笑容，笑眯眯地说，“我们翘一节历史课就好了，其他的课还是要上的！”

帝辕熙看着她慌乱的样子，笑得越发灿烂：“有一件事情我要让你知道。我……根本没想让你上其他的课！”

“王……”唐羽纱别扭又无奈地看着面前孩子气的帝辕熙，他现在为什么总是喜欢意气用事？

帝辕熙看着她，嘴边的笑容邪肆放纵：“不如，我们去树林里探险？在这个看不到尽头的紫罗兰树林，有什么奇珍异宝也说不定！”

探险……

唐羽纱无语地揉着自己有些胀痛的头，任由帝辕熙兴致勃勃地拉着自己向树林深处走去。

在这个树林里哪儿会有什么宝藏？帝辕熙他又在发疯了。

一群灰色的小鸟从仅能看到一线的天空中飞过。

帝辕熙拉着唐羽纱的手，唇边是若有似无的胜利者的微笑。如果能够牵着她的手，永远不回头地往前走，该会是一件多么美妙的事情啊！不知道老天给不给他这个机会，让他与心爱之人携手到老。

忘记了多少次被帝辕熙从众目睽睽下拎出教室，唐羽纱站在高高的栅栏墙旁，无可奈何地望着墙上得意微笑着的帝辕熙。

他今天穿着一件黑色运动服，衬得那张脸庞更加白皙。金色的耳钉散发出炫目的光芒，就犹如他的眼睛，深邃无边却又流光溢彩。

唐羽纱定定地望着他，虽然没有了从前的温柔，可是现在这样有些叛逆又有些桀骜不驯的帝辕熙真的带给了她一种不一样的感觉。

她竟突然舍不得这样的他，不想让他变回原来那个温柔体贴的帝辕熙

了。半蹲在高高的墙上，帝辕熙安静地观察着唐羽纱脸上表情的细微变化。

她时而皱眉时而摇头，目光又在被他捕捉到的时候闪避。

能有这样的举动，难道她……

帝辕熙的嘴角勾出一抹奇异的微笑，那王者般傲然的笑容仿佛万丈阳光，一瞬间射进了唐羽纱的心中。

她愣在原地，不知所措。

远处传来学院下课的铃声，帝辕熙蹙紧眉头，收敛了脸上的笑容，伸出手臂，指了指站在地上的唐羽纱："上来！"

羽纱看了看高高的栅栏墙又望了望教学楼里渐渐走出来的学生，终于绝望地闭上了眼睛："我……上不去。"

"这么矮的墙你居然上不来？"帝辕熙焦急地瞪着她，看着越来越多的人出现在学院的各个地方。

唐羽纱委屈地抬起头，声音里布满了埋怨："我又没有说要出去，是你自己把我从教室里面揪出来的，怎么还可以怪我？"

帝辕熙没有理她，他从墙上一跃而下，紧紧搂住了唐羽纱的腰："我不怪你，我只怪自己为什么会喜欢这样笨笨傻傻的你！"

唐羽纱刚想反驳，可是随即而至的风却让她的头部一阵眩晕。她无力地靠在帝辕熙的肩膀上，嘴唇也变得苍白。

帝辕熙在她的身后紧紧拥抱着她，用自己的温度带给她可以安下心来的力量。

他突然……好想带她飞。

不知过了多久，唐羽纱终于感到自己的脚站到了坚硬的地面上，她睁开眼睛，看着自己身后高高的围墙。

她出来了！她惊讶地看着一旁无所谓的帝辕熙，心中突然涌出一丝疑惑。刚才的感觉……是在飞吗？

可是，帝辕熙并没有给她发问的时间。他转过身，快步向前走去。

"王，你要去哪里？"她焦急地喊着。

帝辕熙没有回头，但是脚步却稍微放慢了一些："如果不想被母亲的管事看到，你只管快点跟着我走！"

繁华的闹市，帝辕熙挽着黑色的袖子，帅帅地走在前面。

他看向身后一脸不明所以的唐羽纱，露出了一个无奈的微笑。难道自己带她来这里是为了什么她都不清楚吗？他停下脚步，看着唐羽纱走到自己的身边，睁着一双迷茫的眼睛注视着他。

"你带我来这做什么？"

帝辕熙微笑着，他伸手戳着唐羽纱的额头，声音邪恶放肆："你这个笨蛋，我带你来这做什么不是再明显不过了吗？你居然……给我装傻！"

唐羽纱看着帝辕熙的脸，心里竟突然感到莫名的温暖。

也许他真的是想要送给自己什么……

"王，你……想要送给我什么啊？"她露出一个天真的微笑，让帝辕熙感到了一阵恍惚。

他别过脸，感觉自己的脸上已经爬上了一丝红潮。于是，帝辕熙不再去看唐羽纱纯净的脸颊，他撇下唐羽纱，一个人迅速穿过人群。

望着帝辕熙慌乱的背影，羽纱的唇角漾起一丝温柔的笑容。

其实他，有时候也是很可爱的……

玩偶橱窗店。

帝辕熙停在巨大的玻璃窗门口，他看着里面粉红色的绒毛猪，心中竟突然想要把它送给那个笨笨的像头小猪的唐羽纱。

她们……一定很般配！

帝辕熙走进商店，目光一直停留在那只粉红色的猪上。他伸手揽过小猪的脖子，柔软清凉的触感让他更加心生欢喜。

随后而来的唐羽纱看着笑得像个孩子的帝辕熙不禁愣住，他抱着玩具小猪，微笑着在它的耳边低语，似乎在说些孩子间的悄悄话。

唐羽纱感觉自己的心被触动了，她静静地凝视着他，心中的那股暖流一点点扩散到全身。

帝辕熙注意到了她，他拎着玩具猪的两只大大的耳朵走到她的面前，伸手将小猪塞到她的怀中："这是送给你的，不许拒绝！"

唐羽纱低头抚摸着被帝辕熙弄皱的绒毛，他真的好暴力！

即使要送给她礼物，也要温柔一点，怎么能这样对待无辜的猪宝宝呢？可是，在那一刻，唐羽纱真的感觉自己心中的天平有些倾斜了。

他还是不是以前的帝辕熙，真的，有那么重要吗？

只要他还是他，只要他会对她很好很好，只要他还像以前一样深爱着她，性格的不同，真的那么重要吗？

寒冷的北风呼啸着刮过，不知不觉间，落叶纷飞，枝折干落。

冬天，就要到了。

清晨。

唐羽纱习惯性地走到露台上，每天这个时候，帝辕熙都会坐在那里，微笑着等她。然而今天，当唐羽纱推开滑门时，却并没有看到帝辕熙坐在椅子上喝咖啡。

他背对自己站在栏杆边上，黑色的头发被风吹得凌乱。

"王……"唐羽纱疑惑地看着他。

听到她的声音，帝辕熙并没有动。他依旧以原来的姿势站着，可是身体却不自然地微微颤动。

有些事情还是不要说的好，可是，如果不说，她以后会原谅他吗？她……还会把自己当做那个人来爱吗？

虽然这几天，他感觉到了唐羽纱并不讨厌现在的帝辕熙，可是，等到知道了事实，她会不会毫不犹豫地离开？尽管知道他已经，很爱很爱她……

"唐羽纱……"帝辕熙转过身，深邃的目光安静地凝视着唐羽纱纯净剔透的面孔，"我想，我需要……告诉你一些事情。"

……

刺骨的寒风吹着唐羽纱瘦弱的身体，她站在冰凉的地砖上，感觉自己的心都被冻得麻木了。

她现在终于知道几个月前的帝为什么突然性情大变了，因为“他”根本就不是帝，他只是占据了帝的身体，骗取了她对帝的一片真心！

唐羽纱咬紧下唇，感觉眼泪在眼眶里团团打转。

她不怪他，但是他为什么不早点把事情的经过告诉她？为什么要让她蒙在鼓里？为什么让她一次又一次以为他是帝辕熙，然后失望、绝望？

“那么你占据了帝的身体后，他……在哪里呢？”唐羽纱努力让自己的声音不再颤抖，努力让自己的泪水不要汹涌澎湃，可是一切都是徒劳。当她的话语发出的瞬间，积压已久的悲怒终于不受控制地奔泻了出来。

她哭得像个孩子。金狮苦笑着看她，他早就知道会是这样的结果。她果然还是不会原谅自己，果然还是要找帝辕熙：“他就在我的思想里，一直一直，指引着我爱你的方向。”

他，一直都在。

唐羽纱别过脸去，拼命用手擦拭着洪水泛滥般源源不断的泪珠：“可是为什么呢？为什么都是狮子座王国的人，萧香不需要占据别人的身体，而你却需要呢？”

“因为……她已经成年了啊！只有年满十八岁的狮子，才可以具备属于自己的身体。”金狮定定地注视着她，脸上的悲伤仿佛驱不散的浓雾，蔓延在他们的周围，“知道了这些，唐羽纱，你，还会……喜欢我吗？”

露台上静悄悄的。

唐羽纱与金狮默默地对视着，他们倔犟地不肯收回目光，都在等待那可能会让他们从此碎裂的话语发出。

唐羽纱悲怆地笑着，白皙的脸上遍布着一种决然：“你以为，发生了这样的事后，我会做什么呢？你认为，我……会喜欢你吗？”

“你对我动心了，我知道！即使是拥有现在这种性格的帝辕熙，你也没讨厌过！你应该知道，我会好好地对待你，永远不会……”

“够了！”唐羽纱捂住耳朵大喊，她的内心矛盾极了，是的，她并不讨厌现在这种性格的帝辕熙，可是，那仅仅是不讨厌啊。

帝辕熙，一个被她深爱而又同样爱了她那么久的人，她怎么可能

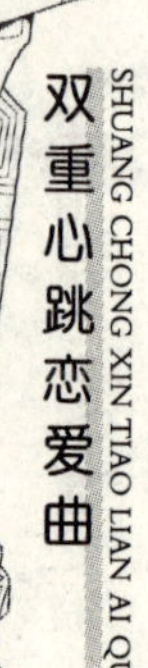

放弃?!

那个总会温柔地陪在她的身边，包容她所做的一切，甚至不允许她受到一点伤害的人，她，怎么可能放弃?!

她不会放弃!!

唐羽纱伸出手臂，狠狠地推搡着金狮的身体。

她的表情冷酷得令人心寒，那双不带丝毫眷恋的手拼命撕扯着他的身体，那一刻，他彻底输了！输给了帝辕熙！从她没有一丝不舍的眼中就能够看出，他……永远也比不上帝辕熙！永远！

“你……真的要我走吗?”他看着她，目光深情复杂得让人不敢直视。

唐羽纱微微怔住，她……真的要他走吗?

真的……要吗?

在那一秒，她拿不定主意了。

对于她来说，他并不讨厌，一点都不！她只是不喜欢被欺骗，不喜欢做一个什么也不知道的傻瓜，不喜欢就那样让自己的感情白白送给了另一个她根本不爱的人，只是这样而已。她，还是很想与他做朋友的。

可是，当她想到帝辕熙，所有的情感又仿佛是开了阀门的水流源源不断地向她涌来。

被人霸占了身体的日子，帝他一定很痛苦吧！不能表达自己的感情，没有保护自己的权利，只能默默地任由他人借着自己的身体胡作非为。

这样的帝，不是更可怜吗?

“是的，我希望你走！你走，走开!!”唐羽纱发了疯一般，随手拿起一个水杯毫不犹豫地朝金狮扔去。

水杯砸到了对面的滑门上，碎了一地。

金狮不可置信地看着唐羽纱，黑色的眼眸里一片痛惜：“你……居然真的打我?真的……”

看着满地狼藉，他终于妥协了。他走到唐羽纱身边，轻轻地说：“既然你真的让我走，那么……如你所愿，我会离开……但是，我不会自己走，我会带着一个人，和我一起走……”

唐羽纱还没有反应过来，他就已经迈开双腿，朝敞开的房门走去。是的，他不会一个人走。他会带着一个人，跟他一起走。

只要他还在帝辕熙的身体里，他就不会让帝辕熙留在唐羽纱的身边。他要让唐羽纱知道，他走了，帝辕熙也不会留下来！

“等等！”唐羽纱手忙脚乱地想要追上，可是他却眨眼间消失在了狭长的走廊中。

一瞬间，她的世界崩塌。跌坐在地板上，唐羽纱的眼睛空洞洞地望着前方。

帝……

我还是失去你了……

这回不仅失去了你，而且连你的样子也见不到了……

可是，你要相信我，只要有柠檬花水晶石在，无论发生什么，我都会找到你。

等我找到了你，我们就会永远在一起，无论发生什么，都不能阻止我们在一起。

安静的露台上。

唐羽纱坐在地上，眼泪仿佛断了线的珠子，一串一串，在地砖上开成一朵朵泛着光芒的水花……

初冬。

一夜之间，小城变成了一片银色世界。落光了叶子的树枝上挂满了毛茸茸、亮晶晶的银条，在阳光下，耀人眼目。树上的枝条在风中摇曳，不时飘下点点冰晶，宛如晨雾漫卷……

菩提树湾，唐羽纱跪在一片冰雪之中，单薄的白色身影在风中瑟瑟发抖。她的手中，一块柠檬花水晶石闪烁着晶莹灿烂的光芒，仿佛最虔诚的心愿即将实现。

唐羽纱静静地望着远方，剔透的眼睛里闪烁着如水晶般炫目的光芒。

帝，你知道我在等你吗？

不管你知不知道，就在这个和你共同看流星雨的地方，我一直在等你。

因为我相信，总有一天，你会知道，我在这个漫天白雪的地方等你回来。

所以，当你知道我在等你的时候，就一定要赶快回来，赶快回到我身边，不要让我等太久！

唐羽纱跪在雪地上，嘴边上扬着一抹恍若透明的微笑。

冬日的阳光轻柔地笼罩在她的身上，为她镀上了一层灿烂的金边。

帝，我会永远等着你，所以，你一定要回来！

千万不可以让我失望，知道吗？

唐羽纱闭上眼睛，嘴边的笑容一点点加深。

水晶石上，一滴透明的泪珠在阳光下折射出五彩的光芒。

CHAPTER 08
夏之归

一年后。圣羽学院。

茂盛的紫罗兰树林里，无数淡紫色的花朵散发出怡人的芳香。大理石圆桌上，咖啡正向上冒着白气，浓郁的醇香与花香混合在一起，让人迷醉。

桌边，一个女孩正专心致志地看着一本字典那么厚的英文小说。

乌黑的长发从肩头披下，衬出她白皙的脸庞，还有那宛若星星般灿烂的琥珀色眼眸。她静静地坐在石凳上，美丽的眼睛一眨不眨地盯着书页上一行行在别人看来完全不懂的文字。

这真的是一本很有意思的小说，她抿着嘴唇，眼眸深处是一片强压下去的笑意。

清风穿过树林，徘徊在女孩的头顶，掀起一片黑色的浪潮。

鸟叫声响起，黑色的鸟群在天空中飞过。

从树林外面走进一对男女，他们微笑着看向圆桌边坐着的黑发女孩："羽纱，你又在用功读书了?"

说话的是萧香，现在的她和以前相比似乎没有什么变化，唯一改变的是她已经离开了狮子座王国，决定要永远留在这里。

他们走到唐羽纱身边坐下，看着她那张脱掉了稚气的绝美的面孔，心跳都似乎漏掉一拍。

一年来，唐羽纱发生了很大的改变。她不但留起了长发，举手投足更添了一层温柔脱俗的气息，就宛若仙子从花苞里飞出。

她，真的长大了。

宫泽霖看着她，终于说出了好久以前就想说的话："羽纱，你……不要再等了，他可能不会回来了！"

本以为她会因这句话而伤心，可是唐羽纱的反应大大出乎了宫泽霖的预料。

她的面容安静，纯净的眼瞳好似蓝天白云，她看着宫泽霖，目光却仿佛飘到了很远很远的地方："他一定会回来，他答应过我，无论发生什么事情都会回来，都会以最快的速度回到我的身边。"

他答应过我的！

圣羽学院高等教学部。

唐羽纱坐在转椅上头疼地看着桌上一摞摞审批文件。

学生会主席本来应该是帝辕熙担任的职务，可是由于他一年的失踪，帝氏家族不得不重新找人来代理学生会主席。由于唐羽纱的非常优秀，以及她和帝氏家族的渊源，她不得不来到办公室，审核一系列文件条款，还有一些伤脑筋的大事小情。

眼下，她就被一纸修建健身房的申请书难住了。

修建健身房的提议是一群喜欢运动的大学生提出来的，他们认为圣羽学院的运动设施虽然非常齐全，但是还是缺少一个比较正式的运动场合，而健身房就十分适合学院里住校的学生。

唐羽纱曾经想直接否决这条建议，可是哪知道居然引起了很多人的抗议，说学生会会长是女生，不懂得男孩子的喜好，还要她主动辞职。

现在的她，真是陷入困境了。

清风拂面，花香袭人，不知不觉间，唐羽纱已经走到了和帝辕熙一起种的柠檬花田。白色的花瓣在风中飘舞，仿佛一片散发着香味的海洋。

唐羽纱跪坐在花丛中，黑色的长发与白色的花瓣纠缠在一起，有一种说不出的美丽。她看着那一团团簇拥在一起的花朵，不由得露出一个恬静的微笑。

看着它们，她就仿佛看到了帝辕熙那张永远温柔不变的脸庞，就在一

片白色的花瓣中央，他冲她很温暖很温暖地笑着。

阳光穿过天上的浮云，照射在剔透的柠檬花水晶石上，一时之间，光芒万丈，仿佛冲出黑暗的宝石，放射出最灿烂的光芒。

同一时刻。天空。

飞机上，一个戴着墨镜的少年正看着机舱外雾一般的云彩。他白皙的脸上毫无表情，右手上的一杯咖啡散发出馥郁的香气。

他有一头黑色的短发，白色的休闲衣勾勒出他完美的身材，举手投足之间都散发着贵族的气息。

好一个翩翩公子！

人们纷纷转头看向这位英俊不凡的少年。

少年仿佛没有注意到那些凭空而至的目光，脸上平静如水，让人看不清摸不透。

他低头看了看手机，屏幕上是一个女孩微笑着的样子，她灵动的大眼睛迷成一条细线，好似弯弯的月牙，美丽可爱。

他看着她，嘴角渐渐上扬出一个温柔的微笑。真的好想见到她，过了这么久，不知道她生活得怎么样了。真想看到她因为看到自己而激动的样子！

她一定会扑到他的身上，不停地捶打他的肩膀，质问他为什么这么晚才回来。然后，她就会趴在他的肩膀上，很伤心很伤心地哭泣，直到他抱住她，安慰她不要哭为止。

少年低着头，似乎出了神。

好久没有看到她的眼泪了，那种有人担心的感觉，好久都没有感受到了。

羽纱，你要等我啊！我很快就会回去，给你一个惊喜的！

你……一定要等我！

夕阳渐渐消散在西方的天空，夜晚即将到来。

唐羽纱有些不舍地从柠檬花田中站起身来，面容安静地望向被映得通红的天边。她有一种预感，似乎有什么重要的事情即将发生。

通往湖心花园的路上。

蝉忍受不了夏日的炎热，在枝头鸣叫。唐羽纱慢慢地朝别墅走着，轻风抚过她海藻般的长发，在空中飘荡。

花的清香混在空气中，让她有种很舒服的感觉。不知不觉间，剔透如水晶的蓝湖已经近在眼前。

天渐渐黑了，轻柔的月光直泻到晶莹的湖面，让蓝湖看起来宛若发光的蓝宝石。

唐羽纱蹲到湖边，纤细的手指搅动着水面，水便泛起波纹向远处荡去，一层一层的，在月光下放射出银白色的光芒。

唐羽纱低着头，白皙的面孔绝美得令人屏息，她神情专注地看着湖面，仿佛那是一个旋涡将她深深吸入，不能自已。

清澈的湖面倒映出唐羽纱瘦弱的身影，她看着水中的自己，不禁露出一个温柔的微笑。水中，一个帅气的人影正安静地看着她，黑色的墨镜下隐藏着一双如大海般深邃迷人的黑眸。

“帝……”唐羽纱惊慌地转过头，看着面前英俊不凡的少年。她的眼中闪着惊诧，但还是很快地将帝辕熙紧紧抱住，她靠在他坚实有力的胸膛上，听着他急促的心跳。

那种来自他身上源源不断的体香几乎蛊惑了她的神经，她闭上眼睛，满足地微笑。

帝辕熙看着倚在自己怀中的人儿，一种怜惜的感觉从心中涌出，他抚摸着她乌黑发亮的长发，发出一声很轻很淡的叹息。

原来，一年的时间居然让她发生了如此的改变。

曾经说好，要永远梳着俏皮的短发，可是现在，这飘逸的长发不是她的又是谁的？

帝辕熙摘下墨镜，深情的黑眸便完全出现在近乎透明的湖水中。他的双手上升，轻轻拦住唐羽纱不堪一握的纤腰。

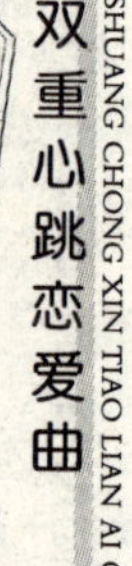

好久没有这样抱着她了，这种感觉，真的好久违。

他抱着她，突然感觉自己前胸一片潮湿，一种麻麻的感觉涌进心房，他看着她微微颤抖的身体，顿时明白了一切。

她还是哭了。即使她的容貌发生了细微变化，可是她的性格却没有一丝一毫的改变，她还像以前一样爱哭，但是却总是靠在他的怀里小声啜泣，从来没有当着别人的面大声哭过。

帝辕熙轻轻抚摸唐羽纱的背脊，就像在安抚一只受惊的小兽。

那样轻柔的动作，还有熟悉的只属于帝辕熙一个人的味道，让唐羽纱的眼泪再次如雨点般落下。

她等待了一年，一年的徘徊，一年的彷徨，还有一年的坚信不疑，现在，他终于回来了，带着他的爱，与她对他的爱重逢，然后仿佛血液般融合在一起。

大滴大滴的泪珠顺着唐羽纱的脸颊流下，它们仿佛火焰般灼痛了帝辕熙的皮肤，然后渗入了他的心脏。

她一定受了很多苦吧?！这一年来，没有他在她的身边，她一定很痛苦、很难过吧?！

这样想着，帝辕熙更加用力地拥住她，仿佛要把一年来所有的思念都揉碎进她的体内，让她感受到他的爱，让她知道，从此以后她不会再孤单。

月光很温柔地笼罩下来，伴随着习习的微风，还有淡淡的花香，将他们围绕在一个只属于自己的小小的世界里。

第二天唐羽纱醒来的时候，天已经大亮。她准备起床，正好看到帝辕熙在一旁盛粥的情景。

一时之间，她的动作停滞。

帝辕熙转过身，手里已经多了一碗散发着香气的白粥。

他走到床边坐下，脸上满是温柔的神色，他看着愣愣的她，深邃的眼眸如海一般承载着无边无际的深情："只是睡了一觉而已，你就变傻

了吗?”

他一手拖着碗，一手轻轻搭上唐羽纱光洁的额头，已经不烫了。

昨天晚上，他抱着唐羽纱的时候，突然感到她的额头滚烫，之后就看到她晕倒在他的怀里。那个时候，他真的吓坏了，于是就抱着她快速回到别墅，找到医生看了才知道，原来只是发烧。

看到他，她一定是太激动了。

帝辕熙微笑着把粥碗送到她的嘴边，声音低沉却蕴涵着无穷无尽的宠溺：“喝点粥吧！你昨天发烧了，喝点清淡的会好一些。”

“发烧?”听了他的话，羽纱不由得疑惑起来，该不会是帝辕熙在骗她吧?!

摸摸额头，没有一点烫手的痕迹。

“你胡说！”唐羽纱推开嘴边的碗，有些不满地说道，“我根本就没有发烧，你摸摸我的头，一点都不烫！”

帝辕熙无奈地摇摇头，他把碗放到一边，略带委屈地看着她：“羽纱，你怎么能怀疑我？你知不知道，我昨天晚上可是照顾了你一整夜呢！”

真的？唐羽纱看着帝辕熙有些疲惫却依然灿烂地笑着的脸庞，不禁软下心来，看来他真的照顾了自己一整晚，于是她的语气也变得轻柔起来：“我没有怀疑你啊！只不过我有点不敢相信我夏天也会发烧而已。”

听出她的妥协，帝辕熙满意地微笑，他的目光瞥到唐羽纱枕边剔透的柠檬花水晶石，一种很温暖的感觉侵袭了他的心。

她从来没有忘记过他，即使是在他不在的时候，在金狮侵占了他的身体的日子里，她也从来没有改变过。

“羽纱，你很想我对不对?”帝辕熙握住唐羽纱修长的手指，声音里夹杂着轻轻的颤抖。

唐羽纱的身体一陡，她看着帝辕熙，突然有点害怕回答这个问题。

“我饿了，先喝点粥吧！”她伸手欲拿走床头的粥碗，却被帝辕熙拦住。

帝辕熙看着她，眼眸里有着一丝丝迷茫的神色：“你……为什么逃避

我的问题?”

唐羽纱看着她受伤的表情，心中划过一丝不忍。她也不知道，自己为什么要逃避这个问题。可是，当她看到帝辕熙的时候，一年来的思念却全部化作青烟，袅袅而去，再也找不回当初在雪地中许愿盼着他回来的唐羽纱了。

看到她的犹豫，帝辕熙的眼眸完全黯淡下来。也许，她根本就没有想念他，她这一年过得很好，以至于好得几乎忘记了他的存在，所以她才不会想念他。

“看来，你是一点都不想我了……”帝辕熙落寞地站起身，他拉开房间的门，以为唐羽纱会要他留下，可是她却愣愣地低着头，根本没有看他一眼。

心在那一刻碎得四分五裂。

帝辕熙苦笑着离开了房间，他以为她没变，可是，她还是变了。

圣羽学院。

整个学院里此刻沸沸扬扬，同学们都对帝氏家族未来继承人回归学院的事情议论纷纷。新来的学生们趴在窗台上，探出头去想要一睹帝辕熙少爷的芳容。

帝辕熙走在飘香的林荫道上，微风吹拂着他黑色的短发，伴随着如雨一般的紫罗兰花瓣，他帅气得夺人心魄。

林荫道的另一头，萧香安静地注视着这个自远而近的男子，他的脸上是一片温暖得如阳光的微笑，就这样看着他，都会感觉像是被阳光包围。

萧香站在原地，当帝辕熙准备从她身边走过时，她拦住了他。

帝辕熙微微愣住，他转过头不敢相信地看着面前的女孩，黑色的眼眸中涌现出一丝诧异。

清楚他身份的人是不会这样出手拦住他的。

帝辕熙看着萧香转过身，突然感觉那张脸有种似曾相识的感觉，可是，他却又分明不认识她。

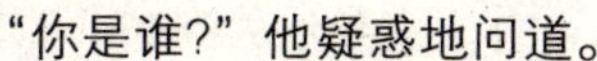

“你是谁?”他疑惑地问道。

萧香看着他，淡淡地微笑道：“我是萧香，想来领略一下唐羽纱心中的白马王子的风采。”

唐羽纱心中的白马王子?

帝辕熙挑挑眉，唐羽纱什么时候说过他是她的白马王子？以她早晨对待自己的态度，又怎能把自己与她的白马王子联系在一起?

帝辕熙露出一丝苦笑，他的目光望向别处，沙哑地说：“她从来没有说过我是她的白马王子，你还是不要胡说……”

“怎么能说是胡说?”萧香看着他有些落寞的样子，心中不禁一软，“如果你不是她心中的白马王子，她这一年为什么还一直等你回来?”

是啊，不然她为什么还会一直等着他，而没有和那个人或是其他人在一起？这就是说明，对于唐羽纱来说，他还是很重要的。

帝辕熙的面容渐渐缓和下来，也许萧香的话是对的，唐羽纱对他的冷淡只是因为一年来的失去联络。可是，他却那么小心眼!

帝辕熙不禁焦急起来，他现在真的好希望能看到唐羽纱，用他的行动告诉她，无论她做了什么，他都不会怪她，永远不会!

萧香看着帝辕熙瞬间紧张起来的样子，心中不由得浮起一丝苦涩，他是真的喜欢唐羽纱，仅仅是听到唐羽纱一直在等他的话就会这样开心，看来那个人……真的需要小心了。

因为帝辕熙，将会成为阻碍他的最强劲的对手。

学生会主席的办公室。

推开桃木制的大门，首先映入眼帘的便是被风吹起的白色纱帘，雪白的墙上，一幅幅历代学生会会长的照片按照从建校至今的顺序整齐地排列在一起。

往左边看去，是火红色的真皮沙发。沙发后面，有一排塞满了书本的书架。而在书架的对面，便是一张半月形的桌子，桌子后面，唐羽纱正对着电脑发呆。

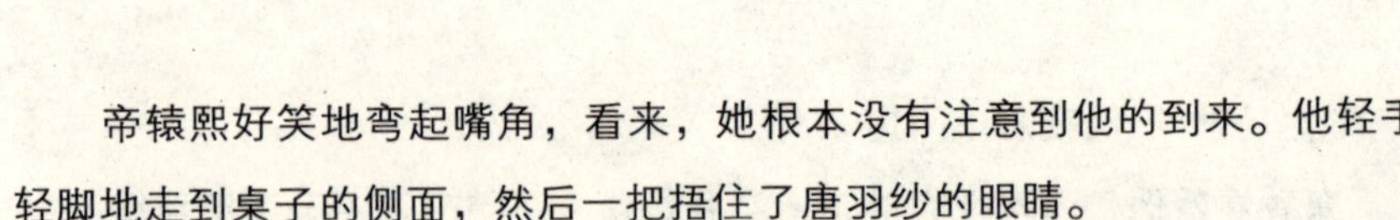

帝辕熙好笑地弯起嘴角，看来，她根本没有注意到他的到来。他轻手轻脚地走到桌子的侧面，然后一把捂住了唐羽纱的眼睛。

他的手很凉，让唐羽纱忍不住轻声尖叫，她把手放在他的手上，嘴角慢慢浮现出一丝温柔的微笑："帝，是你，对不对？"

帝辕熙微笑着松开手，他看着唐羽纱有些疲惫的面孔，不禁心疼起来："你很累吗？要不要休息一会儿？"

看着他担忧的眼眸，唐羽纱竟微微地笑了，她看着他，声音很轻很轻却透露出一丝无奈："我不能休息的，这里还有好多事情要做。"

她转过身，继续看着电脑显示屏，那神情专注极了，时而皱眉，时而咬唇，让帝辕熙看着心疼极了。

像学生会主席这样累人的职务怎么能让一个女孩子来担当？难道母亲不知道这样会让羽纱很辛苦吗？

他默默地站在一旁，看着唐羽纱不时在本子上写着什么，心中的酸楚让他一次次欲言又止。

他不喜欢做学生会主席，一点都不！可是，如果要他看着唐羽纱代替他做这些不属于她的工作，那么他宁可自己辛苦！

"你喜欢做学生会主席吗？"他看着唐羽纱，轻轻地说。

唐羽纱的身体轻轻一颤，她转过头，脸上是强作的笑容："我觉得还好，并不讨厌……"

"可是你也不喜欢！"帝辕熙的目光突然变得严厉起来，他箍住唐羽纱的肩膀，第一次感到如此愤怒。

他不喜欢唐羽纱这样，不喜欢她把什么事情都往自己身上揽，不喜欢她不懂得拒绝的样子，不喜欢看到她这样辛苦，他不喜欢看她这样，一点都不喜欢！

"帝，我……"唐羽纱看着帝辕熙变得凌厉的眼神，一时之间竟呆得说不出话来。

他……居然变得这么恐怖？帝辕熙似乎意识到了自己的失态，他低下头，变得沉默起来。

良久，唐羽纱终于轻轻拉住帝辕熙的手，她看着他的目光澄澈得如同水晶，纯净得不带一点瑕疵："帝，我知道你是在担心我，紧张我，但是既然我现在是学生会主席，那么我就应该做好属于我分内的事情，所以……"

帝辕熙打断了她接下来的话，他看着她，声音突然变得沙哑起来："我知道你应该履行自己的职责，可是，你也应该明白，学生会主席应该是男人的工作，它很辛苦，而且……这个职务本来是属于我的，你……不要再逞强，把它交给我吧！"

他的声音是如此诚恳，让唐羽纱感动得有种想要流泪的冲动。可是，她忍住了。因为她知道，在经历了这一年的唐羽纱是不应该随便流眼泪的，碰到任何事时，她都应该坚强勇敢地去面对。

唐羽纱直视着帝辕熙深邃的黑眸，声音中透出的是无比的坚定："只要我还是学生会主席一天，我就不会把我的职责转嫁给他人。"

"可是，这个职务应该是我的！"帝辕熙有些无奈地看着面前倔犟的女孩，他的关心就这么让人不能接受吗？

"我当然知道这个职务应该是你的。"唐羽纱的脸上渐渐失去了表情，她失神的样子让人看了心碎。就像是忧伤的玻璃娃娃，整张脸都被透明的光芒笼罩，那种伤痛是一般人所想象不到的，"可是，如果不是你那段时间的未归，学生会主席的职务根本就不可能掉到我的头上！"

帝辕熙愣住。

原来她还是在意的，纵使从来没有表现出来，她也还是在意一年前他的去向的。可是，他却没有体谅过她，要不是自己，她根本不会这么辛苦！而他，居然还在怪她不懂得珍惜自己的身体！

他真是混账！

微弱的阳光透过纱帘笼罩在唐羽纱的身上，她黑色的长发垂在胸前，苍白的脸上弥漫着浓浓的哀伤。

夜深了，朦胧的月光照进五楼的学生会主席办公室，半月形的桌子后，一个女孩正轻轻地整理着散布在桌面上的文件。

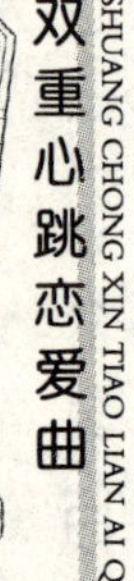

一天的工作终于结束了！唐羽纱揉了揉发酸的肩膀，慢慢地走到窗前。

窗外，紫罗兰在风中轻轻地摇曳，无数紫色的花瓣随风飘落，给地面铺上了一层紫色的地毯。

花的香气与她的呼吸混合在一起，顿时消去了她所有的疲劳。

摸摸肚子，已经很饿了。唐羽纱拉上窗帘，刚想离开，可是，纷纷花瓣中一个颀长的人影蓦地跃入了她的眼中。帝辕熙站在一片温柔的月色之中，目光安静地凝视着五楼亮着灯的房间。

在那里，有着他深爱着的女孩，他爱了五年的女孩。

唐羽纱静静地看着他，他们的目光交融在一起，仿佛在延续一年来无比的思念与爱恋。夜晚的风吹过唐羽纱的面颊，她猛然醒悟过来，转身迅速离开了自己的办公室。

五楼的灯熄灭了。

帝辕熙收回自己的目光，安静地站在原地，等着唐羽纱的到来。

他看着飘落的紫罗兰花瓣，突然感到莫名的惆怅，好像他与唐羽纱的爱就像这纷飞的花瓣，迟早都会消失。

跑下楼的唐羽纱拢了拢被风吹乱的长发，她看着帝辕熙的背影，突然停住了脚步。他的背影是那么孤单，带着落寞的味道，让人忍不住也跟着伤感起来。

这样的帝辕熙，让人看着心疼。唐羽纱怔怔地站在原地，身体仿佛已经麻木了。帝辕熙伸出的手僵在半空中，紫色的花瓣从他僵硬的手中飘过，带着清香的气息。

他转过身，看到了唐羽纱茫然错愕的脸。帝辕熙不自然地笑笑，他走到唐羽纱的身边，轻轻揽住了她的腰："羽纱，这么晚了，你一定饿了，我们去吃饭吧！"

他的声音很轻，仿佛清风让唐羽纱一下子恢复了常态，她勉强地露出一个微笑，看向帝辕熙深邃的黑眸："好，我们走。"

意大利比萨店。

唐羽纱坐在一张金色的餐桌旁，有些好奇地打量着大厅里豪华的布置。

金灿灿的水晶大吊灯悬挂在大厅的中央，吊灯的周围是一个个花朵一样的小吊灯，它们散发出尊贵的光芒，把厅堂照耀得金碧辉煌。

唐羽纱懒散地趴在桌子上，黑色的长发柔软地垂到腰间，她呆呆地望着天花板，肚子已经咕咕地在叫唤。

帝辕熙从柜台处回来，他看着已经缩成一团的唐羽纱，不禁蹙起了眉头。她……这么饿吗?

他望向柜台墙上金色的大钟，眉头皱得更深了，原来不知不觉间，已经过了十点。她居然自己支撑了那么久!

帝辕熙走到餐桌旁，有些担忧地看着唐羽纱："你不要着急，比萨马上就做好了。"

可是，他并没有听到唐羽纱的答话，她趴在桌子上，瘦小的身体随着呼吸一起一伏。难道是睡着了?

帝辕熙在唐羽纱的身边坐下，他偏过头静静地看着唐羽纱光滑的侧脸，长长卷卷的睫毛在她的脸上留下好看的阴影，小巧光洁的鼻翼在灯光下散发出诱人的光泽。

她已经从一年前的小女孩蜕变为现在的少女了。

不知道她的改变是不是为了他。

帝辕熙用手指轻轻划过她柔软而有弹性的面颊，那里仿佛蛋清般带着轻微的凉意，她的嘴唇透露着花瓣般的粉红，让人忍不住想要体会下它的芬芳。

帝辕熙俯下身，在她的脸上留下一串串轻柔的细吻。

羽纱，你知道再见到你，我有多高兴吗?可是，为什么要对我这样冷淡?为什么让我以为你并没有想念过我?为什么没有让我看到你惊喜的样子?

羽纱，你知不知道，看到你这样，我真的……好伤心。

他深深地凝视着她，看着她轻轻颤动的睫毛，不由自主地吻了上去。

真的好想永远这样，安安静静地和她守在一起。

“帝少爷，您的比萨好了。”一个穿着白色制服的服务生轻轻地将盛着比萨的盘子放在桌上。

帝辕熙没有看他，他只是痴痴地注视着唐羽纱孩子般的睡颜。

然而，那名服务生却根本没有想要离开的打算，他站在原地，目光如锋芒刺入了帝辕熙的身体。

感觉到他的不对劲儿，帝辕熙抬起头，深邃的黑眸在碰触到他的目光的一刹那僵凝了。

气氛一下子变得紧张起来。

帝辕熙站起身来，原本温暖的脸上已经笼罩上一层阴霾。

他紧紧盯着对面没有丝毫畏惧的服务生，眼中慢慢浮出一丝忧虑。

该来的，终究还是会来。

服务生看着帝辕熙沉下来的脸庞，嘴角不禁浮现出一抹冷笑，他金色的眼眸不卑不亢地直视着帝辕熙，冷酷邪肆的微笑让人感到没来由的寒冷。

“这一年来，你过得好吗？”他看着帝辕熙，静静地说。

“托你的福，我过得很好。”帝辕熙看着他，语气坚决得似乎根本不想把话题继续下去。

看着他的样子，服务生嘴边的笑容更加妖魅起来，他走近帝辕熙，左耳上金色的耳钉迸射出犀利的光芒：“你过得很好，可是……我过得一点都不好啊！”

他看了一眼趴在餐桌上的唐羽纱，嘴边的冷笑一点点加深：“看来她已经厌倦你了，不然怎么会在和你约会的时候睡觉？”

“不是这样，她只是……”

“解释的话不用跟我说！”服务生毫不客气地打断了他的话，他看着唐羽纱泛着光泽的长发，目光竟闪过了一闪而逝的柔和，“看来这阵子你并没有好好照顾她，所以，我不会再给你任何机会！”

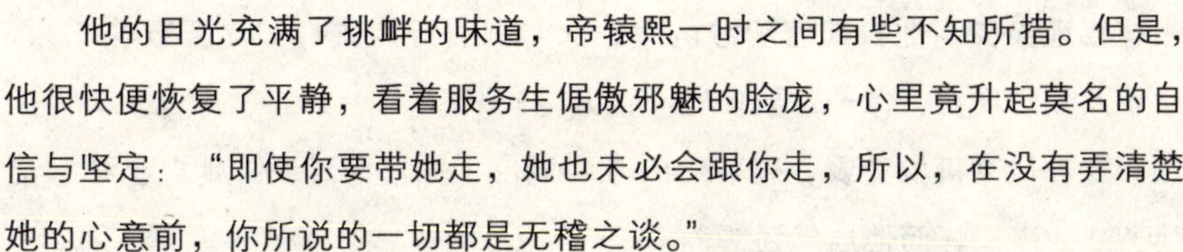

他的目光充满了挑衅的味道，帝辕熙一时之间有些不知所措。但是，他很快便恢复了平静，看着服务生倨傲邪魅的脸庞，心里竟升起莫名的自信与坚定："即使你要带她走，她也未必会跟你走，所以，在没有弄清楚她的心意前，你所说的一切都是无稽之谈。"

"你就这么了解她？还是……这只是你的借口？"服务生挑眉，他看着帝辕熙镇定自若的脸庞，心里不由得产生了一丝怒意。

"我了解她，就如同她了解我，既然她能等我一年，那么就算再让我等上十年八年，我也会至死不渝地等下去。因为如果她知道了我在等她，就一定会以最快的速度回到我的身边。她……绝对不会让我失望！"

帝辕熙静静地凝视着唐羽纱熟睡着的身影，绝美的唇角不禁勾起了一丝温柔的微笑。

羽纱，我相信你。

又是阳光明媚的一天。

唐羽纱站在窗前，接受着微风的洗礼。

昨天晚上是帝辕熙把她背回了别墅，她睡得很死，而且还在他的肩膀上留下了饥饿的口水。想想都很丢人！

她轻轻闭上眼睛，任由风儿吹动她乌黑的秀发，空气中弥漫着花的香气，顿时消除了她所有的倦意。

房间的门被人敲响。帝辕熙好听的声音在门外响起："羽纱，你起床了吗？该吃饭了！"

唐羽纱露出一个恬静的微笑，她拉开房门，看到了一身白色西服的帝辕熙。

"为什么穿成这样？"她有些错愕地看着他。

看着她呆滞的表情，帝辕熙若有所思地笑："今天我要做一件事，一件你知道了会很高兴的事。"

"什么事？"

"现在还不能告诉你，等到一会儿去了学院，你自然就会知道。"帝辕

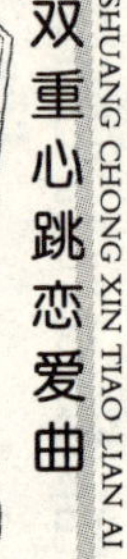

熙神秘地笑笑，他拉起唐羽纱的手，大步向餐厅走去，“你要赶快吃饭，从昨天饿到现在，你一定要多吃一点儿才行!”

看着他高挺的背影，唐羽纱的心中涌出了如丝的感动，她自己都忘记肚子饿的事情，而他居然还想着。

帝，一直都是最贴心的人吧!

唐羽纱低下头，嘴边的微笑灿烂得令人炫目。

圣羽学院礼堂。

学院的祈祷钟声响过以后，同学们陆陆续续地按照事先安排的顺序坐好，他们都穿着圣羽学院统一的白色衬衫，红黑色的领带整齐地束在胸前。

礼堂的中央，一个身穿深蓝色西服的男子正拿着麦克风严肃地凝视着座位上的学生，当座位已经坐满的时候，他才轻咳一声，开始了当天的主要内容。

“我想，大家应该已经知道帝氏家族的小少爷返回学院的事情，所以，圣羽学院学生会主席的职务就将由唐羽纱转为帝辕熙。当然，唐羽纱就任主席期间，为学院做出的贡献是有目共睹的，于是，经学生会决定，由其担任学生会副主席，辅助学生会主席继续为学院的繁荣做贡献!”

台下响起一片热烈的掌声。

帝辕熙回到学院自然是令所有女生们欢欣的事，更让那些喜欢运动的男生高兴。因为，建设健身房的提议至今都没有被批准，所以，他们已经把全部希望都放在了同样是男生的帝辕熙身上。

帝辕熙从自己的座位走到了校长身旁，他颀长的身影走过人群时引起了女孩子们夸张的惊叹。

明媚的阳光照在他白色的西服上，仿佛是带着翅膀的天使降临人间，送给人们光的温暖。

他微笑着接过校长手中的麦克风，声音清晰地在礼堂中响起，“非常开心能够重新回到圣羽学院，在这里，我将荣幸地成为学生会主席，感谢

前任主席唐羽纱打下的良好的基础，我会尽自己所能将学生会的工作做得更好……”

“我有一个问题！”学生中突然响起了一个突兀的声音，吸引了所有人的注意力。

帝辕熙虽然有些疑惑，但还是面带微笑地看着那名身材有些魁梧的学生：“你有什么问题吗？”

“我在上个星期给学生会主席上交了一份建议，希望能在学院建一个健身房，可是却迟迟没得到唐羽纱副主席的准许。我想知道，我的这个建议到底会不会被准许。”

那名学生在讲那些话时刻意加重了“副”这个字音，看来他对唐羽纱降职的事情心存欢喜。

“这……”帝辕熙想了一会儿，黑色的眼眸中闪现出一丝睿智的光芒，“建设健身房不被准许是有一定的道理的，因为学院已经有了足够的运动设施，即使你们再热爱运动，也不能特意为了少数人而寻找适合的场合，影响到学院的其他规定。”

“可是，热爱运动的人并不在少数，我们……”

“但和整个学院相比，你们就是少数！”帝辕熙不容置疑的声音让那名学生的情绪顿时低了下来，他无可奈何地看着帝辕熙，结实的肌肉一颤一颤，似乎按捺了太多的不满。

帝辕熙挥手示意他坐下，一抹淡淡的微笑浮现在了他的唇边，唐羽纱应该……和他的想法是一样的吧！

现在就等着她早点过来，接受奖励及举行受封仪式了。

他透过窗户看向操场，露出一抹很温柔很温柔的微笑。

紫罗兰林。唐羽纱抱着缩成一团的小松鼠绒绒，怏怏不乐地向外面走去。

她本来想带绒绒出来透透风，可是，它却极不听话地挣脱了她跑到了紫罗兰林。为了找它，她现在可是连出口在哪里都不知道了。

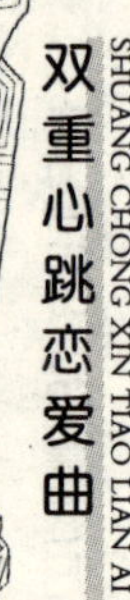

想到这儿，唐羽纱又郁闷地掐了掐绒绒光滑的毛皮。

绒绒不满地抗议，但是，落在了唐羽纱的手里，它的所有抗议便统统都是无效的！

“看你下次还敢不敢乱跑了！”唐羽纱恶狠狠地瞪着它，可是抬起头的时候，她的脸已经垮了下来。

她迷路了！从来没有想到，紫罗兰林居然这么大，大得超乎她的想象。如果她以前知道，那么一年前……

唐羽纱低下头，努力把脑海中那次的树林探险游戏抛到脑后。现在，能不能顺利地走出紫罗兰林只能看她的运气了。

她握着兜里的手机，心里早已恨得咬牙切齿，在这个树林里，手机根本就没有信号，她连想要求援的机会都没有！

无数飞鸟在她的头顶徘徊，紫罗兰的清香让她更加焦急起来。到底要等到什么时候才能走出这片紫罗兰树林？她必须赶快出去才行！

唐羽纱加快了脚下的步伐。

身后突然传来一阵窸窣的脚步声，羽纱有一瞬间的失神，她想要回头，可是一种没来由的恐惧却涌上心头，那是一种很强烈的压迫感，让她感到呼吸都开始困难起来。

是……坏人吗？

唐羽纱的手不禁僵硬起来，她不知道自己是应该回头去看看还是应该装作什么也不知道地继续往前走。而身后那个人，却不动声色地紧紧跟着唐羽纱，没有采取进一步的行动。

唐羽纱狐疑地低头往前走，怀里的绒绒被她的手指掐得吱吱直叫，但是，她并没有在意，现在她想的就是能赶快离开这个吓人的地方。

突然，一道长长的影子延伸至了唐羽纱的脚下，她颤抖了一下，终于还是认命地抬起头，她看着面前的男子，一时竟不由自主地呆住了。

他有着一头狂乱不羁的金色短发，白皙的面孔上一对金色的瞳眸散发出尊贵的王者气息，他看着唐羽纱，目光多情妖娆，让她神情恍惚起来。

他的气息，很熟悉……

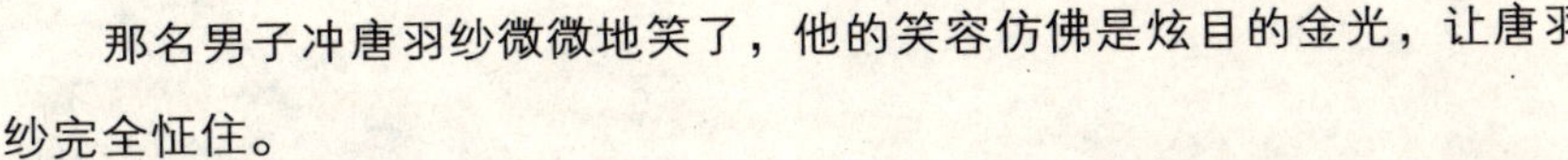

那名男子冲唐羽纱微微地笑了，他的笑容仿佛是炫目的金光，让唐羽纱完全怔住。

熟悉的感觉如风一般席卷了她的心脏，她怔怔地看着他，看着他左耳上蓦然迸射出金光的——

耳钉!!

好像有什么东西从心中被抽去了，唐羽纱看着他，琥珀色的眼眸中涌现出不可置信的神色。

他……居然回来了!!

看着她惊愕的样子，男子的脸上漾出一汪水一般温柔的微笑。

“唐羽纱，我回来了!”

CHAPTER 09
夜之星

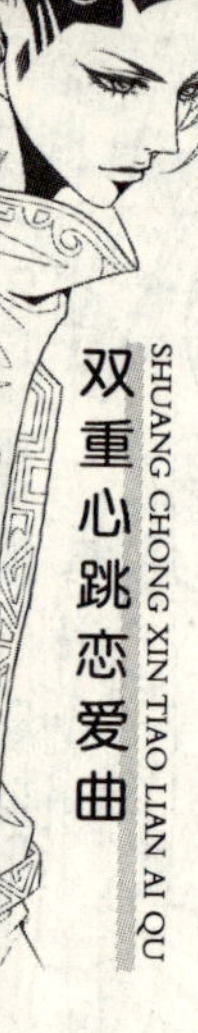

唐羽纱站在树下，白皙的脸上布满了震惊。

她看着对面的金发男子，声音莫名地颤抖着："你……是王吗?"

微风吹散了树上的花瓣，留下了淡淡的清香。

他看着她，她的黑发在风中轻轻地飘动，瘦小的脸庞在一片黑影中，小得几乎看不清。

萦绕在他心中多时的身影，现在，终于能够如此真切地见到了。

他上前一步，高大的身影极具压迫感地笼罩在唐羽纱的影子上，她看着他，呆滞得说不出话来。

"王是我以前的名字，而现在……"他意味深长地看着唐羽纱，金色的眼眸里跃出了点点希冀，一个如花般绝美的微笑出现在他的嘴边，"我的名字是星夜。"

紫罗兰花的香气弥漫在空气之中。

唐羽纱靠在一棵粗壮的树上，目光里透出的是深深的不解与疑惑。

星夜……

不能不说，这是一个很好听的名字，可是，她不明白的是，他为什么要取这样一个名字?

似是看出了她的疑惑，星夜的目光变得深邃起来，他看着她，仿佛看到了很久以前，他们在菩提树湾一起看星星的场景。

"星夜这个名字，是因为你而诞生的。"他看着她，久违的亲切感让他忍不住走上前抱紧了她。

他的拥抱让唐羽纱有种要窒息的感觉，她拼命挣扎，却只能被他抱得

更紧。

“星夜这个名字，是为你而诞生的。”

他的话响在耳边，唐羽纱索性停止了挣扎，她默默地靠在他的胸膛，既不回应也不反抗。

思绪已经回到了他们一起看星星时的场景。

在那个时候，他就已经决定，要做唐羽纱生命当中，最美丽的风景。

“羽纱，你喜欢什么啊?”

“喜欢?你指什么喜欢?”

“景色。你喜欢什么样的景色?”

“我喜欢天空，喜欢夜晚，更喜欢带有星星的夜晚。”

原来是这样，唐羽纱闭上眼睛，感觉有湿湿的东西在眼眶中涌动。他居然记得这句话，而且把它作为了自己的名字!

他……

真的好傻!

星夜松开了唐羽纱，他看着那张近在咫尺的脸颊，还有她已长得长长的黑发，一种压抑了许久的冲动涌上心头：“羽纱，你现在……好美!”

他低下头，温热的唇瓣狠狠压住了她的唇，唐羽纱的身体不安分地扭动着，她想要逃，可是却无论如何也挣脱不了他的钳制。

星夜忘情地吻着她，唐羽纱的美让他有些失控。

在他们身后，不知何时出现的帝辕熙目光黯淡地凝视着星夜和唐羽纱，看着他们拥在一起的样子，他感到阵阵心痛。

“放开她!”他走到唐羽纱身边，把她从星夜的怀里解脱了出来。

唐羽纱看到帝辕熙，复杂的心绪一下子涌了上来，她咬紧下唇，脸颊酡红一片。她低着头，不敢碰触帝辕熙的目光。

星夜渐渐恢复了平静，他看着突然出现的帝辕熙，脸上露出一个懒洋洋的笑容：“怎么，帝大少爷，你来这里是为了充当护花使者吗?”

他看着面颊酡红的唐羽纱，眼中闪过一丝促狭。

“不过我看你的护花使者是白当了，因为这位唐羽纱小姐似乎很乐意接受我的吻……”

“你胡说！”唐羽纱抬起头，原本纯净的眼中竟满满的带着恨意，“我从来都没有愿意接受过你的吻！”

她的眼中似乎有泪。

星夜愣住。就在他愣怔的时候，帝辕熙已经揽着唐羽纱从他身边走过。她长长的秀发扫过他的脖颈，带来一种酥酥麻麻的感觉。

星夜猛然回头，看到唐羽纱苍白的脸颊，她像个孩子一般倚靠在帝辕熙的怀里，纤瘦的身体在风中瑟瑟发抖。

也许……他真的伤到她了。

他不应该那么冲动，多时未见，他应该给她一个心理准备。可是，他却那样莽撞地……

星夜自嘲地笑了，他看着唐羽纱渐渐远去的背影，心乱如麻。

唐羽纱，我给你时间，但是到那个期限以后，你就必须要回到我的身边。你属于我，无论是以前的王还是现在的星夜，永远都不会改变！

唐羽纱，你是属于我的！

坐在柠檬花田里，唐羽纱呆呆地抚摸着柔嫩的花朵出神。

小松鼠绒绒在她的身上跳来跳去，可是却没有引起主人的一丁点儿反应。也许是跳累了，绒绒安静了下来，趴在唐羽纱的腿上，黑亮的眼珠直勾勾地盯着有些迷惘的唐羽纱。

微风吹过，柠檬花朵纷纷随风飘动，身着白色长裙的唐羽纱坐在花丛中，看起来就像是从天而降的仙子般纯洁美丽。

帝辕熙痴痴地看着她，虽说长发的她看起来不像以前那样天真可爱，可是却拥有了一份别样的动人之处。

他轻轻地走过去，递给唐羽纱一杯加了冰的奶茶，在她的身边坐下。

“羽纱，你在想什么？”他看着她有些忧郁的脸庞，不禁有些担心。

可是唐羽纱没有看他，她只是怔怔地望向远方，脸上木然得没有一丝表情。

良久。

她的声音轻轻的，带着淡淡的忧伤："帝，你……会离开我吗？"

听了她的话，帝辕熙微微愣住。他没有想到唐羽纱会这样问他，看着她带着期待却又满载悲伤的脸，他伸出手臂，把她轻轻揽在怀里。

"为什么要这么问呢？你不相信我吗？"他用下巴轻轻摩挲着她的头发，搂着她肩膀的手不由得微微收紧。

唐羽纱靠在他的胸膛上，感受着他的心跳，那种很安心的感觉让她轻轻闭上了眼睛。

"我不是不相信你，我是害怕，怕他把我带走，让我再也见不到你！"她的声音颤抖，甚至有些失控，那种源于心底的恐惧，让她的眼睛都有些湿润。

她不想离开帝辕熙，无论是从前还是现在，她都不想！

帝辕熙感受到了她的颤抖，他更紧地抱住了她，双手不停地抚摸着她的背脊，希望能够减轻她的恐慌："我不会离开你的，不要担心，我真的不会离开你。"

唐羽纱从他的怀中仰起头来，瓷娃娃一样的脸上写满了担心："你，你……真的不会离开我吗？无论星夜怎么威胁，你都不会吗？"

帝辕熙定定地看着她，深邃的眼眸宛若延绵不绝的黑色森林，散发出无边的温柔："除非我死，否则，我绝对不会让你离开我！"

听了他的话，唐羽纱的心渐渐安宁下来。她靠在帝辕熙的怀里，鼻息里全是他身上那种令人安心的味道。

微风吹过，衣袂纷飞。

唐羽纱倚在帝辕熙的怀中，已经安然地睡着了。

她长长的睫毛在眼睑上留下月牙般的阴影，白皙的脸庞光滑柔嫩得好似新生的婴儿，红润的嘴唇仿佛是浸泡了水的樱桃。

帝辕熙伸手，在她的红唇上轻轻摩挲，就在刚才，她的唇上沾染了别

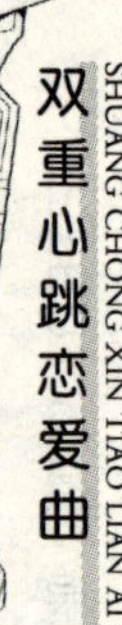

人的痕迹。

他低下头，在她的唇上印下深深一吻。

羽纱，我答应你，无论将来发生什么样的事情，我都不会离开你。我会好好陪在你的身边，用我们的爱证明，永远不会有人把你带离我的身边。

花田以外。

星夜安静地注视着他们，金色的眼睛里弥漫着无尽的怨恨。

他们坐在象征着挚爱的柠檬花田里，而他，却只能站在花田之外，看着他们的幸福，然后一个人悲哀……

这不公平！

星夜看着帝辕熙低头，吻上唐羽纱红润的嘴唇，心里的妒火仿佛被浇上了汽油，瞬间燎原。

“帝辕熙！”他皱着眉，大步踏进了柠檬花田，完全没有注意到沿路走过的地方，花朵凋落。

帝辕熙看着怒气冲冲的星夜，脸上反而出奇的平静。

他看着怀中酣睡着的唐羽纱，眼眸深处一片温柔。他把她轻轻放在地上，然后站起身，看着面前的星夜，语调轻柔：“我们出去说，不要打扰到羽纱休息。”

不远处一棵榕树下，星夜停下了脚步，他回头看着帝辕熙，露出一个邪魅的冷笑：“你是不是觉得对于唐羽纱而言，我是一个坏人？只会无穷无尽地伤害她？”

帝辕熙的眼中闪过一丝愕然，但他还是很快把自己的感情隐匿在黑暗之中，他直视着他，声音没有了往日的温柔，带着很严峻的味道：“我并没有认为你是一个坏人，但是我知道，在你身边，她不会快乐！”

星夜目光一凛：“你凭什么说在我身边，她不会快乐？”

“凭直觉，凭我对她的了解。”他的声音坚定有力，让星夜突然有种希望渺茫的感觉。

也许他说的是对的，在唐羽纱的心中，帝辕熙确实比自己重要得多，所以，在她知道了自己的身份时，才会义无反顾地要他离开。

他闭上眼睛，有种叫做绝望的东西在心脏里翻滚。

就算在唐羽纱心中，帝辕熙才是最重要的那个人，他也不会放弃，他会让唐羽纱乖乖来到自己身边，永远也不让她离开！

"唐羽纱是我的！"他坚决地说出这句话，然后转身离去。

微风吹过，凋落的柠檬花瓣随风飘舞。

唐羽纱跪在地上，手中是被踩得不成样子的柠檬花朵，她低着头，脸被黑色的长发遮住，看不清楚她的样子。

帝辕熙默默地站在她的身后，如玉的脸上看不清表情："你……都听到了？"

唐羽纱没有动，她依旧捧着那些花瓣，静静地跪着。

帝辕熙叹了口气，他走到她的身边，用手轻轻环住了她瘦小的身体，手心的温度让唐羽纱微微一颤。

"我们回家吧！"帝辕熙在她的耳畔轻轻地呢喃，嘴中喷出的热气让她的身体酥麻一片。

唐羽纱挥手把柠檬花撒开，无数白色的花瓣随着风的吹拂分散到了各个地方，她静静地看着它们，空气之中漫布着淡淡的忧愁。

直到风吹得唐羽纱有些发冷，她才终于步履缓慢地随着帝辕熙离开了柠檬花田。

地上，一朵没有被风吹走的柠檬花上，阳光照射过来，闪烁出五彩的光芒。

圣羽学院。

唐羽纱走进教室，首先映入眼帘的便是星夜那头桀骜不羁的金发。他坐在教室的最后一排，温暖的阳光照在他的金发上，闪烁出耀眼的光芒。

女生们纷纷转头，看着这个俊美得不似凡人的少年。

他是与帝辕熙完全不同的类型。如果把他比做光之子的话，那么帝辕熙就一定是月之子。在他的身上，有一种可以让所有女生悸动的气息，宛若磁石，吸引着每一个人。

唐羽纱低着头，她已经感受到那束来自最后一排的炙热的目光，那束目光强烈得似乎想要将她刺穿。

她默默地走向自己的座位，在经过星夜的时候，她的心跳都快要超出负荷。不过还好，他并没有做出什么令人惊骇的举动。

唐羽纱坐在自己的座位上，她和星夜之间只隔着一条窄窄的走道，他的目光仿佛机关枪一般朝着她不停扫射，似乎要让她千疮百孔才会甘心。

唐羽纱从书桌里掏出上次没有看完的小说，用长发挡住脸颊，安静地看着。

渐渐地，感受到的目光没有之前那样强烈，唐羽纱悬着的一颗心才终于放下。她松了口气，小心地朝着他的方向瞥了一眼，谁知却正巧落入了他深不见底的眸光之中。

他看着她，金色的眼眸里写满了倔犟，那种不服输的神气，撼动了唐羽纱的心。

她呆住了。

世界似乎一下子安静了下来，他们默默地对视着，一种说不清的感情在两人之间横亘着。

星夜看着她，金色的眼眸里有着深深的爱恋，那种铺天盖地的感情几乎要将羽纱淹没。

她慌乱地转过头，想要逃开他的目光。那眼神让她感到恐慌，毫不掩饰的爱仿佛藤蔓将她紧紧缠绕，心底好像有什么重要的东西将要遗失。

她不喜欢这样，不喜欢看到他满含深情的目光，因为她知道，他对她的感情是她所不能承受的，一个人的心里不能同时容纳两个人。

可是，星夜已经走了过来，他紧紧抓住了唐羽纱的手，眼眸不知何时已经蒙上了一层微微的怒意："你……就这样讨厌我吗?"

他的声音蕴含着痛苦的无奈，仿佛雨点般打在唐羽纱的心中，让她的

心不可遏止地痛了起来。

“我没有……”她摇着头，用另一只手狠命地掰着星夜抓着她的手的手，她低着头，不去看星夜脸上倔犟痛苦的表情，手上的力道不由得加大了。

“放开我！”她喊着，引来了众多同学的围观，可是星夜的手却没有放松分毫，他凝视着她，金色的眼眸黯淡得如同落上灰的宝石。

“我，永远不会放开你！”他定定地看着她，声音坚定得像是在宣告自己的誓言。

听着他的话，唐羽纱感觉自己的心仿佛落入大海的岩石，一点点地沉了下去。

结束了课程，唐羽纱第一个收拾好书本离开教室。她看着操场上茂盛的棕榈树，露出一个恬淡的微笑。

这么热的天，要吃点冷饮才好啊！

夏日难得的凉风吹动唐羽纱飘逸的黑发，她坐在棕榈树下的长凳上，手中香芋味的冰淇淋冒出丝丝冷气。

舔一口，香香软软的，凉凉的感觉透过舌苔，好像置身海滨一样美妙。唐羽纱满足地闭上眼，浓浓的香芋味道沁入鼻息，很舒服的感觉。

身边突然响起了一阵轻微的脚步声，她没有动，握着冰淇淋的手却微微收紧。

她知道是谁。

星夜坐到她的身边，金色的眼眸里蕴涵了无边的深情，他看着她，右手轻轻握住了唐羽纱的手。

“啪——”

冰淇淋被打翻在地。

紫色的冰淇淋像泥巴一样黏在地上，滴下的奶油弄脏了唐羽纱白色的裙子。

“对不起！”星夜一惊，他掏出手帕想要为她擦干净裙子上的污渍，可

是，唐羽纱却站起来，躲开了他伸出的手。

她惊惶地看着他，琥珀般透明的眼睛里布满了惊讶。

星夜看着她失措的样子，眼睛里渐渐笼罩上一层薄雾，他负气地抿着嘴唇，手帕已经被丢到了地上："你就这么讨厌我？"

唐羽纱没有说话，她低着头，看着地上白色的镶着金星的手帕，心里似乎有什么东西一点点遗失了。

星夜站起来，目光如炬，看得唐羽纱的脸上一片燥热。

"为什么不说话？因为讨厌我，所以连话都不愿意和我说了吗？"

"对不起……"

不愿意再与他多纠缠，唐羽纱转过身，想要离开，可是胳膊却被星夜抓住，被迫跌进了他的怀抱。

他箍紧她，手上的力道大得让人几乎难以忍受。

骨头似乎将要断裂，唐羽纱奋力挣扎着，想要脱离这个让人窒息的怀抱，但是所有的反抗都是徒劳的，星夜牢牢地把她嵌在怀里，不给她任何想要逃脱的机会。

"让我走！"眼泪就要夺眶而出，唐羽纱挥动双手，拳头用力地砸向星夜宽阔的肩、背，还有面颊，可是，他就好像铁金刚一样，纹丝未动。

"我不会让你走，你是我的，你是我的！"星夜痛苦地喊着，他的喊叫让唐羽纱心头一悸，那样无助地挽留，那样苍白地宣告，唐羽纱的眼泪不受控制地流了下来。

泪滴如火，灼痛了星夜的手背。

他金色的眼眸里满是无望的悲哀，搂着唐羽纱的手慢慢地松开来。

"和我在一起，你就……这么痛苦吗？"他的声音喑哑，包含着深不见底的悲伤，让唐羽纱听了，心都快要碎裂。

她转过身，挂着泪珠的脸对上了星夜复杂的面孔："是的，我……真的很痛苦。"

那一瞬间，星夜感觉自己的生命似乎都要终结。

她……很痛苦！

在他的身边，她很痛苦!!

原来，真的是这样……

他疲惫地闭上眼睛，嘲弄的微笑浮现在了唇边。

“既然在我身边你那么痛苦，那就快走啊！见不到我，你就……不会痛苦了。”

他看着站在原地的唐羽纱，一种说不出的厌恶在心底升起，明明讨厌他，为什么还赖在这里不走？他不拦着她了，她为什么还不走？

“你走啊!!”

被他的暴怒吓了一跳，唐羽纱哆嗦了一下，眼眸深处闪现出一抹难以言喻的复杂之色。

“我不讨厌你，在你的身边痛苦只是因为心是不能同时分给两个人的，你明白吗？我的心已经给了帝辕熙，所以……不能给你了。”

星夜愣愣地看着她，她的脸上有一种宛若天使一般纯净剔透的光芒。

“其实星夜，我很喜欢你，你是一个很好很好的朋友，也许以后，你会找到比我更适合你的人……”

“只是朋友吗？”星夜的眸子黯淡无光，他的眼睛氤氲了一层浓浓的水雾，“你以前不是说过，以前的帝辕熙和现在的帝辕熙比，你更喜欢现在的吗？为什么现在，你却变卦了呢？”

“因为那个时候，你是以帝辕熙的身份问我。”唐羽纱看着他，脸上没有一丝一毫的慌乱。

“如果我知道你不是他，我是万万不会说选择你那样的话。因为在我的心里，帝辕熙永远是独一无二的，是唯一存在的。而我唐羽纱，就是为了帝辕熙的存在而存在的。”

为了帝辕熙的存在而存在的……

星夜的脸上闪过一丝痛楚，他走上前不由分说地捏住了唐羽纱的肩膀，眼里的痛恨就像刀子，凌迟着她的心。

“你是为了帝辕熙的存在而存在的，那么我呢？如果我是为了你唐羽纱的存在而存在的，你会怎么对我？你会不会好心地把你的爱也施舍给我

一点……”

“我不会！”

唐羽纱后退一步，眼睛里闪烁着晶莹的泪花，她倔犟地昂着头，不卑不亢地凝视着他。

“即使你是为了我的存在而存在，我也不会把我的爱分给你。因为在我的心中，真正的爱只能给一个人，既然给了出去，就永远不会有分割。我会把我的爱全部送给那个值得我爱的人，然后永远永远只爱他一个。即使他哪一天辜负了我，只要他能够生活得比现在幸福，我也会毫不犹豫地放手！”

星夜的身体凝固在了原地，他看着唐羽纱坚定的脸，仿佛看到了什么可笑的事情：“你这么做，迟早会后悔的。”

“我唐羽纱一旦下了决心去做一件事，就绝对不会后悔！”

看着她毫不犹豫的背影，星夜的脸上像是蒙上了清晨的浓雾，看不清楚现在，弄不明白未来……

唐羽纱，你一定会后悔！

帝家别墅。

唐羽纱坐在偌大的客厅里，漫不经心地看着电视。

她脑海里时不时地闪过星夜落寞悲伤的表情，他就好像是孤傲的光之子，从来没有人去了解他的寂寞。

张管家立在一旁，恭敬地为唐羽纱端来一杯加冰的果汁。

从回家到现在，羽纱小姐的脸上就从没出现过笑容，她看着电视却常常跑神，谁也不知道发生了什么事情。

“羽纱小姐，您怎么了？”尽管知道冒昧，但张管家还是克制不住好奇，轻轻地问道。

然而，唐羽纱并没有听到。她沉浸在自己的思维之中，愣愣的表情好像已经与外界失去了联系。

看着她魂不守舍的样子，张管家轻叹了口气，慢慢地退了回去。

就在这时，别墅的门被人打开，帝辕熙看着叹气的张管家，不禁心生疑惑，不知道又发生了什么事。

“张伯伯，你为什么叹气?”

张管家先是一愣，他看着帝辕熙关切的目光，轻轻低下了头：“少爷，羽纱小姐从回来开始就一直魂不守舍，我只是觉得奇怪。”

“羽纱?”帝辕熙看向客厅，发现她正呆呆地注视着电视，显然没有看进去。

她……怎么了?

帝辕熙挥手示意张管家下去，然后轻轻走到了羽纱的身边，坐了下来。

“羽纱，你怎么了?”他很自然地把手搭在了她的肩膀上，在她耳边小声地问道。

可是，完全出乎帝辕熙的预料，唐羽纱甩开了他的手！她惊慌地向旁边躲去，黑色的长发拂过他的脸颊，带来了阵阵清风。

“到底发生了什么事?”帝辕熙的眉毛微微蹙起，她躲开了他的碰触。这意味着什么？在羽纱的身上，一定发生了很严重的事情！

唐羽纱看着面前一脸担忧的帝辕熙，突然发觉了自己的失态。她不自然地笑笑，然后不露声色地拿过一旁茶几上的咖啡：“我真是渴坏了，帝，你要不要也喝一点儿?”

帝辕熙制止住唐羽纱欲喝咖啡的动作，他目光凝重地注视着她，声音里有着不容置疑的坚定：“快告诉我，到底出了什么事？你为什么会有那么反常的举动?”

唐羽纱轻轻地把咖啡杯放在了桌子上，她看着他，声音里透露着一丝恐惧：“帝，你……会离开我吗?”

听了她的话，帝辕熙微微愣住。

他紧紧抓住了唐羽纱的手，把她拉近了自己温暖的怀抱：“傻瓜，我怎么会离开你呢?”

闻着从他身上散发出来的独有的香气，唐羽纱满足地闭上了眼睛。

她静静地靠在他的怀里，慵懒得好似猫咪。

帝辕熙抚摸着她如水一般的秀发，很温柔地笑了："羽纱，我要你记住一点，无论将来发生什么事，我都不会离开你。我会好好地陪在你的身边，看着你的头发变白，牙齿掉光，和你生生世世守在一起。"

唐羽纱安静地笑了，她用手环住帝辕熙的腰，很幸福地说："我会记住你说的话，如果哪一天你抛弃了我，我可是会生气的哦！"

看着她仰起来的小脸，帝辕熙好笑地伸手捏住了她的鼻子："我知道了，我会好好记住，因为唐羽纱生起气来是很可怕的！"

"什么嘛！帝，你又欺负人！"

唐羽纱跳了起来，冲着帝辕熙就是一阵乱搔，让帝辕熙不得不忍笑投降。

"下次不许再嘲笑我！"

"知道了，羽纱大小姐！"

吃过晚饭，唐羽纱站在露台上，望着繁星闪烁的天空出神。她琥珀色的眼眸一眨不眨，洁净的脸上挂着一丝恬静的微笑。

从一年前开始，她就变得温柔了许多，白皙的小脸上总挂着若有若无的淡淡的微笑。

她成熟了，长大了，和以前那个总是喜欢缠着自己的唐羽纱大不一样了。

帝辕熙静静地站在唐羽纱的身后，黑色的双眸里蕴涵了无尽的深情，她的美不染瑕疵，永远都纯洁得如同天使。

他走上前去，用手轻轻环住了她的腰，熟悉的味道让羽纱嘴边的微笑不由得加深，她自然地靠在他的肩膀上，眼睛依然没有离开那片湛蓝的星海："帝，你说……狮子座王国究竟是什么样子的呢?"

帝辕熙的目光闪烁了一下，他低下头，轻轻地笑着："你认为狮子座王国应该是什么样子的?"

唐羽纱恬静地笑着，眼睛里出现了向往的神情："狮子座王国应该是

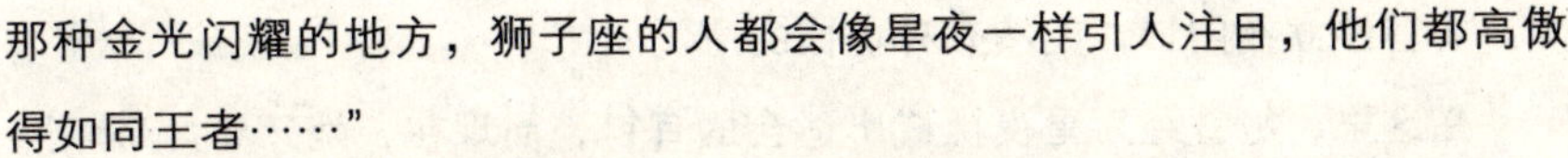

那种金光闪耀的地方，狮子座的人都会像星夜一样引人注目，他们都高傲得如同王者……”

“你很喜欢狮子座王国吗?”帝辕熙收起了嘴边的微笑，他看着唐羽纱，一种复杂的感情从心里升起。

“也不是很喜欢啊！只是……我想给星夜找一个真正适合的人，这样，他就不会总来缠着我，打扰我们了。”

她的声音静静的，没有一点不自然的感觉。

帝辕熙愣住，她是这样想的，而自己呢? 居然只是因为她提到了星夜就怀疑她！真是过分!!

帝辕熙看着转过头来的唐羽纱，唇边又漾起那抹温柔的微笑：“是啊，等我们为星夜找到了真正适合的人，他就不会像现在这个样子了。”

唐羽纱点头，她笑吟吟地看着帝辕熙，脸上是掩饰不住的幸福：“能和帝在一起，是我这一生最大的幸福!”

帝辕熙微笑着将她揽进怀中，他用手轻轻摩挲着她如水的长发，闭上眼睛，闻到的是一阵清爽的甘香。

能和你在一起，就是我帝辕熙今生最大的幸福。

不知过了多久，唐羽纱慢慢地从帝辕熙的怀中抬起头来，借着幽寂的月光，她看到帝辕熙左耳上一个明显的小孔。

是耳洞!

她伸手轻轻抚摸着那个小小的针眼，眼睛里流露出的是浓浓的哀伤：“耳钉被拔出来的时候，你……一定很痛吧?”

帝辕熙轻轻摇头，他捧起她的小脸，声音如风般扫过她的面颊：“不疼，已经是过去的事情了，现在还提起来干吗呢?”

“可是，这样看起来好难看……帝，我们去买耳钉吧！我的眼光很好的!”唐羽纱拉起帝辕熙的手，快速地跑出了别墅，她会挑出最适合帝辕熙的耳钉!

首饰店。

唐羽纱立在门口，突然有种恍惚的感觉。

在这里，她曾经为星夜挑选出适合的耳钉，而现在，她又要为帝辕熙做出选择。不知道……是不是命运在捉弄人呢！

深吸一口气，唐羽纱微笑着和帝辕熙走进店门。

这里和印象中并没有什么太多的变化，墙壁上依旧挂满了各式各样的饰品，一条珠帘挡住了化妆的休息室。

她走到柜台前，仔细地打量着那些闪着光的耳钉。

帝辕熙在她的身后，默默地注视着她。看着她专心细致的表情，淡淡的感动涌上心头。

唐羽纱的目光停留在一个银色的月牙形的耳钉上，它散发出的银辉如同真的月亮。

不由自主地，她拿起了那个耳钉。与帝辕熙温柔如水的性格，真的很适合！

她开心地拿着耳钉走到帝辕熙的身旁，轻轻地说："怎么样？喜欢吗？"

帝辕熙看着他，黑色的眼眸如同一望无际的大海，散发出无穷的温柔："喜欢。"

他把耳钉小心地戴在了左耳上，遮住了那个小孔。唐羽纱看着他，这个耳钉和帝辕熙……真的很相配。

她怔怔地看着他，一时之间所有的赞美的话却都噎在了喉咙中。她看着帝辕熙的身后，目光里流露出的惊讶让帝辕熙他忍不住回过头去。

是星夜！

星夜站在精致的珠帘后面，金色的眼眸里迸射出冰刀一样犀利的光芒。

他定定地凝视着唐羽纱，眼中的痛恨几乎要将她吞没。

CHAPTER 10
月之尽

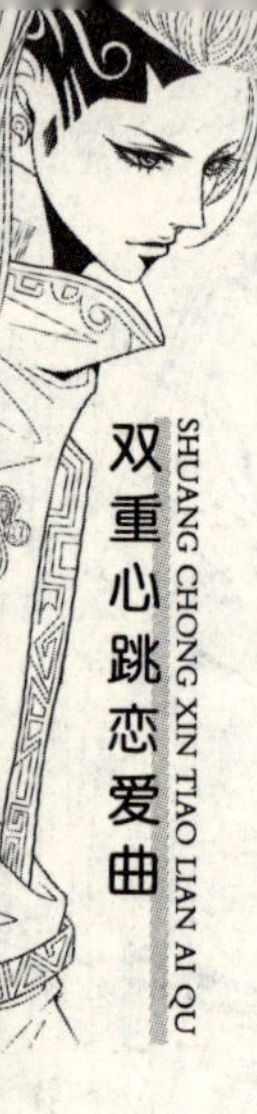

唐羽纱与宫泽霖的家。

星夜站在房间的窗户前，已经好久了。

自从两年前唐羽纱搬到了帝辕熙家的别墅，就再也没有回来住过。

而现在，这里已经住下了两个狮子座王国的人，一个是星夜，另一个是萧香。

他静静地看着窗外，双眼呆滞，就连他自己都不知道在看些什么。萧香站在门口，凝视着星夜失魂的背影，一种心酸的感觉从心底涌出。

他现在心里，肯定很不好受吧！

自从唐羽纱为他选择了耳钉开始，他就一直关注着那家首饰店。直至两年前，他把那家首饰店买了下来，交给自己经营。

而现在，看着她为别的男人挑选耳钉，这种感觉，一定很不好受！

萧香走到星夜的身边，轻轻地唤道："王……"

星夜回过神来，他看着萧香担忧的目光，勉强扯出一个微笑："我没事。"

"王，你这样子真的值得吗？"看着他想要离开的身影，萧香终于忍不住喊了出来，"她的心里没有你，你这样执著又有什么意思呢？"

星夜的身体僵住，他的眼睛阴沉地眯起，看向萧香，整个脸庞都快要扭曲。

"就算她的心里没有我，我也会想办法让她的心里有我！"他倔犟得让人心痛。

"那是不可能的事情……"萧香轻轻叹息，希望能够让他回心转意。

“只要有我在，不可能的也会变成可能！”星夜的眼神变得可怕，他用手摸了一下左耳上的耳钉，坚决地说。

萧香看着他，慢慢低下了头，她似乎在做着强烈的心理斗争。

终于，她抬起头，澄澈的眼睛里一片坚定：“只要你下了决定，那么，我一定会帮你！”

星夜感激地一笑，并没有把她说的话太放在心上，他转身欲走，却突然发觉自己的身体软绵绵的，使不上力气。

他看向萧香，发现她正神情复杂地望着他。在她的手中，是一包已经打开了的可以使人昏睡无力的粉末。

在他昏迷的前一秒，他听到了萧香的话清楚地响在耳边：“王，无论付出什么代价，我都会把唐羽纱带到你的身边。”

雨在窗外噼里啪啦地下着，不知不觉间，已经是第二天了。

星夜面容安静地躺在床上，他的身上压着厚厚的被子，脸上显得疲惫又憔悴。萧香站在他的身边，白皙的面孔上没有一丝表情。直到钟表的指针指向上午九点，萧香才走到客厅，拨通了唐羽纱的电话。

手机铃声欢快地响起，帝辕熙拿起唐羽纱放在茶几上的手机，迟疑地看了一眼二楼房门紧闭的唐羽纱的卧室。想了想，他还是走上楼梯，轻轻推开了唐羽纱的房门。

唐羽纱把头蒙在被子里，正香甜地睡着。

帝辕熙的眉头轻轻皱了皱，他看着不停闪烁着的手机荧幕，走到床边，拉开了蒙住她的头的被子：“小懒虫，快起床，有你的电话！”

唐羽纱困倦地打开了帝辕熙伸过去的手，干净的小脸已经皱成了一团：“什么电话啊？我不接，你不要吵我……”

帝辕熙为难地看着一直响个不停的电话，如果对方真的有什么急事该怎么办？

快速地考虑后，帝辕熙更加用力地推搡着唐羽纱的身体：“快起床接电话！”

二十秒后。

唐羽纱坐在床上，头发被蹂躏得好像鸡窝。

她拿起电话，朝刚才打来的号码回拨过去，听到了萧香焦急的声音："羽纱，你现在在哪里？"

"我……在家里。萧香，出了什么事吗？"

为什么这么早给我打电话？她在心底默默地问着，脸上是不耐烦的责备。

"星夜生病了，我和泽霖还在外面，所以，能不能拜托你去照顾他？"

"他生病了？！"唐羽纱一惊，难道是因为昨天太过生气所以才生病？

她小心地用余光瞟了帝辕熙一眼，发现他并没有注意到自己，才很轻很轻地说："我马上就过去，你不要担心……"

"不要让帝辕熙知道，"萧香打断了她，"我不希望星夜因为见到他而病得更严重。"

唐羽纱咬了咬嘴唇，最终还是回答道："我不会让他知道的！"

雨继续下着。

唐羽纱走在通往自己家的路上，她打着一把半透明的伞，身上大部分地方已经被淋湿。她不喜欢雨天，从来不喜欢。

那种湿淋淋的感觉让她感觉难受，身上黏糊糊的，雨水和汗水混在一起，有种说不出的讨厌。

她加快了脚下的步伐。白色的裙子上沾满了大大小小的泥点，远处一栋米黄色的房子已经映入了唐羽纱的眼帘。

就快到了！她微微一笑，有种力量在身体里迅速滋生着。

唐羽纱掏出钥匙，打开了自己家的门。她曾经的卧室里，星夜躺在床上很安静地睡着。

唐羽纱收起雨伞，坐到了床边，摸了摸他的额头。好烫！

唐羽纱"腾"地收回手，眼睛里闪过一丝惊讶的神色。他居然烧得这么厉害！可是，他呼吸平稳，并不像是生了重病的人啊。

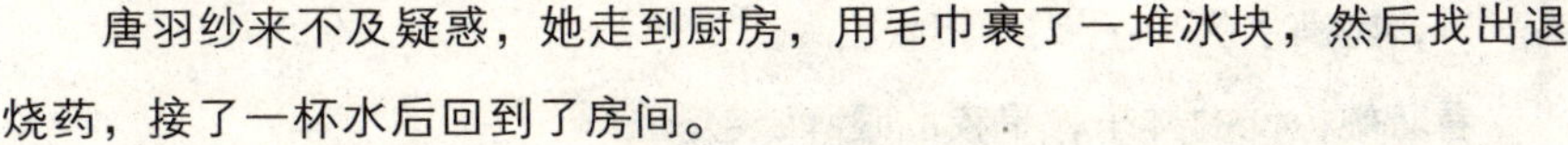

唐羽纱来不及疑惑，她走到厨房，用毛巾裹了一堆冰块，然后找出退烧药，接了一杯水后回到了房间。

她把裹着冰块的毛巾轻轻放在了星夜滚烫的额头上，然后坐在床边静静地看着他。

不得不说，星夜真的很帅。他白皙的脸上泛着一丝红晕，像极了熟透的苹果，长长的睫毛搭在眼睑上，弯得好似月牙。现在的他，没有了往日狂妄不羁的神情，剩下的是惹人怜爱的孩子气。

其实，他是个很不错的人呢！

唐羽纱的嘴角勾出一抹淡淡的微笑，她静静地注视着星夜，眼睛温柔得仿佛能够挤出水来。

如果他们是朋友，就更好了……

窗外，雨已经停了。

唐羽纱坐在窗旁，安静地看着被雨水滋润过的草地。已经是下午了，可是星夜却还是没有清醒的迹象。他躺在床上，头还有些微热。

唐羽纱有些焦虑地把玩着手中光滑的柠檬花水晶石，不知道帝辕熙现在在做什么。她是骗他要和萧香出去才出来的，为了避免被发现，她还把手机关掉了。

他现在应该很担心自己吧?!

身后突然传来一阵轻微的咳嗽声，星夜靠在床头，脸上苍白一片。

他看着唐羽纱，脸上闪过一丝惊讶的神色："你怎么在这里?"

看到他醒来，唐羽纱微笑着端起桌子上的水杯和药片，走到床边，她把药递给了他："你终于醒了，真的吓死我了！快把药吃了，这样才会好得快一点！"

看着她紧张的样子，星夜眼中流露出了复杂的神情："你……希望我好得快吗?"

"当然了！"不假思索地，唐羽纱重重地点头。

星夜看着她，右手突然抓住了她的手腕，突如其来的力道让唐羽纱的

手一抖，盛满水的杯子摔到了地上。

看着她惊乱的样子，星夜的眼眸眯起。

“不是希望我好得快点吗？既然如此，为什么还要躲开我的手？”

唐羽纱不可置信地看着他，感觉自己的手腕即将被那股强大的力道碾碎：“你放开我！”

可是，听到她的呼喊，星夜却并没有放开唐羽纱的手。他看着她，眼睛里涌出了无限的恨意：“你为什么要来？”

他紧紧抓着她的手，眼睛里的恨意燃烧成熊熊大火：“既然这么讨厌我，你为什么要来?!”

唐羽纱挣扎着，可是身体却不受控制地向星夜的方向压去：“你放开我！”

唐羽纱歇斯底里地吼叫着，但并没有令星夜手上的力道放松分毫，他紧紧地搂住她的腰，把脸贴在了她温暖的脖颈上。

“唐羽纱，你知道我有……多喜欢你吗？”他的声音有些哽咽，让唐羽纱不禁停止了反抗，“我真的好喜欢你，可是，为什么你的眼里就只有帝辕熙一个人？你说过喜欢我的，你说过选择我的，可是现在你为什么要变卦，为什么……让我这样伤心？”

唐羽纱听着他的话，感觉自己的心里像是有一块沉重的大石，压得她喘不过气来：“我曾经说过……”

“不！”星夜更紧地搂住她，他闭着眼睛，身体轻轻地颤抖，“我说你喜欢现在的帝辕熙，我和他的性格一模一样，既然你喜欢他的性格，那为什么就不能喜欢我呢？”

“星夜……”唐羽纱摇着头，眼睛里全是无奈，“这是不一样的，你要我怎么解释才能明白呢？我一直都以为以前的那样性格的帝辕熙回不来了，而又不能辜负现在的帝辕熙的心，所以才会说出那样的话。你……为什么不理解我？”

“你不要再骗我！”星夜有些生气了，他摇着头，恍若暴怒的狮子，“我最讨厌别人忽视我！为什么帝辕熙一回来你的眼睛里就没有我了？我

只知道，你曾经答应过我，你会永远和我在一起！而且，你答应的对象是我，不是帝辕熙！你不能就这样离开，答应我的事情还没有做到，你怎么可以离开?!”

“星夜……”

“唐羽纱，我不会允许你离开我，绝对不允许！”

一滴温热的泪珠从星夜的眼中滑落，落在了唐羽纱的脖颈上，一片灼人的刺痛。

她呆呆地望着前方，好像被什么抽去了力气。星夜的眼泪让她感到如此无助。

唐羽纱闭上眼睛，汹涌的情感在身体里奔腾游走。

对于他的爱，她无法回报，唯一能做的，只有记在心里。可是，他要的不是她的感动，而是她全心全意的爱，这点，她做不到，而且永远也无法做到。

她的心已经给了帝辕熙，就永远不会再给另一个人。所以，对他而言，她只有愧疚。

“对不起……”她轻轻地说，在寂静的房间里，她的声音好像一道闪电，劈醒了所有的躁动，“我要走了。”

星夜抬起头，看着她的眼睛里充满愤恨：“你要走了？回到你的帝辕熙身边吗？即使我生了病，你也不会发发善心留下来陪我？好啊，既然你那么愿意走，那么我让你走！你走啊！走！走得越远越好，最好再也不要出现在我的眼前！”

知道他在赌气，唐羽纱没有多做解释，她把地上的玻璃碎片收拾好，然后拿起带来的那把半透明的雨伞，静静地看着他。

“我……走了。”话说完，她转身就走。

没有一点留恋的动作，一瞬间，星夜心中的梦完全破碎：“你……居然真的走?”

他的声音沙哑得令人心碎，唐羽纱的脚步一下子停住。她回过头，看着星夜脸上萦绕着的难以言喻的忧伤。

喉咙里似乎有什么哽住，她说不出话来，只能静静地看着他，用眼神传递着他们之间的那一条说不明的感情线。

她……注定要辜负他。

唐羽纱闭上眼睛，不去看星夜痛苦的目光，大步向门口走去。

"不要走——"星夜冲上来，一把将她搂在怀里，他紧紧地搂着她，不给她挣扎走开的机会，"你不要走，不要离开我……"

泪水如泉涌一般，在唐羽纱脸上疯狂地蔓延。

手不停掰着扣在自己腰间的双手，她没有说话，因为她怕只要自己开口，她的委屈就会像开了闸的洪水，再也没有止住的可能。

星夜注意到了她的挣扎，他更加用力地搂着她，生怕她这次离开了自己就再也没有机会。

他的心里似乎有一把利刃，把他的心割得血肉模糊，他唯一能做的就是紧紧抱住怀中的人，以那种近乎于压迫的方式缓解着自己的疼痛。

可是，当冰冷的泪滴滴落到他的手背上的时候，星夜的身体完全僵住了。

她在哭！为什么每次和他在一起，她都会哭？难道对她来说，自己就是这么惹人讨厌吗？

星夜的手放松的一刹那，唐羽纱挣脱了他的控制，她跌跌撞撞地冲向大门，连伞也不顾就奔了出去。

星夜呆呆地站在客厅里，怀里还留着她的气息，门口的雨伞倒在地上，仿佛诉说着她离开时的惊慌与失措。

这次，他真的失去她了……

彻底地……失去了。

同一时刻，帝家别墅。

萧香走进别墅，眼睛里闪过一丝黯然的光芒。

帝辕熙坐在客厅软软的沙发上，手中是一张学生会的企划单。看到萧香进来，他将企划单放到茶几上，有些惊讶地问道："萧香，你怎么

来了?”

萧香微微一笑，她把雨伞交给张管家，然后走到窗前，有些忧郁地望着还在不停地下着的细雨：“我今天来，是想和你说一些事情。”

帝辕熙沉思了一会儿，然后淡淡地一笑：“是和星夜有关的事情吧?!”

“没错，”萧香直视着帝辕熙墨黑的眼瞳，声音轻轻地，但又十分清晰，“关于唐羽纱和星夜，他们……”

“如果你是想要劝我放弃，那你还是尽早回去吧！因为，无论发生什么事，我都不会放弃唐羽纱，这是我对她的承诺，一生一世都要履行。”

他坚定地看着她，让萧香一时之间竟有种想要退缩的感觉。可是，为了星夜，她坚持了下来：“这是你对她的承诺，那么星夜呢？看着你们幸福，看着你们快乐，你不觉得他很可怜吗?”

帝辕熙走到窗前，深深地呼吸着窗外潮湿的空气：“他是很可怜，但是这一切都是他自己造成的！如果当初他没有占据我的身体，如果他占据了我的身体后没有以我的身份对唐羽纱产生感情，那么这一切就根本不会发生!”

萧香一时语塞。他说的是对的，如果星夜没有对唐羽纱产生感情，那么自己……

她低下头，眉宇之间是淡淡的哀伤：“可是唐羽纱呢？你能说她对星夜没有一丁点的感情存在吗？毕竟，他们在一起生活了那么久，她对他就一点感情都没有吗?”

“会有，但是那不是爱情。”帝辕熙看着萧香，声音里透露着一丝无奈，“既然爱上了一个人，就不会轻易改变自己的爱。即使在以后，遇见了许许多多其他的人，对于爱的人的那份感觉，也是不会轻易改变的。”

“帝辕熙……”萧香震惊地看着他，他的话仿佛是为她说的，一字一句，都仿佛渗进了她的心。

她现在知道唐羽纱为什么会那样爱他，但是为了星夜，她只能对不起他们。

萧香的手指动了动，她的脸上是一片温暖灿烂的微笑，她踮起脚尖，在帝辕熙的耳边轻轻耳语："其实，我突然发现……我也有点喜欢你了！"

说完，不顾帝辕熙惊讶的神情，萧香冲他眨眨眼睛，然后拿起来时的那把雨伞，离开了别墅。

看着她离开的背影，帝辕熙突然感觉自己的头有些莫名其妙的晕眩。

天渐渐黑了，唐羽纱回到别墅的时候，张管家和佣人已经开始准备做饭了。

她疲惫地回到二楼自己的房间，躺在床上望着白色的天花板发呆。

星夜抱着她流泪的样子不停地在她脑海里回放，她突然感觉自己真的好狠心，怎么可以这样冷血得不顾别人的感受。

可是，对于不可能的爱情来说，难道早点结束不是要比一直拖延下去好得多吗？为什么，星夜他总是不理解？这样的执著，根本一点意义都没有！

唐羽纱闭上眼睛，曾经与他相处的点点滴滴如放幻灯片一样回放着，如果他先于帝辕熙出现在自己的世界中，也许自己真的会爱上他。

可是，这个世界上根本就没有"如果"存在……

一滴清泪顺着唐羽纱的脸颊流下，她的脸上苍白得没有一点血色，这滴眼泪是她最后一次为星夜而流，从今以后，她与星夜再无瓜葛。

房间的门被人推开，帝辕熙站在门口，静静地看着躺在床上的唐羽纱。

"羽纱，你睡了吗？"他轻轻地开口。

唐羽纱的身体微微一颤，但是她并没有出声，她不希望帝辕熙看到自己流泪的样子，便躺在床上装作已经睡熟。

似乎知道她在装睡，帝辕熙走到床边，双眸仿佛能够洞察一切，定定地注视着她："羽纱，你觉得星夜这个人怎么样呢？"

唐羽纱愣住，她似乎没有想到帝辕熙会这样问她，而且，她也不清楚他是不是知道她还醒着。

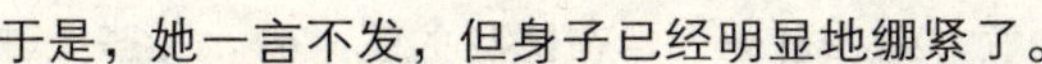

于是，她一言不发，但身子已经明显地绷紧了。

帝辕熙看着她，无可奈何地叹了口气：“你以为我不知道你并没有睡着吗?”

知道自己再也装不下去，唐羽纱睁开眼睛，有些尴尬地看着帝辕熙：“你……知道啊?!”

帝辕熙伸出手温柔地揉了揉唐羽纱乱蓬蓬的头发：“我是最了解你的人，这一点，你忘记了吗?”

帝……是最了解她的人。这一点，她真的忘了。

那么他的那句“你觉得星夜这个人怎么样呢”的话应该是意有所指吧!

唐羽纱勉强一笑，她看着帝辕熙：“我没有忘记，这个世界上，只有帝是最了解我的……”

“那么，你觉得星夜怎么样?”他打断了她，眼神复杂得有些浑浊。

“他是个不错的人，除了性格上有点让人捉摸不透之外，其他地方都很好。”这是她的真心话，星夜这个人真的很好。

帝辕熙脸上的表情僵住，他低下头，捉摸不透地笑笑：“你先休息，一会儿饭做好了张管家会叫你的。”

他站起来想要离开，可是唐羽纱却突然抓住了他的手：“帝，你是不是……误会了什么?”

她的脸上全是慌乱，帝辕熙看着她，温柔地微笑：“没有，我……什么也不知道。”

他从她的手中抽出手来，推开房门走了出去。

门很被轻很轻地关上。

唐羽纱跌坐在床上，眼睛里空洞无神，脸上是雪一样的苍白。

餐厅里，张管家已经摆好了饭菜，恭敬地站在一旁。

唐羽纱走进餐厅，意外地并没有看到帝辕熙的身影。他也许是……生气了吧!

唐羽纱无奈地叹口气，她独自一人坐在圆圆的餐桌旁，那些美味的食物吃进嘴里都变得无味起来。

一想到帝辕熙僵硬的笑容，唐羽纱就感觉自己的心里像被什么东西狠狠地揪着一样。

她索性放下筷子，让张管家把桌上几乎未动的菜肴收了起来，转身朝帝辕熙的卧室走去。

她必须要把事情跟帝辕熙解释清楚，不能让他这么难过！

帝辕熙的房门虚掩着，唐羽纱透过一条窄窄的门缝向里面望去，灯光昏昏沉沉，看不清楚他在做什么。

于是，唐羽纱轻轻敲了敲房门，没有等到他回答便已经推门走了进去。

帝辕熙站在窗前，颀长的身影显得分外落寞。听到唐羽纱进来的声音，他没有动，只是背脊挺得更直了些："你不去吃饭，到这儿来干什么？"

唐羽纱怔住了，这是她第一次听帝辕熙用如此疏远的口气跟她说话。

一时之间，委屈如潮水般涌上心头，唐羽纱的眼睛里浮现出了蒙眬的水雾，她看着帝辕熙的背影，不禁心痛地喊出声来："帝，你今天究竟是怎么了？为什么对我这么冷淡？我做错了什么吗？如果我真的做错了，那你就告诉我啊！我到底做错了什么要你这样对待我？！"

听着她发自肺腑的话，帝辕熙的眼中滑过一丝不忍。

他也不知道为什么，今天听了萧香的话后，心中就总是觉得很不舒服。看到唐羽纱勉强微笑着的面孔，他更是觉得心中一阵刺痛。所以，他才选择用这种方式来回避她。

看着唐羽纱快要流下泪的眼眸，帝辕熙终于忍不住走上前抱住了她，他把她紧紧地搂在自己的怀里，感觉到她身体的颤抖，心更是微微地疼痛起来："对不起，羽纱，我不是故意要对你冷漠的。对不起……"

唐羽纱把泪水忍了下去，仰起头，静静地看着他："帝，我跟星夜真的没什么。我只是觉得有点对不起他而已，毕竟以前他曾经……对我

很好。”

帝辕熙的黑眸温柔得仿佛海洋，他看着唐羽纱紧张的样子，轻柔地笑了：“我知道，羽纱是那么善良的人……”

“帝！”唐羽纱打断了他，她的眼神坚定地狠狠瞪着他，“在我心中，帝辕熙永远都是最温柔的人，他是我这一生里唯一确定的挚爱，除了他之外，我唐羽纱今生绝不会再对任何一个人动心！”

帝辕熙愣住。

他看着唐羽纱纯净剔透的眼眸，心中涌出一股暖流，同时还伴有一丝自责。他居然怀疑她！明明知道她爱的是自己，他却还是怀疑她！他真对不起她的爱！

“羽纱……”

听出了他话中的歉意，唐羽纱只是淡淡地笑笑：“我永远都不会怪帝，因为帝做什么事情都有自己的理由，我不会对你的想法横加干涉。”

“可是，就算是帝也会有做错事的时候啊！”帝辕熙宠溺地揉了揉唐羽纱的头发，脸上是发自内心的笑容，温暖得如同阳光。

唐羽纱也跟着笑起来，她调皮地吐吐舌头：“那就让帝错下去吧！我唐羽纱愿做帝的士兵，完全无条件同意！”

“傻瓜……”帝辕熙看着她，一种很幸福的感觉包围着他，和唐羽纱在一起是如此的美好。

唐羽纱的眼睛笑得像弯弯月牙，她美丽的样子让帝辕熙一阵心悸：“帝，看在我这么相信你的分儿上，以后，你也无条件服从我得了！”

原来是有目的的。

帝辕熙了然地看着她，深邃的眸子仿佛可以洞察一切：“到底你是我的士兵，还是我是你的奴隶啊?”

唐羽纱琥珀色的眼珠慧黠地转了转，她像狐狸一样狡猾地说道：“怎么样都可以啊！不过我觉得帝服从我的机会比较多欸！所以，帝就乖乖做我的奴隶好了！”

“好啊！那么我就做你的奴隶，每天照顾你，直到你腻烦了为止。”

月光笼罩在帝辕熙的脸上，染上了一层梦幻般的美丽。唐羽纱看着他，竟呆呆地出了神："帝，你真的……"

她的脸上满是呆滞的表情，让帝辕熙不禁觉得好笑，他拍了拍唐羽纱光滑的脸蛋，低声说道："你……真是个傻瓜。"

唐羽纱看着帝辕熙一点点凑近的面庞，身体似乎被定神符定住，她的眼睛睁得大大的，感觉到他的唇瓣落在了她的唇上。

帝的吻永远都是这么温暖……

她闭上眼睛，感受着仿佛潺潺流水一般的甜吻。那一瞬间，他们的周围开出了大片大片纯白色的柠檬花，在这片白色的花海中，他们紧紧地拥抱着彼此，汲取着对方身上那种可以让人感到幸福的味道。

月光温柔地笼罩着他们，仿佛是夜晚最美的风景。

CHAPTER 11
曲之终

夏季的白天总显得特别漫长，唐羽纱走向夕阳下的擎羽楼，手中是一个装满饭菜的保温桶。

自从帝辕熙做了学生会主席，休息的时间便总是被大量繁重的工作所替代，从中午一直到现在，他一定已经很饿了。

唐羽纱微笑着，黑色的长发柔顺地垂在腰间，散发出淡淡的柠檬花香的味道。

学生们都已经离开了。

她独自一人走在偌大空旷的操场上，脸上却布满了喜悦。

作为副主席的她，每天只需要给他做些饭菜送去，工作上还真是轻松不少呢！

而每次为他准备饭菜的时候，唐羽纱都会觉得自己像是一个为了丈夫而忙碌的妻子，幸福的感觉就会一直渗透进她的心里。

办公室的门虚掩着，唐羽纱没有敲门便直接走了进去。

半月形的桌子后面，帝辕熙的手中拿着一根红色的签字笔，正若有所思地在白色的纸上涂画着。

他并没有意识到唐羽纱的到来。

看着他辛苦的样子，唐羽纱心中泛起一阵酸涩，要是在以前，这种事情准是由她来做的。而帝辕熙，则会像两年前一样自由地带着她到处游玩。

是她，把他推到了忙碌之中！唐羽纱低下头，长长的头发遮住了面孔，让人看不清楚表情。

她作为学生会副主席，应该适当地为帝辕熙分担一些工作了。唐羽纱看着手中还散发着热度的保温桶，不禁嘲弄地笑了。即使是妻子，也不能看着丈夫这样劳累啊！她……居然这么自私。

帝辕熙低头专心地看着一张申请报告，突然感觉气场有了变化，有一种直觉，是她来了。

他抬起头来，果然看到了唐羽纱站在门口茫然失措的身影。

帝辕熙不禁微微蹙起了眉头，从来没有看到唐羽纱这样拘谨过，他推开转椅，轻轻地走到她的身边："你怎么了?"

唐羽纱一惊，她抬起头看着帝辕熙深邃得见不到底的黑眸，勉强地扯出一个不自然的微笑："我没什么，帝，不好意思打扰到你工作了。"

她的声音里竟然带着疏远的客气！

帝辕熙微怔，他抓住唐羽纱的手，让她到火红色的真皮沙发上坐下："你今天怎么了？为什么这么客气?"

唐羽纱看着他隐隐含着一丝怒意的眼，脸上反而挂上了一抹灿烂的笑容："我没有啊！只不过，我看到现在的帝这么辛苦，心里有些过意不去而已。"

"真的只是这样吗?"帝辕熙的语气稍稍缓和了些，一颗高悬着的心终于落了下来。

在刚看到她的时候，他还以为是星夜又欺负了她。

唐羽纱安静地微笑着，她不置可否地把保温桶递了过去，声音很轻很温柔，就像是母亲对待自己不爱吃饭的孩子。

"这里面有你最喜欢吃的意大利比萨，趁着现在还不凉，快吃了吧!"

帝辕熙看着她轻轻地把比萨从保温桶中拿出来，接着一股浓浓的香味便钻入他的鼻息。

"很香呢!"他忍不住称赞，唐羽纱的手艺真的越来越好了，每每吃到她做的比萨，总有种身在意大利的感觉。

唐羽纱细心地用刀子把比萨切成小块，然后让帝辕熙拿起一旁的叉子："可以吃了!"

帝辕熙看着她期待的眼神，无奈地苦笑："怎么还把我当成是小孩子？我看起来就真的是什么都不懂的那种吗？"

唐羽纱狡黠地笑了，她伸手摸了摸帝辕熙的头，嘴角是隐忍不住的甜蜜微笑："无论帝变成什么样子，都会像小孩子一样，需要我的保护和疼爱啊！"

看起来她真的认为自己是大姐姐了！

帝辕熙摇摇头，把已经用叉子叉好的比萨塞进了自己嘴里。

很香很好吃！

帝辕熙细细咀嚼着，却在不经意间闻到了一股清冽的芳香。他疑惑地抬起头，看着笑眯眯的唐羽纱，轻轻问："什么味道？怎么这么香？"

唐羽纱愣住，她很清楚，那股花香应该是帝辕熙再熟悉不过的，可是，他居然不知道是什么香！

唐羽纱不动声色地走到帝辕熙的身边，一朵纯白色的花朵出现在了他的面前。花瓣呈椭圆形，中间是橙黄色的花蕊，那股香味正是从这里散发出来的。

"这是什么花？真的很漂亮……"帝辕熙伸手轻轻抚摸着花朵柔软的花瓣，清冽的香味蛊惑着他，让他竟不由得闭上了眼睛，"我很喜欢！"

这次，唐羽纱是真的害怕了。

这是柠檬花，帝辕熙第一次把这种花送到她的面前，告诉她它的花语是挚爱；他在一块肥沃的土壤里栽了这种花，使得那里成为了美丽的柠檬花海；他把柠檬花瓣放进水晶石里，告诉她那是永恒的爱情，永生不变。

可是现在，他居然忘记了这种花，忘记了这种维系了他们之间的爱情的花朵！

而且，看他的样子，根本就不可能是伪装出来的。难道他们之间，又出现了什么令人难以预料的事情？

唐羽纱掩饰住眼里的震惊，凑到帝辕熙的耳边，轻轻地说："帝，这是柠檬花，很美丽很美丽的花朵！它的花语是挚爱，象征着永恒的爱情。"

"永恒的爱情……"帝辕熙喃喃地重复着唐羽纱的话，他看着她，突

然一把将她搂在了自己的怀中，“我们会拥有永恒的爱情，它会让我们拥有!”

唐羽纱僵硬地靠在他的怀里，心中的恐惧仿佛旋涡将她卷了进去，那种害怕从未有过，帝辕熙居然把柠檬花忘记了，他居然，失去了记忆……

夜空，繁星满天。

星夜一个人坐在菩提树湾，目光哀怨地望着天空中灿烂的星辰。

唐羽纱曾在这里说过的话至今还在耳边回荡——

“我喜欢天空，喜欢夜晚，更喜欢带有星星的夜晚。”

如今想起，这句话是多么的好笑啊！因为她，他居然真的给自己取了一个叫做星夜的名字！

他最近每天都会来这里，一个人孤零零地望着那些灿烂的星星出神，她说过喜欢带有星星的夜晚，可是现在，他已经是星夜了，她却……不要他！

星夜的眼中布满了痛苦的神色，他轻轻抚摸左耳上金色的耳钉，温柔的动作仿佛对待自己的爱人一般。

也许，他们终究还是无缘吧！

如果唐羽纱真的喜欢自己，又怎么会毫不犹豫地想要离开？怎么会信誓旦旦地说此生除了帝辕熙之外永无二心？怎么会毫不顾忌自己的心痛，一次又一次给他希望又让他绝望？

他，真的迷惘了……

不想放开她，可是也不愿意让她看到自己就想要逃跑。如果他试着放弃，那么她会不会就像她自己所说的，把他当成朋友呢？

他闭上眼睛，感觉有湿热的泪滴顺着脸颊落下。爱上她，真的是一件很痛苦的事情……

身后。

萧香安静地站在原地，她看着星夜落寞的身影，心中一阵绞痛。

现在他一定很难过吧?!

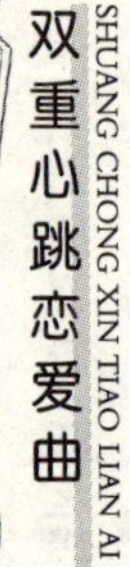

没有唐羽纱的陪伴，每天孤独地窝在家里，只有在夜深人静的时候才会来到菩提树湾，看着满天繁星直到天亮。

为什么上天要让他承受如此的不公?！要让他看见自己的真爱，却根本没有靠近的机会！

她不会让他一个人孤独地遥望幸福，她会用自己的力量把幸福交到他的手上，让他知道，为了他的幸福，她萧香可以不顾一切！

她定定地望着远方，表情出人意料的坚定。

用不了多久，她就会把满满的幸福送到星夜的手中，到了那个时候，他就不会再像现在这样一个人看星星，会有一个人，一个他真心爱着的女孩陪着他，永远永远，直到宇宙的尽头……

帝家别墅二楼。

帝辕熙坐在自己房间的床上，俊秀的眉毛正紧紧地纠结在一起。

他捂着头，努力遏制着痛苦的呻吟从嘴中泄出，这已经是第二次了，来自头部的疼痛让他几乎要停止呼吸。

似乎有什么在折磨着他的神经，那种疼痛渗入骨髓，要将他毁灭。

帝辕熙把头深深埋在揉成一团的蚕丝被中，企图用那压迫感来缓解头昏欲裂的疼痛，可是没有用，什么也不能阻止痛楚的蔓延。

为什么……

为什么会这么痛?

这到底是——

为什么?！

“啊！”帝辕熙喊出声来，他再也不能忍受那种感觉，上次虽然也痛过，但那也只有短短的几分钟，可是现在却已然变本加厉。

他……忍不住了！

门外。

唐羽纱怔怔地看着帝辕熙紧闭的房门，从里面传出的若有若无的呻吟和突然之间爆发的吼叫让她忍不住感到害怕。

帝辕熙从来没有这样失控过，到底是怎样的疼痛让他这样温柔儒雅的人都能够毫不掩饰地喊叫出来？

唐羽纱深吸一口气，她仿佛是下了极大的决心才推开了房门。帝辕熙扑倒在床上，脸上已经因为痛苦而扭曲。

“帝！”唐羽纱震惊地跑过去，紧紧地抓住了帝辕熙的手。

他的手冰冷。

唐羽纱猝不及防地松开了手，可是，帝辕熙没有等她完全放开，就已经与她温暖的十指相握。

“不要……放开我！”那是乞求的声音，他居然在请求！

唐羽纱瞪大眼睛，看着他痛苦地扭动身体，俊朗的脸上写满疼痛：“帝，发生了什么事？为什么你……会这么难受？”

唐羽纱有些哽咽，她紧紧握着帝辕熙的手，泪水已经开始在眼眶中打转。帝辕熙蓬乱的黑发映在唐羽纱的眼中，这在唐羽纱眼中还是第一次见到。

“啊——”伴随着一声痛彻心扉地吼叫，帝辕熙松开了唐羽纱的手，他抓过一旁的抱枕，把脸重重地埋了进去。

一直隐忍着的泪水终于无声地流了下来。

唐羽纱惊慌失措地看着他，从来没有见过如此方寸大乱的帝辕熙，她完全失去了自己的主张：“要不要……我去请王医生过来？我让他来，给你看看……”

帝辕熙没有说话，他咬紧牙关，脸上已经憋得通红。

细密的汗珠出现在他光洁的额头上。

他的手指苍白，陷在了柔软的抱枕中。

“羽纱……你不要离开我！求你，不要在我痛苦的时候……离开我！”他的声音里蕴涵了太多的苦楚。

唐羽纱怔怔地看着他，狠狠地点头：“我不会离开你，在你这么痛苦的时候，在你需要我的时候，我绝对不会离开你！”

她伸出手臂，像母亲一样温柔地把痛苦地抽搐着的帝辕熙搂在自己的

怀中。他的身体不停地颤抖着，抱着她腰的手紧得让她呼吸都有些困难。

可是，在这个时候，她是没有办法挣扎的。

这样痛苦的帝辕熙，太需要别人的陪伴，她是不会在这么关键的时刻离开他的！

眼泪汹涌而下，看着此刻瑟瑟发抖地蜷缩着仿佛猫咪一样的帝辕熙，唐羽纱的心都快要碎裂。她只能更紧地抱住他，希望自己能够给他一些安慰，起码能够在思想上缓解他的痛苦。

“羽纱……羽纱……羽纱……”帝辕熙无意识地呜咽着，声音细微得让人心痛。他依偎在唐羽纱温暖的怀抱里，就像个做了噩梦的孩子，乖巧地闭上了眼睛。

唐羽纱心疼地搂着他，看着他渐渐平稳下来的呼吸，知道那种钻心的痛苦已经过去。她也渐渐放松了手背，静静地为他梳理着杂乱的黑发。

“羽纱，你知道吗?”不知过了多久，帝辕熙突然睁开了眼睛，那仿佛子夜的黑眸让羽纱不禁一愣，“刚才我突然有一种感觉，好像有些记忆从脑海中被除去了。”

他顿了顿，恍若星辰的眼眸中闪过一丝惊惧的神色。

“我真的好怕，如果哪一天，我突然把你忘记……那个时候，我真的不知道自己应该怎么办。”

唐羽纱轻轻地笑了，她让帝辕熙的脸靠在自己的胸口，让他听着自己平静的心跳。

“如果哪一天帝真的忘记了我，也不用担心，因为至少，我不会把帝忘记。我会每天陪在帝的身边，即使以前的记忆再也找不回来，我也会为我们的未来创造出许多新的记忆。我们会每天在一起，相守生生世世，直到天地终结，走到宇宙的尽头……”

我们会每天在一起，相守生生世世，直到天地终结，走到宇宙的尽头……

在心里默默地念着这句话，帝辕熙微笑着闭上了眼睛，在唐羽纱的怀里，他像个孩子，很安静很安静地睡去了。

抱着他的唐羽纱的手突然微微一颤，她闭上眼睛，眼泪冲破浓密的睫毛，一滴一滴，恍若珍珠般落在了帝辕熙的身上。灯光照下，晶莹剔透。

帝，你……

千万不要离开我，我真的不想……再与你分开。

所以，我请求你，千万……不要离开我。

第二天。

唐羽纱醒来的时候，已经躺在帝辕熙宽阔的怀抱里了。

看到她醒来，帝辕熙对她露出一个如阳光般温暖的微笑。

看着他的笑容，唐羽纱的心中不禁一阵释怀，看来，他已经没事了。

她从他的怀里起身，眯着眼睛感受着阳光照射下的温暖。经过昨夜的折腾，现在的她，迫切需要感受阳光的温暖。

帝辕熙注视着她，走过去轻轻揽住了她的腰："昨天……对不起。"

一句话，唐羽纱的心情一下子又变得沉重起来。

她转过身，眼眸里闪过一丝担心："帝，你昨天真的没事吗？现在……头还痛不痛？"

帝辕熙看着她紧张的样子不禁觉得好笑，他露出一个大大的微笑，让她知道自己现在好得不得了："我没事，现在头一点都不痛了！"

唐羽纱避开他的视线，心里还是存有一丝焦虑。

也许他忘记柠檬花就是和头痛有关，因为昨晚他曾经说过，感觉一些记忆要从脑海中遗失。

这件事情，还是告诉王医生比较好。

唐羽纱走到书桌前，看着堆满桌的文件，眉头不禁一蹙。原来他还是在工作！这样不分昼夜地劳作，他的身体怎么会好？

唐羽纱收拾起桌上的文件，看着站在身后的帝辕熙，严肃地说："这些文件你以后不要看，还是我来帮你审核比较好。现在，你需要好好休养身体，我可不希望我的帝因为学生会主席的工作而病倒！"

"在羽纱的眼里，我就这么虚弱吗？一点小小的工作累不倒我的！"帝

辕熙宠溺地看着唐羽纱，她的紧张让他感到幸福在心里冒出了七彩的泡泡。

“那也不行！我一个学生会副主席什么事情也不干，学生们会反对的！”唐羽纱倔犟地看着他，她决不允许他再这样不爱护自己的身体。

昨天的头疼已经在提醒他，如果不能及时休息，他的病情或许会继续蔓延下去。

“谁说你什么都不干了？”帝辕熙依旧是一成不变的温暖笑容，“你不是每天都在给我送饭吗？那么好吃的比萨，一般人可是做不出来的。”

唐羽纱不理会他的狡辩，拿起收拾好的文件就走了出去。

她必须要把帝辕熙头痛的事情告诉王医生，作为帝家的主治医师，他应该能够对帝辕熙的病情做出诊断和控制才行！

中午时分，王医生带着自己的助手赶到。

他看到帝辕熙轻轻点头，然后跟着他走到了二楼他的卧室。

唐羽纱看到王医生的到来，心里不禁一阵激动。她端来茶水，凑到王医生身边叽叽喳喳的，像只麻雀，把帝辕熙弄得哭笑不得。

在听唐羽纱把昨天的事情讲过一遍后，王医生若有所思地对帝辕熙做了一系列检查，可是结果却让他眉头紧锁。

没有任何迹象表明帝辕熙生了重病，而按照昨天出现的情况来看，分明应该是生了重病才应该出现的现象。

这种情况真的让他无从下手。

许久，唐羽纱终于忍不住压抑的沉默，抬起头紧张地看着皱着眉头一语不发的王医生："王医生，你说……帝生的到底是什么病？你这么长时间都不说话，难道……是很严重的病吗？"

“羽纱小姐，我……”王医生似乎有什么难言之隐，他阴沉地看着一旁镇定自若的帝辕熙，一时竟感到了无形的压力。

“不用担心，你但说无妨。”帝辕熙轻轻点头示意，王医生这才战战兢兢地说了下去："其实，帝少爷患的什么病我并没有看出来。他的身体都很健康，但是按照羽纱小姐之前的叙述，又分明是重症病人才会产生的现

象。这……我就有些理解不通，不知道原因到底出现在哪里……”

重病……

健康……

唐羽纱的大脑一片混乱，就连帝辕熙的脸也变得灰暗起来。

他沉思了一会儿，然后淡然地笑笑：“也许只是疲劳过度才会这样，是羽纱太过紧张了。王医生，你先回去吧！我……会照顾好自己。”

唐羽纱没有说话，她看着帝辕熙，眼神复杂黯淡。

有种感觉，帝辕熙似乎有什么事情瞒着自己。

待王医生的身影消失在房间里后，唐羽纱才终于把手搭在帝辕熙的肩膀上，严肃地说：“帝，你这次头痛绝不是什么劳累过度引起的，你说实话，以前这种疼痛是不是也发生过？”

帝辕熙诧异地看着她，在碰触到她执著的眼神时低下了头：“没错儿，我以前也曾经有过一次头痛。但是，那次疼痛只持续了几分钟而已……”

“那你刚才为什么不说?!”

明明曾经发生过这样的情况，他为什么还要说是劳累过度？难道他不知道这样任性的举动迟早会毁了自己的健康吗?!

“你也知道，就算我说了，他也不会知道病因的所在，所以，还是不要让别人过多地担心了……”

“帝！你怎么能够这么不负责任?!”唐羽纱忍无可忍地低声吼道，她看着他，眼睛里似乎要喷出火来，“如果哪一天，你因为这个而永远离开了我……你知道，我会有多么难过吗？”

帝辕熙沉默了，他看着唐羽纱痛苦的眼眸，心也在微微地颤抖：“对不起，我不是有意……”

听到他的妥协，唐羽纱心中的怒火渐渐平息了：“算了，以后头再痛的时候，你一定要记得告诉我。即使我没有办法解决，但是至少让我陪在你的身边，让我看着你，让我知道，你还没有离开我。不要……让我以后想起了后悔。”

帝辕熙紧紧抱住了她，他能够感受到唐羽纱在他的肩上轻轻地啜泣。

他又让她哭了，明明不想，可是却总是让她哭泣。

这样的泪水虽然可以让他感受到幸福的味道，他也……不愿意看到。

不知不觉间，一个月的时间在夏末中悄然离去了。

帝辕熙的头痛还在不停地继续着，而且头痛的程度却随着时间的推移，一次比一次严重。

现在，他的记忆似乎已经全部遗失了。

因为，他最近的表现像极了幼小的孩童，不谙世事，天真纯净。

无数的医生前来会诊，却没有人能够找出使得帝辕熙变成这样的病因。

帝夫人一次又一次地来，却又在悲伤的哭泣中一次又一次离开。

人们似乎已经对这个智力一下子变回孩童的少爷失去了信心，尽管他曾经是那样的优秀。

唯一没有因为他的变化而改变的，只有自小时候就一直和他在一起的唐羽纱。她每天都陪在帝辕熙的身边，就像她以前所说的，生生世世，不离不弃。

转凉的微风吹拂着唐羽纱飘逸的黑色长发，她走在开满紫罗兰花朵的紫罗兰花园里，花的香味随风飘荡到很远很远的地方。

唐羽纱推着一个黑色的轮椅，缓慢地走在铺满了花瓣的路上。

帝辕熙坐在轮椅上，食指被他咬在嘴里，不时地发出甜甜的吮吸声。

唐羽纱温柔地看着他，白皙的脸庞上含着温柔的笑意。

又是一阵轻风，满树的紫罗兰花瓣纷纷扬扬地飘落下来，好像紫色的雪花，带着沁人心脾的香味，飘满人间。

一朵紫色的花朵落在了帝辕熙的手中。

他看着那从天而降的花朵，竟“咯咯”地笑了起来，他把那朵小花举到唐羽纱的眼前，帅气的脸上带着孩子般的稚气：“花花，花花！”

听着他模糊不清的话语，唐羽纱的脸上浮现出母亲一般温暖的微笑。

她低下头，琥珀色的眸子温柔地凝视着他："是啊！这是花花，是一种叫做紫罗兰的花花哦！帝你还记得吗？在我们的学校里，有一片开满了这种花花的花丛呢！"

帝辕熙歪着脑袋，一副天真的样子。

唐羽纱知道，现在的帝辕熙，无论对他说些什么，他也不会听懂的。因为他的智力就好像三岁的孩子，根本不能理解你所说的话的意思。

看着他转过头，继续傻笑的样子，唐羽纱的脸上笼罩上一层悲凉的神色。

是上天在折磨他们吗？为什么要让帝辕熙的智力突然变成了这样?！他现在说话困难，走路困难，就连她说的话……都听不懂了！

强忍住想要流下眼泪的冲动，唐羽纱抬头看着随风飘荡的紫色花瓣，感受着它们轻柔的爱抚。

一切都会过去，相信过不了多久，帝辕熙就会恢复到以前的样子，他们只要坚定不移地往前走，一切困难就都会为他们让道的！

唐羽纱让自己的心情平静下来，她推着轮椅，很缓慢很缓慢地向前走着。

帝辕熙坐在轮椅上，一双大手无意识地在空中挥舞，似乎想要接到更多的花瓣。

唐羽纱没有理他，这种现象对于他来说已经是家常便饭，虽然每一次看到都会让她感到心痛，但是她却从来没有流过泪。她始终相信，老天爷是不会如此残忍地对待一个人的，只要坚信，就一定会看到希望。

帝辕熙用一双黑色的眼睛好奇地看着一块近乎透明的石头，石头里面，有一朵很漂亮的白色花朵。

他用手抓住那块石头，光滑的感觉令他始料未及，他竟一下子把水晶石丢了出去。

看着那道消失在紫色花瓣雨中的白色光芒，唐羽纱的脸上突然出现了自帝辕熙智力退化以来从未有过的惊慌失措。

那是柠檬花水晶石啊！

是帝辕熙送给她的水晶石，他居然……亲手把它扔了出去！

唐羽纱松开了推着轮椅的手，她冲着水晶石消失的方向奔跑过去。绝对不能，柠檬花水晶石绝对不能丢！那是他的爱，他对她的爱，也是她所有的依赖，她怎么能把它弄丢了？绝对不可以！！

唐羽纱在满地花瓣中疯狂地翻找起来，这里没有，那里没有，都没有！

眼泪就快要夺眶而出！她居然……找不到了！

突然，一声响亮的啼哭在身后响了起来。

那哭声响亮得让人不能不去在意。唐羽纱回过头，看见帝辕熙倒在了地上，痛苦地大哭着。

他的眼泪滔滔如洪水，沾湿了大片的花瓣。

唐羽纱的心仿佛被一只大手揪住，难过得像要窒息。

她不受控制地跑到了帝辕熙的身边，伸手把他扶到了轮椅上。

帝辕熙放声大哭，惹来了许多路人疑惑的目光，唐羽纱用手臂揽住他的头，让他靠在自己的怀里，仿佛慈母般抚摸着他的背脊。

直到帝辕熙停止了哭泣，一滴积蓄已久的泪珠才从唐羽纱的眼中落下。

它打在帝辕熙白色的衬衫上，仿佛发出“啪”的一声。

看着这样的帝辕熙，她真的好痛苦。那种感觉，就好像身体里某个部分被硬生生地撕裂了一般。

她把脸贴在帝辕熙温暖的背部，轻轻地啜泣起来。

她并没有做错什么，为什么要这样折磨她？也许老天是清楚她的缺点的，所以才会把灾难降临到帝辕熙的身上，让她痛苦，让她一次又一次地悲伤。

一阵轻轻的脚步声在唐羽纱的耳边响起。

是冲她这边来的！

唐羽纱小心地擦干眼中的泪水，看到了正前方站着的挺拔的身影。

他金色的头发黯淡得仿佛失去了光芒，金色的眼眸里也涌动着深深的

悲伤。

“你怎么来了?”唐羽纱努力让自己的声音听起来不那么僵硬。

很久没有出现在她身边的星夜为什么会在今天突然出现在她面前?而那种连世界上顶级医师都查不出来的病情也只可能与他有关了——来自狮子座王国的少王!

“我听说帝辕熙……”

“如果是来嘲笑他的话，你可以走了!”唐羽纱冷漠地打断了他的话，她怒视着星夜，眼睛里是掩饰不住的憎恨。

如果不是他，也许帝辕熙就不会变成这样!

“我想，你是误会了什么。”星夜走近了她，他看着轮椅上玩手指头玩得不亦乐乎的帝辕熙，眼里闪过一丝担忧。

“我能误会什么?这个世界上，只有你能够做出这样残忍的事情!除了你狮子座王国的少王，又有什么人能够让帝生病头痛却完全查不出病因?”

唐羽纱的声音仿佛带刺的木棍般，毫不留情地捅进了星夜的心脏。

他目光黯淡，唇角嘲弄地弯起，在她的心中，果然只有帝辕熙才是最重要的。而他……终究还是要放弃的。

“其实，这个世界上能做到这些的还有一个人。而且，我可以完全确定是她!”星夜看着她，眼睛里是不易为人察觉的黯然。

“你是说……萧香?!”唐羽纱的眼眸不由自主地瞪大，她看着星夜面无表情的俊脸，心底不禁升起一丝凉意。

“这……怎么可能?”

“为什么不可能?”星夜挑眉，“其实有一件事情我没有告诉你，下雨的那天，我其实并没有生病，是她给我下了可以使人看起来像是生病的‘假死’粉末。”

唐羽纱的头“轰”地一响，星夜的头明明摸起来很烫，呼吸却十分平稳的原因原来是这个!他并没有生病，而是因为狮子座王国的“假死”粉末!

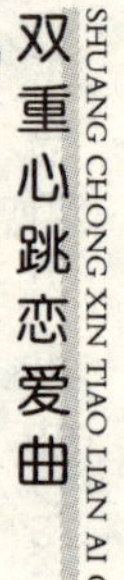

可是，萧香……为什么要这么做？

她为什么要害帝辕熙呢？他们之间，并没有仇怨。

唐羽纱不敢相信地摇着头，她看着星夜，眼睛里是一片绝望的光芒。

“那么帝现在又是怎么回事呢？他为什么会丧失记忆？为什么会一下子倒退到幼儿阶段？”

“他中了魔法。”星夜目光复杂地注视着唐羽纱布满泪渍的脸庞，“那是我们狮子座王国十大致命法术之一的吸精术，会让人在日积月累中丧失记忆，直至脑神经被完全破坏，然后死亡。”

唐羽纱倒吸了一口凉气。

萧香居然对帝辕熙施了这样恶毒的法术！

“那么，有没有解除法术的方法？”她声音颤抖，积蓄了太多的恐惧。

星夜的眼中闪过一丝黯然，他望着帝辕熙天真的脸庞，声音里带着一丝绝望：“解除法术的方法只有一个，就是施法人的鲜血加上一句诚心的祝福。”

鲜血和祝福！

唐羽纱的眼中闪过一丝希望，她一把抓住了星夜的手，身体因为激动而颤抖。

“只要我们能够找到萧香，并且说服她救帝辕熙就可以了，对吗？只要她能够答应，帝还是有救的?!”

星夜看着她激动的脸庞，心中泛起了一阵强过一阵的疼痛。

如果她知道了事实，一定会绝望的吧！

可是，他真的……找不到萧香。

唐羽纱看着星夜无动于衷的眼眸，心里一沉：“你是不是不愿意救他？所以，你不肯带我去找萧香是吗？星夜我问你，你是不是这样想的？”

星夜低下头，看着脸上笼罩着浓浓的哀痛的唐羽纱。

“其实，萧香在昨天就已经走了。她……永远地离开了。”

“离开？你说的离开是什么意思？她去哪里了？在这个时候，萧香到底去了哪里？帝辕熙还等着她救，她怎么可以那么不负责任地离开！她怎

么可以这样?”

唐羽纱松开了拉着星夜的手，她低下头去，不让他看到自己眼中令人窒息的悲伤：“你知道她去了哪里吗？你告诉我，我去找她！我一定会把她找到，因为如果找不到她，帝……就会永远离开我了。”

“羽纱，”星夜听不下去了，他看着唐羽纱脸上浓得化不开的悲伤，心中的刺痛让他连呼吸都变得困难，“萧香走了，你永远也找不到的。她已经离开了这个世界，再也再也，回不来了……”

唐羽纱所有的思维都在那一刻停住了。

她怔怔地看着星夜，眼睛里是一片脆弱：“她死了，你说……她已经死了?”

星夜点头，就在昨天，她亲手结束了自己的生命，只为了要给他幸福。

“她死了！”唐羽纱一阵怒吼，她暴怒地抓着自己的头发，痛苦地跌坐到了地上，她死了，就这么不负责任地死了！那么帝辕熙呢？他要怎么办？没有了萧香的解救，他要怎么办?!

难道，老天就要他这样消散与天地之间吗?

她怎么可以这么残忍?！怎么可以这样对待帝辕熙?!

萧香，你怎么能这样做——

唐羽纱痛苦地大哭出声，她的脸上布满了无助的泪珠，它们一滴一滴，连续不断地往下落着，无论怎么擦拭仍然噼里啪啦地坠下。

白色的衣服上，泪珠已经濡湿了大片的衣衫。

帝辕熙，真的没救了吗?

那个温暖如阳光的帝辕熙，真的，没救了吗?

“唐羽纱，我会永远守护你，哪怕我已经失去了守护你的资格，我也会让灵魂陪在你身边，让我的气息带给你勇气与希望。”

“我把它送给你，就是把所有的爱都送给你。因为，柠檬花象征的是

挚爱，是永恒。”

“我们，会永远在一起的！”

“羽纱，我喜欢你！”

“我了解她，就如同她了解我，既然她能等我一年，那么就算让我等上十年八年，我也会至死不渝地等下去。因为如果她知道了我在等她，就一定会以最快的速度回到我的身边。她……绝对不会让我失望！”

“不——”唐羽纱痛苦地喊叫着，脸上的泪水如狂风暴雨一般落下。

她的帝辕熙，高贵、温柔、像王子一样的帝辕熙，真的就要离开了。

他会离开她，永远永远都回不来了！

可是，她不要这样，不要就这样离开他。他们应该很幸福很幸福地生活在一起，会有一个很可爱很可爱的孩子，每天快乐得就像是置身于天堂。

他怎么可以死掉?!

他不可以死掉！

星夜看着痛不欲生的唐羽纱，眼中缭绕上了淡淡的水雾。他走到唐羽纱的身边坐下，轻轻擦去她眼中源源不断的泪珠。

仿佛带有某种魔力，唐羽纱的眼泪竟然慢慢地止住了。

星夜看着她，眼中的沉痛明显地表现了出来：“羽纱，你……”

唐羽纱轻轻地站起身来，她的脸上已经看不出任何表情，琥珀色的眼眸里写满了疲惫。她漫无目的地向前走着，不知道哪里是开始，哪里是终结。

唐羽纱安静地走着，无数紫罗兰花瓣落在她的身上，清冽的香味混合着悲伤的气息，让唐羽纱感觉身体一阵发软。

累了，应该是休息的时候了……

她轻轻地闭上眼睛，倒在了一片美得令人屏息的紫罗兰花瓣之中。

风依旧轻轻地吹拂。

一片片美丽的花瓣纷纷飘落，它们覆盖在唐羽纱的身体上，好像最美丽的彩绸，裹住了她，引领她到达世上最绚丽的梦境。

醒来的时候，天已经全黑了。

唐羽纱坐在自己的床上，脸上安静得有些吓人。

一想到帝辕熙注定死亡的命运，她的心又忍不住疼了起来。

唐羽纱把头埋在膝盖中，瘦小的身体只穿了一层薄薄的睡衣，伴随着窗外冷风的袭来，瑟瑟发抖。

房间的门被人轻轻推开了。

星夜走进来，手里端着一杯冒着热气的咖啡。

他走到床边坐下，轻轻地把咖啡杯递到了唐羽纱的面前。

咖啡灼人的温度让唐羽纱不由得一颤，她看向一旁关切的星夜，大大的眼睛里盈满了惊恐。

她很害怕。

星夜轻叹口气，把咖啡杯放到了一边的桌子上。

“你不用这么怕我，我又不会害你。”他的眼睛里写满真诚，唐羽纱静静地看着他，脸上的恐惧渐渐消失，继而代之的是一抹令人看了都会觉得心疼的悲伤。

“你不会害我，可是……你也帮不了我。”她转过头去，眼泪顺着苍白的脸颊流下。

那一滴滴眼泪让星夜看得心都要碎了，他抱住了唐羽纱，她身体的冰冷刺入他的骨髓，一句一直隐藏着的自私地不肯说出来的话终于慢慢地滑出了星夜的口中：“其实帝辕熙还有救……”

星夜低着头，感觉到唐羽纱的身体开始拼命颤抖，她从他的怀里挣脱出来，用哀伤的眼眸静静地凝视着他。

“帝辕熙还有救，你说的……是真的吗？”她不敢相信地握住他的手，

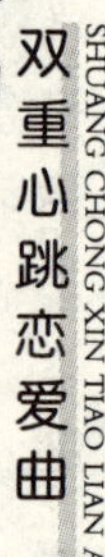

似乎只要把他的手牢牢地握在手心，帝辕熙就真的能够活下去。

星夜凝视她许久，她脸上那种悲伤里突然冒出来的希望，还有那隐隐浮现出的喜悦，深深刺痛了他的心。

虽然早就想过要放弃，甚至已经放弃，可是看着唐羽纱这样为一个人担心，星夜还是感觉内心的难过如洪水泛滥。

看出了星夜的异样，唐羽纱的眼眸渐渐黯淡下来，她的声音很轻很轻，好像飘渺的云雾般捉摸不透。

“既然你救不了他，为什么还要和我说这些？为什么还要给我希望，让我以为帝辕熙迟早有一天会像原来一样，很温柔很温柔地冲我微笑？”

唐羽纱的悲伤深深激发了他一直隐藏在心底的那份没有平息的愤怒，星夜站起来，动作迅速得让唐羽纱不禁把头转向了他的位置。

他的微笑里透露着一丝邪恶的气息。

星夜望着她，眼睛里的悲伤一扫而光，替代它的是浓得化不开的魅惑妖娆。

“要我救帝辕熙可以，但是你必须要答应我一个条件……”

听到他说可以救帝辕熙后，唐羽纱的脸上一下子被激动喜悦填得满满的：“只要你不让我答应离开帝辕熙或是从今以后的日子和你在一起，要我做什么都可以！”

星夜上前一步，低下头，金色的双眸多情地凝视着她：“真的，什么都可以？”

“是的，什么都可以！”唐羽纱坚定地看着他，只要能救帝辕熙，什么……都可以。

星夜的眼眸一暗，他站直身体，眼神突然变得孤傲起来：“可是，我就是想要你从今以后和我在一起。”

唐羽纱愣住。

她看着星夜，痛苦得几乎要喊出声来：“你为什么一定要这样?！明明知道我和帝是相爱的，你为什么还要一而再再而三地强迫我?！跟你在一起我不会幸福，我今生只会爱帝一个人，留一个不爱你的人在身边又有

什么意义?!”

星夜苦笑：“是啊，留一个不爱我的人在身边确实没有意义，但是至少我还能天天看到你，知道我爱的人就在身边，这样心里就不会空荡荡的……”

他的声音悲伤真切，唐羽纱的语气也不禁软了下来：“可是迟早有一天，你会遇到真正爱你而且你也爱她的人，你只要好好把握，幸福还是会来临的！而我，永远不会成为你的幸福！”

“那么，萧香不是白死了吗?”星夜的眼神中突然流露出一抹异样的神情，他看着唐羽纱，神情激动起来。

提及萧香，唐羽纱的心里一紧。

她哀伤地闭上眼睛，萧香的自私和执著让她忍不住想要去憎恨，却又带有一丝怜惜。

想着想着，唐羽纱的眼泪便流了出来，星夜看着她，知道自己又让她伤心了，他走过去：“你不用担心，我会让帝辕熙变回原来的样子的，你……要相信我啊！我星夜一定可以的！”

两天后。

星夜离开了这里。

事实上，除了萧香可以救帝辕熙外，狮子座王国最尊贵的王者也一样可以用自己的血来救活被施了吸精术的人。

所以，星夜回到了狮子座王国，准备在最短的时间内继承老国王的王位，成为狮子座王国新的王者。

唐羽纱目送他离开，琥珀色的眼眸里一片湿润。

她的手心里，是星夜离开时还给她的柠檬花水晶石。

原来，那天柠檬花水晶石飞出去的时候正好落在了星夜的脚边，他把它捡了起来，准备还给唐羽纱却一直没有找到机会。

现在，在他该离开的时候，柠檬花水晶石也物归原主了。

微风吹拂着唐羽纱乌黑的长发，随风飘落的紫罗兰花瓣洒下一片

馨香。

唐羽纱走到了菩提树湾。

她停在与帝辕熙一起看过流星雨的地方，清澈的眼眸安静地遥望远方。

湛蓝的天空，万里无云。

在那空阔的天空里，似乎有帝辕熙温柔的脸庞在冲她微笑。

还有——

星夜在这里紧紧环抱过她，在星月的注视下，他们曾翩翩起舞。

这里，有着她与星夜、帝辕熙三个人的回忆，他们都曾经在这里陪伴过她，承诺出最诚挚的爱恋。

而现在，还是在这美丽的菩提树湾。

也应该让她来为他们祈祷祝愿，保佑他们能够获得幸福与欢乐。

唐羽纱闭上眼睛，合手虔诚地许愿。

那些曾经出现在她的生命中的人们，都请上帝给予庇佑，在这广袤的土地上，幸福生活，一直到老……

尾声
守之护

星夜实现了他的诺言。

夜晚，唐羽纱静静地靠在帝辕熙的身上，看着幽黑的天空中那一片闪亮的繁星。

就在刚刚，唐羽纱看到帝辕熙恢复神志的时候，眼泪都落了下来。那是她的帝啊，她的帝终于回来了。

羽纱握着帝辕熙的手，望向天空，望向那些闪烁着的星星。

“星夜，谢谢你——”她的声音那么清晰，带着激动的颤音，在整个菩提树湾回荡着。

仿佛听到了她的声音，天上竟然真的有星星散发出更耀眼的光芒，仿佛在朝她眨眼睛。

星夜站在狮子座王国里唯一一面能看到地球的魔镜前面，看到菩提树湾边两个小小的人影依偎在一起。

从一开始他就应该知道，这幸福不属于他。

“国王陛下，”侍从在他身后提醒着，“金牛座王国的公主已经在大殿等候。”

星夜点点头，又最后看了唐羽纱一眼，唇边漾出了一抹温和的笑容。

帝辕熙、唐羽纱，从今天开始我会在天上永远守护你们，希望你们永远幸福。只有你们幸福了，我才可以安心，去寻找自己的幸福。

这句话穿越时空，真的传到了唐羽纱的心里，她和帝辕熙相视一笑，说：“我们会永远幸福的。”

——End——

“炫爱时空”系列久朗篇序幕拉开，命运之轮已经转动

光之天使、血族后裔，被封锁的记忆中，究竟深藏了哪些秘密？

关于伊始十三纯血贵族的奇幻秘史，
传说中的堕落天使即将现身！

内容介绍

十三年前，一场大火让她变成孤儿。十三年后，她意外获得了神族Queen的能力和神的青睐。

是巧合，还是另有隐情？

十三年前，逆光一族吸血鬼王的离开让一切成谜。十三年后，鬼王带着她失散的哥哥重新回到大家的视线中，身份却已经对调。

她的真实身份，究竟是什么？

伊始的十三纯血贵族陆续出现，预示着命运之轮已经转动，Level.E.军团的袭的，首领竟然是传说中的堕落天使之王？

光之天使、血族后裔，被封锁的记忆中，究竟深藏了哪些秘密？

她迷失在重重身份之中，被迫面对最不想看到的人，而她最后的选择竟是……

欺诈猎人美男团
Kurosagi
Eiga
颜星心
著

萌爱季 小魔女夏小璇继《收购异星王子》之后，

携“黄金十二宫”一起齐聚地球！

跨越空间，跨越时间，看捕灵师如果捕获他的异星"专属恋人"。

内容介绍

她本是迪拉星球最受宠爱的小公主，但因打破了文王研究许久的实验器具，被暴怒的文王踢出了家门——阴差阳错中，她误闯入地球。

由于饥饿过度，她疯狂的吃了别人 20 个包子，但因无钱买单欲溜之大吉，结果被众人追赶，无奈之中她躲进一幢华丽的别墅内，不小心撞见了改变她一生的奇怪美男。

纯真迷糊的外星小公主，阳光般耀眼的太阳神族，如花般妖冶的灵界之王，错综复杂的阴谋与恩怨……一场跨越时空的恋情，一段穿越时光的爱恨情仇，在平静的世界中，悄然上演。

最终，是谁捕获了谁的心，谁又成为剧中的牺牲者……答案尽在“异星来客”系列之《命定王者限时恋爱》。